Bewijs het maar

Van Anne-Marie Hooyberghs verschenen bij Uitgeverij Zomer & Keuning onder andere

Het kind en de zwerver
Als het hart spreekt
Anna's reis
Zoete wraak
Met hart en ziel
Waar liefde groeit

Anne-Marie Hooyberghs

Bewijs het maar

Z&K

Uitgeverij Zomer & Keuning

ISBN 9789020537192
ISBN e-book 9789020537208
NUR 344

Postbus 13288, 3507 LG Utrecht

Omslagontwerp Liesbeth Thomas, t4design

www.zomerenkeuning.nl
amhooyberghs.wordpress.com

Uitgeverij Zomer & Keuning vindt het belangrijk om op milieuvriendelijke en verantwoorde wijze met natuurlijke bronnen om te gaan. Voor de papieren editie van deze titel is daarom gebruikgemaakt van papier waarvan zeker is dat de productie niet tot bosvernietiging heeft geleid.

1.

Ondanks het vroege ochtenduur was het druk in de stationsbistro. Bijna alle tafeltjes waren bezet. Sommige reizigers aten een broodje, anderen dronken enkel koffie of thee, en een opgeschoten tiener verorberde, het vroege uur negerend, een grote coupe vanille-ijs met aardbeien. Aan een tafeltje in een hoek zaten twee jonge vrouwen. De een met kastanjebruin kortgeknipt haar, grote bruine ogen, opvallende oorbellen en een deskundig opgemaakt gezicht. De ander met lang sluik, zwart haar, azuurblauwe ogen omzoomd met lange donkere wimpers en zonder een spoortje make-up. Tegen de lange benen van deze laatste stond een grote bruine koffer met daarop een reistas die meer dan volgepropt leek. Hoewel de twee vrouwen niet in het minst op elkaar leken en ook niet uitzonderlijk knap genoemd konden worden, vielen ze beiden op en werden ze stiekem begluurd door de mannen die zich in de eetruimte bevonden.

Steffi en Noor waren zich niet bewust van hun aantrekkingskracht. Ze waren hier trouwens niet om een man te versieren. Dit was de ochtend dat Steffi aan haar treinreis zou beginnen. Als haar beste vriendin had Noor haar weggebracht en ze zou blijven tot ze Steffi had uitgewuifd. Omdat het nog een halfuur duurde voordat de trein arriveerde, waren ze naar het stationsrestaurant gegaan en hadden ze een kop koffie besteld. Toen de ober de kopjes voor hen had neergezet, keek Steffi even onrustig over haar schouder door de glazen deur die de bistro van de wachtruimte scheidde. Ze zag een rij jonge mensen bepakt en bezakt aansluiten bij de rij bij een van de loketten en er zaten mensen op feloranje stoelen te wachten op hun trein, hun koffer of handbagage op hun schoot of aan hun voeten. Een monotone stem galmde regelmatig door de luidsprekers en meldde de reizigers wanneer er een trein op komst was. Noor drukte haar hand even op Steffi's arm. 'Je hoeft niet bang te zijn. Hier zul je hem niet zien,' zei ze geruststellend, wetende wat er in haar vriendin omging.

Steffi draaide zich weer naar haar toe en zuchtte diep. 'Ik kan het niet helpen, Noor. Ik heb steeds het gevoel dat hij me ergens in de gaten houdt.'

'Lex weet niet dat we hier zitten en dat je op het punt staat om op reis te gaan. Laten we hopen dat hij het opgeeft om je lastig te vallen als hij na al die weken geen spoor meer van je vindt.'

Steffi keek Noor even hoopvol aan, maar al dadelijk zonk de moed haar weer in de schoenen. 'Ik ben bang dat zijn haat erg hardnekkig is. Lex kan niet verkroppen dat ik hem de bons heb gegeven en dat ik er bovendien de oorzaak van ben geweest dat hij een maand in de cel heeft gezeten. Hij heeft me bedreigd en me verzekerd dat hij het me betaald zou zetten. In het begin dacht ik dat het wel zou meevallen, dat het alleen maar boze woorden waren. Maar zijn dreigende telefoongesprekken, en daarna al die vreemde zaken zoals de lekgestoken banden van mijn auto, die dode rat aan mijn deur, de lijm in mijn brievenbus en niet te vergeten de aanrijding die me bijna met fiets en al in de sloot deed belanden, jagen me méér dan angst aan. De meeste mensen zullen het misschien allemaal vandalisme of toevalligheden noemen, maar ik ben ervan overtuigd dat hij hierachter zit, ook al kan ik het niet hard maken.'

Noor knikte. Ze geloofde haar vriendin omdat ze Lex kende als een ruwe bruut die altijd zijn gelijk wilde halen. Ze had nooit begrepen hoe Steffi op hem verliefd had kunnen worden. Nou, ja, eigenlijk wel, want hij kon ook heel charmant en attent zijn en hij zag er goed uit. Lex was een knappe man met warrig blond haar, een krachtige kaaklijn, grijsblauwe ogen en een atletisch en gespierd figuur – een man die alle troeven in handen had om een vrouw te veroveren. Maar achter zijn mooie façade zat een jaloerse en agressieve man en daar kwam Steffi pas achter toen ze met hem samenwoonde. Hij had altijd al een kort lontje gehad en hij had haar al een paar keer hard bij haar arm gegrepen waardoor zijn vingerafdrukken als blauwe vlekken achterbleven, maar het was pas toen hij haar klappen begon te geven dat Steffi werd wakker geschud en ze uiteindelijk een eind had gemaakt aan hun relatie. En Noor wist zeker dat haar vriendin haar lang niet alles had verteld.

'Jammer dat we niet met zekerheid kunnen zeggen dat hij achter dit alles zit,' reageerde Noor. 'Je hebt het wel aan de politie doorgegeven, maar daar houdt het ook mee op. Ze kunnen niets doen zonder afdoende bewijzen.'

'Als de politie wacht tot hij iets drastisch doet, dan is het te laat. Ik ben bang dat hij op wraak uit is en dat hij niet ophoudt tot hij het me betaald heeft gezet.'

'Daarom is het goed dat je deze vakantie hebt geboekt, Stef. Een maand is lang. Hij zal zich hopelijk op iets anders concentreren als hij je nergens meer ziet en voor jou is het een maand welverdiende rust zonder dat je voortdurend bang hoeft te zijn voor je ex. En over je moeder hoef je je ook niet ongerust te maken. Zij zit heerlijk in Spanje met haar nieuwe vriend. Maak je nu maar geen zorgen en geniet van deze reis. Binnen vier uur ben je al in Frankfurt, je eerste bestemming. Je zal zien dat alle spanningen van je af vallen zodra je daar in je hotelkamer aankomt.'

Een monotone stem gaf aan dat hun trein in aankomst was op spoor vier. Ze dronken hun ondertussen koud geworden koffie op en begaven zich naar het desbetreffende perron. Steffi trok haar zware koffer rollend op de kleine wieltjes achter zich aan, terwijl

Noor zich over de reistas bekommerde. Op het perron van spoor vier bleven ze wachten. Steffi rommelde wat in haar handtas op zoek naar haar Interrail Global Pass. Ze had in het reisbureau een reis geboekt waarop ze telkens twee dagen in vijftien verschillende Europese steden zou verblijven om te genieten van de plaatselijke bezienswaardigheden en van de omgeving.

In de verte gaf een rood licht de komst van de trein aan, evenals de stem die dreunde door de luidsprekers.

'Daar is hij,' zei Noor gespannen. 'O, ik wou dat ik met je meekon, Stef. Het lijkt me vreselijk spannend. Maar ik heb geen erfenis van mijn oma gekregen om zo'n reis te bekostigen. Mattis en ik zullen genoegen moeten nemen met een paar dagen aan onze kust.'

'Als ik zo'n vriend had als Mattis, dan zou ik daar graag genoegen mee nemen. Ik weet zeker dat je met hem niet ver hoeft te reizen om er een romantische en heerlijke vakantie van te maken.'

'Daar heb je gelijk in. Ach, ik mag niet mopperen. Ik ben inderdaad heel gelukkig met hem. Vergeet niet om me op de hoogte te houden. Ik wil alles weten, ook over de knappe mannen die je ongetwijfeld zult tegenkomen.'

De trein stopte met veel gekrijs en lawaai zodat ze voor even zwegen, maar toen het gevaarte stilstond keken ze elkaar even glimlachend aan. 'Geniet ervan, Stef,' zei Noor zacht. 'Als er iemand is die deze reis heeft verdiend, dan ben jij het wel. Na alles wat je de laatste maanden hebt meegemaakt, gun ik het je van harte.'

'Dank je. En ook bedankt dat je me tot hier gebracht hebt. Ik zal je missen.' Ze sloeg haar armen om haar vriendin heen en gaf haar een zoen op haar wang.

'Ik zal je ook missen, meid. Ik moet het nu een maand stellen zonder mijn beste maatje en collega. Tegen wie moet ik nu zeuren en mopperen als het werk me tegenvalt?'

'Je kan het eens proberen bij mevrouw Bosschaard,' grijnsde Steffi met pretlichtjes in haar blauwe ogen.

Noor trok een grimas. 'Zij is onze baas! Als ik al mijn ongenoegen bij haar moet uiten, dan geef ik me nog een week voordat ik ontslagen ben. Nee, ik krop alles wel op en dan krijg jij de volle laag als je terug bent. Kom, ik help je wel met die zware koffer.'

Ze bundelden hun krachten en tilden de koffer in de wagon, de reistas werd erbovenop gelegd en de jonge vrouwen omhelsden elkaar nog eens tot een fluitsignaal aangaf dat de trein ging vertrekken. 'Have fun!' riep Noor glimlachend toen ze weer op het perron stond en opkeek naar haar vriendin.

De deuren gingen dicht en de trein zette zich in beweging. Steffi wuifde en bleef wuiven tot ze Noor niet meer zag staan. Daarna zuchtte ze diep en ze keek naar de koffer en de reistas die achter haar stonden. Haar reis was begonnen. Ze wist niet wat ze kon verwachten, want dit was de eerste keer dat ze een lange reis geboekt had. Een vakantie van deze afmeting had ze nog nooit gehad en zeker niet in haar eentje. Ze hoopte dat het meeviel. Het feit dat ze niet langer rekening moest houden met Lex en dat ze overal prachtige bezienswaardigheden te zien zou krijgen maakte dat het niet kon tegenvallen. Opgelucht door deze gedachte trok ze haar koffer achter zich aan de tweedeklaswagon in waar ze nog keus genoeg had om een plekje te vinden. Ze plaatste de koffer tussen twee lege zitplaatsen – hij was te zwaar om in het bagagerek boven haar hoofd te tillen – legde haar reistas op de bank en ging er vol verwachting naast zitten. Even liet ze haar gedachten dwalen naar haar oma van vaders kant. Zij was de laatste schakel geweest aan die kant van de familie. Haar vader was gestorven toen ze nog erg klein was en toen was haar grootvader de man die de rol van haar vader op zich had genomen. Helaas was deze ook gestorven toen ze zeventien was en dat verdriet was erg groot geweest. Sinds de dood van haar oma, nu zes maanden geleden, was dit verdriet alleen maar gegroeid. Haar hart kromp nog altijd samen wanneer ze aan hen dacht. Van haar moeders ouders had ze nooit zo veel gehouden. Zij woonden verder weg en hielden zich afzijdig, waardoor het contact niet zo warm was. Omdat haar vader enig kind was, had haar oma alles aan haar nagelaten – buiten het huis ook een bescheiden som geld. Daardoor kon zij deze reis bekostigen. Ze dacht aan Lutgarde, haar moeder. Steffi was nog maar twee toen haar papa stierf. Ze herinnerde zich er niets meer van, maar vanaf toen was er geen andere man meer in Lutgardes leven gekomen, ook al mocht met zekerheid gezegd worden dat ze nog steeds een knappe vrouw was met haar donkere schouderlange haar en haar gestroomlijnde figuur. Dat veranderde echter een jaar geleden. Toen had ze George leren kennen en was ze stapelverliefd op hem geworden. Ach, ze gunde het haar mama wel, al had ze het gevoel dat ze nu niet langer op de eerste plaats kwam en er een zekere afstand tussen hen was ontstaan. Maar ze had het niet meer dan eerlijk gevonden om haar moeder de helft van het geld te schenken, waardoor zij en George nu ook konden genieten van een deugddoende vakantie aan de Spaanse kust.

Een luide stem schrok haar uit haar gedachten en deed haar even omkijken. Schuin achter haar zaten drie oudere vrouwen. Een van hen, mollig, met een grijs krulletjeskapsel en een bril op het puntje van haar neus, was aan het woord. Ze had een brochure in haar hand en vertelde met harde stem wat ze erop zag. Het leek wel alsof ze het gedender van de trein met geweld wilde overstemmen, want iedereen in de wagon kon het gesprek volgen. 'Er is van alles te zien,' riep ze haast. 'Een botanische tuin, het geboortehuis van Goethe, een grote dierentuin en heel veel prachtige gebouwen.'

De dame die naast haar zat had een modern fris kapsel en was lichtjes opgemaakt, waardoor ze er een stuk jonger uitzag dan haar buurvrouw. 'Zo te horen zullen we ons in Frankfurt niet vervelen, Dina, dat staat vast. Bovendien zijn we met z'n drietjes en kunnen we doen en laten wat we willen. Is dat niet zalig!'

Steffi kon de derde vrouw, die tegenover de twee anderen zat, niet zien. Ze zag alleen een stukje van haar benen en schoenen. Ze verstond ook niet wat ze zei omdat haar stem heel zacht en fijn klonk. Ze keek weer voor zich uit en glimlachte. Deze dames gingen beslist eveneens naar Frankfurt, grinnikte ze in gedachten. Zouden zij dezelfde reis geboekt hebben of gingen ze maar voor één dag de stad bezichtigen? Nou, ja, het was haar zorg niet. Ze besloot om zich niet meer te concentreren op het gesprek van de drie dames en pakte een boek uit haar reistas. *Liefde in de Stille Zuidzee* van Konsalik. Een romantisch verhaal waarin ze heerlijk uren kon wegdromen. Na een halfuurtje doezelde ze echter weg, haar hoofd naar voren geknikt boven het opengeslagen boek op haar schoot. Het vroege tijdstip van deze ochtend wreekte zich.

Voor ze het goed en wel besefte, waren ze al op hun bestemming en stopte de trein met veel gepiep op het betreffende station in Frankfurt. Steffi zeulde haar koffer en reistas naar de uitgang en vroeg zich af hoe ze dat zware ding van de trein af kon krijgen. Maar voor ze een poging kon doen, stond er plots een jongeman naast haar. 'Mag ik je helpen?' vroeg hij hoffelijk, terwijl hij haar koffer al vasthad en deze beneden op het perron neerzette. Daarna keerde hij zich weer om en glimlachte naar de drie oudere dametjes die achter Steffi waren aangekomen en eveneens een beetje radeloos naar hun bagage keken. 'Mag ik jullie helpen, dames?' hoorde ze hem weer vragen. Zonder op hun antwoord te wachten tilde hij hun zware bagage uit de wagon en hielp hen daarna hoffelijk een voor een de paar treden af, wat een vrolijk en waarderend gekir van de dames ontlokte. Steffi kon niet anders dan naar hem kijken. Hij was jong, had zwarte krullen en ondoorgrondelijke bruine ogen – niet bijzonder knap, maar met een charisma dat bijna als een aura zichtbaar was. Toen ze zag dat hij zijn blik op haar richtte, sloeg ze vlug haar ogen neer en voelde ze een blos op haar wangen verschijnen. Ze zou zich moeten schamen om zich zo te laten imponeren door een vreemde man. Had ze nog niet genoeg van het verleden geleerd? Met Lex in gedachten besefte ze maar al te goed dat achter dat aantrekkelijke uiterlijk weleens een monster kon schuilgaan.

De jongeman hield zijn blik echter op haar gericht. 'Als jullie deze reis geboekt hebben bij Interrail, dan zijn jullie bij mij aan het goede adres. Mijn naam is Lorenzo Allard, maar jullie mogen me Renzo noemen, en ik heb het genoegen om jullie gids en reisleider te zijn.' Hij had een licht Italiaans accent, dat hier volkomen misplaatst, maar verrukkelijk exotisch klonk. 'Met klachten, vragen of problemen kunnen jullie altijd bij me terecht. Het is ook een eer voor mij om jullie de prachtige bezienswaardigheden van elke stad te laten zien en een geschiedkundig woordje erover te vertellen.' Hij richtte zijn blik nu op de drie oudere dametjes. 'Wacht hier even, alsjeblieft. Ik ben dadelijk terug.'

Na deze woorden liet hij hen op het perron achter. De drie dames lieten hun adoratie voor deze man maar al te graag horen. 'Wat een man!' donderde Dina's stem. 'Wat jammer dat ik niet jaren jonger ben. Ik zou wel weten wat te doen.'

'Was jij in je jonge jaren dan zo'n schoonheid?' vroeg de vrouw met het modieuze kapsel.

'Nee, dat was ik niet en dat geef ik grif toe. Maar ik weet haast zeker dat Renzo daardoorheen ziet. Het is het binnenste wat telt.'

'In ieder geval is onze kans bij Renzo helaas verkeken. Nu is het de beurt aan jonge vrouwen, zoals onze reisgenoot.' Het was de vrouw met de piepstem die het laatst had gesproken. Ze was klein en tenger met haar grijze haar opgestoken in een knotje. Haar gezicht vertoonde veel rimpels, maar haar blauwe ogen keken helder en vrolijk naar Steffi. 'Waarschijnlijk zullen we elkaar gedurende deze reis wel meer te zien krijgen, dus kunnen we ons net zo goed aan elkaar voorstellen,' ging ze verder.

'Natuurlijk! Waar zijn onze manieren?' Dina stak haar hand uit. 'Dina Venloo.' Ze wees naar de dame met het modieuze kapsel. 'En dit is Antje Bos en de dame daarnaast is Sevelien Stokkem. We zijn al jaren goede vriendinnen.'

Antje en Sevelien drukten haar ook de hand en keken haar afwachtend aan.

'Steffi Staes,' zei Steffi beleefd.

Op dat moment kwam Renzo weer naar hen toe. Hij duwde een kar voort waarop een stapel koffers stonden en achter hem volgden nog een tiental mensen die blijkbaar dezelfde reis zouden maken. Bij hen aangekomen werden de overgebleven koffers boven op de stapel gezet en zo gingen ze op weg naar een kleinschalig hotel op loopafstand van het station. Onderweg tetterden de drie vrouwen onophoudelijk. Vooral Dina praatte er vrolijk op los, zo luid dat iedereen kon meeluisteren. Steffi hoopte dat de drie dametjes niet de hele reis aan haar zouden klitten. Ze had behoefte aan rust en ontspanning na de woelige maanden die ze achter de rug had. Ze was dan ook blij toen ze de deur van haar hotelkamer achter zich kon sluiten, haar koffer en de reistas naast het bed kon ploffen, haar schoenen kon uitschoppen en zich opgelucht op het bed kon laten neervallen. Ze bleef een tijdje onbeweeglijk liggen en veroorloofde zich pas daarna om de kamer rond te kijken. Het bed waarop ze lag was mooi opgemaakt, er stond een kleine witgeschilderde kast tegen de muur, er was een raam dat uitkeek op de straat en een piepklein, claustrofobisch badkamertje met een douche, een wc en een wastafel. Ze betrapte zich erop dat ze aan Dina's mollige omvang dacht en ze kon zich inbeelden dat de vrouw tussen wc en wastafel vast kwam te zitten. Ze kon een grinnik niet onderdrukken.

Steffi nam alleen haar pyjama, een hemelsblauw jurkje en haar toilettas uit haar koffer. De rest van de kleding liet ze zitten. Het was niet de moeite waard om voor twee nachten alles uit en weer in te pakken. Volgens Renzo's briefing werden ze om één uur in het restaurant van het hotel verwacht waar ze konden genieten van de heerlijke plaatselijke keuken. Daarna bestond er de gelegenheid om met hem mee te gaan naar de Palmengarten, een botanische tuin met enorme serres, en vervolgens naar de Main Tower waar ze een weids uitzicht kregen over de stad. Het stond iedereen vrij om mee te gaan of niet. Een ouder koppel had hem al dadelijk gezegd dat ze liever op eigen houtje en op hun eigen tempo de stad wilden bezichtigen en een man van middelbare leeftijd haakte ook af, maar Steffi vond het raadzamer om met de reisleider mee te gaan. Het was niet echt gezellig om in je eentje in een onbekende stad rond te dwalen en haar oriëntatievermogen was bar slecht.

Ze friste zich wat op om al het stof van de reis van zich af te wassen, trok het blauwe jurkje aan, stak haar voeten in gemakkelijke bruinlederen sandalen en was klaar. Haar maag knorde, ze was echt aan eten toe. Ze greep haar handtas en verliet dan ook al vlug haar kamer om op zoek te gaan naar het restaurant.

Lorenzo kwam haar aan de openstaande deur van de eetruimte glimlachend tegemoet. Zijn bruine ogen gleden goedkeurend over haar figuurtje. 'U ziet er verrukkelijk uit, juffrouw,' complimenteerde hij haar, waarna hij naar de lijst in zijn handen keek. 'U bent...?'

'Steffi... Steffi Staes,' stelde ze zich vlug voor toen ze begreep waarop hij wachtte.

Hij knikte glimlachend. 'Mag ik u naar uw tafel begeleiden?' Hij troonde haar mee naar een tafeltje waaraan twee jonge vrouwen zaten en schoof hoffelijk haar stoel achteruit tot ze goed en wel gezeten was. Steffi zag dat de twee jonge vrouwen Lorenzo nakeken met een glinstering in hun ogen, maar toen ze hun blik weer op Steffi richtten, stelden ze zich voor.

'Hallo, ik ben Emy Verbruggen en dat is mijn vriendin Valerie Aerts. Wij zijn beiden studenten Germaanse Talen en ik veronderstel dat jij ook voor deze reis hebt geboekt. Studeer jij ook nog?' nam Emy het woord.

Steffi schudde haar hoofd. 'Ik ben Steffi Staes en ik ben mijn studententijd al ontgroeid. Ik werk ondertussen al vele jaren.'

'Zo, dan zie je er toch nog behoorlijk jong uit. Ik had je begin twintig geschat, zoals wij. Nou, fijn om je te leren kennen, Steffi. Ik hoop dat we een heerlijke vakantie tegemoet gaan. In ieder geval hebben we het mooie weer al mee, en ik zie dat er een aantal jonge mannen bij onze groep zitten en dan heb ik het nog niet over onze reisleider. Man, hij is het einde!'

Valerie knikte. Zij was meer de stille kracht van de twee. Steffi kreeg te horen dat de meiden het geld voor deze vakantie met weekendwerk hadden verdiend en ze waren dan ook van plan om er volop van te genieten. Ze waren beiden net twintig geworden, allebei blond, mooi, jong en puur. Het charisma dat Lorenzo uitstraalde, zijn mysterieuze glimlach en zijn onweerstaanbaar accent deden hun harten sneller slaan en dat staken ze niet onder stoelen of banken, vooral Emy niet. Ze kwam er vrij voor uit dat ze haar best gingen doen om Lorenzo voor zich te winnen. Waarschijnlijk wilde ze laten horen dat Steffi geen poging hoefde te wagen, omdat zij al haar claim op hem had gelegd. Geen probleem, dacht Steffi. Emy mocht gerust haar gang gaan. Zij had haar buik nu wel even vol van mannen.

Na het overheerlijke eten vertrokken ze met een plaatselijke bus naar de Palmengarten. Het was een mooie, zomerse, zonnige dag in augustus en de stad bruiste van kuierende mensen, volgeladen terrasjes, prachtige gebouwen en romantische parkjes. In de bus zag Steffi de drie oudere dametjes druk met elkaar praten. Emy en Valerie zaten vlak achter Lorenzo en voerden een druk gesprek met hem. Ze zag ook een echtpaar van middelbare leeftijd genietend door het raam kijken en vier jonge mannen die uitbundig pratend en lachend achter in de bus hadden plaatsgenomen. Deze mensen waren haar op het perron en in het hotel ook al opgevallen.

Palmengarten was een verrukkelijke botanische tuin met enorme sprookjesachtige serres. Zoals de naam deed vermoeden stond het vol met palmen waartussen bloemenperken in allerhande kleuren en geuren een lust voor het oog vormden. Fonteinen en waterpartijen wisselden elkaar af tussen groen van keurig gesnoeide grasperken, struiken en bomen. Het was er immens groot en de schoonheid van dit park en het mooie weer lokten veel bezoekers, zodat het er erg druk was. Steffi keek haar ogen uit. Ze hield van bloemen en planten, en in de vele serres was de ene exotische plant nog mooier en boeiender dan de andere. Net als de rest van de groep volgde ze Lorenzo en ze genoot van zijn deskundige uitleg, maar ze hing niet aan zijn lippen zoals Emy en Valerie. Af en toe bleef ze even achter zodat ze in haar eentje naar de schoonheid om haar heen kon kijken. Dina, Sevelien en Antje hadden haar vriendelijk toegeknikt, maar maakten geen aanstalten om haar voor hen op te eisen, wat Steffi opgelucht deed ademhalen. Ze hield ervan om even alleen te kunnen zijn, om tot rust te komen en om te genieten van alles wat ze zag. Ze zorgde er echter angstvallig voor om niet te lang achter te blijven zodat ze de anderen niet kwijtraakte. Haar oriëntatievermogen was écht slecht en het zou haar beslist uren kosten voordat ze de groep weer gevonden had.

Bij een van de drankgelegenheden die het park rijk was, vonden ze nog enkele vrije tafels waar ze van een verkwikkend drankje konden genieten. Steffi schoof bij Emy en Valerie aan, maar even later grepen de vier jonge mannen een stoel en kwamen ze ongevraagd bij hen zitten. De grootste van hen, een niet onaardig type met een sensueel gezicht en een vierkante kin waarin een kuiltje zat, knikte hen glimlachend toe. 'Hallo! Stoort het als we bij jullie komen zitten? Er is verder nergens nog een plaatsje vrij.'

Steffi keek even om zich heen en zag dat inderdaad alle tafeltjes bezet waren. Emy keek met pretlichtjes naar de vier jongemannen. 'Nee, natuurlijk niet,' kirde ze. 'Welkom aan boord.' Ze grinnikte even en stak haar hand uit naar de man die gesproken had. 'Ik ben Emy Verbruggen en dat is mijn vriendin Valerie Aerts.' Ze wees even naar Valerie die heftig met haar hoofd knikte alsof ze wilde bevestigen dat ze inderdaad zo heette. Emy wees vervolgens naar Steffi, maar voor ze haar naam kon noemen, deed Steffi het zelf. 'Steffi Staes,' zei ze kort.

Emy en Valerie mochten er dan al uit zijn om een man te versieren, zij was dat zeker niet.

De man deed alsof hij haar afstandelijkheid niet opmerkte. 'Hugo van Tolbeek,' stelde hij zichzelf voor met een vrolijke grijns. 'Student in de Medische Wetenschap, net zoals mijn drie vrienden trouwens.'

De anderen stelden zich nu ook voor. De blonde, atletische jongeman met een forse neus stelde zich voor als Wim Maes. De zwaarste onder hen, een stevige jongeman met een open vriendelijk gezicht, heette Dries Mannaerts en de laatste, een uiterst tengere man met een bleke, haast doorschijnende huid stelde zich voor als Pieter Geerinkx.

Zodra Emy en Valerie vernamen dat zij eveneens studenten waren, ging het gesprek verder over het studentenleven. Steffi hield zich wat afzijdig. Het studentenleven was voor haar al verleden tijd. Zij werkte nu voor het vijfde jaar op rij bij het weekblad *Libelle* als lifestyle-redacteur, een boeiende baan die ze graag nog lang wilde uitvoeren en waar ze Noor had leren kennen, ondertussen haar beste vriendin. Dat deed haar eraan herinneren dat zij haar straks even moest bellen om haar op de hoogte te houden. Ze schrok op uit haar gepeins toen Hugo haar een vraag stelde. 'Studeer jij ook nog, Steffi?'

Ze schudde haar hoofd. 'Dat hoofdstuk ligt al lang achter me. Ik werk. Nou, ja, niet op dit moment, natuurlijk.'

'Dan ben jij een van die bofkonten die een maand lang verlof kan nemen. De meeste treinreizigers zijn studenten of gepensioneerden die zich qua tijd zo'n lange vakantie kunnen veroorloven.'

Steffi knikte alleen maar. Ze had niet veel zin om hem uit te leggen dat ze niet op deze vakantie had kunnen gaan als haar baas, mevrouw Bosschaard, niet zo menselijk en toegeeflijk was geweest. Zij was op de hoogte van wat Steffi had doorgemaakt en ze gunde haar deze welgekomen vakantie, weliswaar voor een deel onbetaald, in de hoop dat ze daarna als herboren terug zou komen. Daarnaast was er natuurlijk ook de erfenis van haar oma. De gedachte aan haar oma deed de druk in haar borst weer toenemen.

'In ieder geval ben ik blij dat jij erbij bent, Steffi,' ging Hugo verder zonder acht te slaan op haar stilzwijgen. 'Mijn vrienden en ik waren al bang dat we alleen tussen gepensioneerden zouden zitten. Gelukkig zijn jullie drie er ook bij. Nu kunnen we samen gezellig op stap gaan. Er moet hier beslist iets te vinden zijn waar het plaatselijke jonge volk 's avonds naartoe kan.' Hij lachte vrolijk en dat maakte zijn gezicht op slag een stuk mooier.

Steffi had niet het hart om zijn voorstel botweg af te wimpelen met een simpele nee. 'Ik weet niet of ik veel zin zal hebben om uit te gaan, maar in ieder geval toch bedankt voor het aanbod,' zei ze dan maar.

'Op ons kun je rekenen,' reageerde Valerie die alles gevolgd had. 'Emy en ik houden van uitgaan en dansen, toch Emy?' Ze keek haar vriendin even vragend aan en deze knikte energiek.

'Je ziet maar. Het is natuurlijk geen verplichting,' ging Hugo verder, terwijl hij alleen maar oog had voor Steffi.

De rest van de dag bleven de jonge mannen aan de jonge vrouwen geklit. Emy en Valerie waren Lorenzo een beetje uit het oog verloren nu ze weer nieuwe uitdagingen hadden gevonden. Steffi probeerde hen een beetje te ontlopen door regelmatig wat achter te blijven, maar Hugo hield haar goed in de gaten en bleef dan eveneens achter om met haar een gesprek aan te knopen. Ze kon niet zeggen dat ze hem vervelend vond, want hij was hoffelijk en welbespraakt, maar ze had gewoon even geen behoefte aan mensen om zich heen.

Toen ze een paar uur later, in de schemering van de avond, met de lift naar de top van de Main Tower gingen om vanaf tweehonderd meter hoogte een prachtig weids panorama van de lichtende stad te bekijken, wist Steffi zich eindelijk los te rukken van het jonge groepje. Enigszins verborgen achter een betonnen pilaar staarde ze rustig in haar eentje naar de gloed van de ondergaande zon en naar de toenemende lichtjes van de grootstad. Het panorama was geweldig. Rode, gele en paarse stroken vulden de lucht en bedekten de daken met een zachte deken van pastelkleuren. In de verte zag ze een zwerm spreeuwen als een school vissen in de lucht tekeergaan tot ze uiteindelijk een nachtelijke rustplaats in enkele zwart afstekende bomen van een park gevonden hadden en als donkere neervallende stipjes tussen de kruinen verdwenen. Ze zuchtte genietend en bleef nog even naar de vele lichtjes van de stad staren tot ze zich realiseerde dat ze naar de anderen terug moest voordat ze al weg waren en ze hier alleen achterbleef. Met tegenzin draaide ze zich om, om geschrokken bijna tegen Lorenzo op te botsen. 'Wat is me dat schrikken. Ik had niet gedacht dat er iemand achter me stond,' stiet ze ontdaan uit.

Hij glimlachte ingetogen. 'Ik sta hier al een tijdje, maar ik zag dat je genoot en ik wilde je dit plezier van schoonheid en rust niet ontnemen. Daarom heb ik gewoon in stilte met je meegenoten.'

Steffi keek even in zijn donkere ogen waarin geen greintje spot of zelfingenomenheid te bespeuren was. Ze gaven weer dat hij, net als zij, gewoon van een beetje afzondering had genoten.

'Van hieruit is de stad adembenemend. Ik ben blij dat ik het gezien heb,' zei ze dan maar.

Hij knikte. 'Vanaf deze plek heb je het mooiste overzicht. Deze wolkenkrabber is nog maar één jaar oud, weet je. Ze hebben er van 1996 tot 1999 aan gewerkt en ze hebben hier bovenop speciaal torens gebouwd zodat iedereen die het wil van dit prachtige uitzicht kan genieten. Als ik met een groep naar hier kom, zoek ik altijd deze plaats op, hier achter deze pilaar ziet niemand me staan.'

'Je geheime plekje?' Steffi's mond plooide zich tot een glimlach. Ze kon zich heel goed inbeelden dat hij even weg wilde van de soms veeleisende reizigers.

'Precies.' Zijn wenkbrauwen waren even omhooggegaan en zijn donkere ogen leken haar te doorgronden. 'Maar nu is het tijd om terug naar het hotel te gaan.' Na deze woorden draaide hij zich abrupt om en ging hij weer naar de anderen toe.

Het was al vrij laat toen Steffi moe maar voldaan haar bed opzocht. Het was een behoorlijk vermoeiende, maar toch mooie dag geweest. Haar gedachten gleden naar Hugo die duidelijk zijn best had gedaan om het haar naar haar zin te maken. Hij zag er best wel knap uit en was een sympathieke man, maar ze kon zich er niet toe brengen om van zijn attenties te genieten. Bovendien moest hij beslist een aantal jaren jonger zijn dan zij – begin twintig, schatte ze hem. Ze moest het hem morgen maar eens vragen. Als hij wist dat ze de achtentwintig al gepasseerd was, richtte hij zijn pijlen waarschijnlijk liever op Emy of Valerie. Hoe oud zou Lorenzo zijn, schoot het door haar hoofd. Ze schatte hem rond de dertig, maar daar kon ze zich weleens sterk in vergissen. Ze glimlachte toen ze weer aan het moment op de uitkijktoren dacht en hoe ze zijn geheime plaatsje had ingepikt. Ze had gedacht dat hij genoot van de adoratie van de toeristen, maar blijkbaar wilde hij af en toe toch ook even met rust gelaten worden. Ze kon zich wel inbeelden dat de jonge én de oudere vrouwen graag in zijn nabijheid vertoefden. Hij voelde haarfijn aan hoe hij hen het best kon bekoren, daar had hij trouwens alle troeven voor: knap, exotisch, vurig en romantisch. Maar hij bezat ook de kunst om de mannen voor zich te winnen. Hij ging heel amicaal met hen om, vertelde grapjes en mopjes, maar gaf hun net zo goed goede raad waar dat nodig was. Steffi moest toegeven dat hij een prima reisleider was. Voor deze eerste dag, tenminste. Het zou haar sterk verwonderen als hij deze houding gedurende heel de reis kon handhaven. Eens moest hij zijn ware aard laten zien en dan zou ze pas weten wat ze aan hem had. Ze draaide zich geïrriteerd op haar zij. Wat lag ze hier toch over hem en over Hugo te speculeren? Ze was op reis gegaan om een man te vergeten, niet om andere mannen te leren kennen!

In ieder geval had ze vandaag al veel moois gezien en kon ze Noor al heel wat vertellen. Ze had gehoopt om op tijd in het hotel te zijn zodat ze haar vriendin nog kon bellen. Maar gezien het late uur kon ze beter wachten tot morgen. Die nieuwe mobiele telefoons die tegenwoordig op de markt waren, leken nu toch wel handiger dan ze eerst dacht. Als ze er zo eentje had gehad, dan kon ze op elk moment en waar ze ook was naar Noor bellen of een berichtje sturen. Maar ze waren nog vrij nieuw en bovendien erg duur in aankoop. Steffi wachtte liever nog wat af om te zien of ze echt wel handig waren, voor ze van plan was om er een aan te schaffen. Ze moest zich dus behelpen met de telefoon van het hotel. Steffi kneep haar ogen stijf dicht. Als ze zo bleef doorgaan, dan was ze morgenochtend nog aan het piekeren en aan het denken. Slapen! Ze draaide zich op haar andere zijde, weg van het licht van de straatlantaarn dat door een kier van de gordijnen naar binnen scheen, en dommelde ten slotte weg in een diepe, verkwikkende slaap.

Na het ontbijt de volgende ochtend gingen ze de kunstige houten huizen van het stadsplein en het geboortehuis van Goethe bezoeken, om na het middageten, met een bus die er een gevaarlijke snelheid op na hield, naar de Frankfurtse dierentuin te rijden. Steffi volgde de groep langs de wandelwegen die naar de verschillende dierenverblijven leidden. Ze hield van dieren en ze vond hen boeiend, maar Hugo's toenaderingspogingen maakten haar zenuwachtig. Om te voorkomen dat hij constant aan haar klitte, sloot ze zich aan bij de drie oude dametjes. Emy en Valerie waren nu niet meer van het groepje jongemannen los te krijgen en als Lorenzo zich bij hen voegde, dan voelden ze zich de koning te rijk en straalden ze van genoegen. Nu ze in het middelpunt stonden van zoveel mannelijk gezelschap kon hun dag niet meer stuk.

Dina gaf hen groot gelijk. 'Als ik zo oud was als die twee, dan stond ik daar ook te glunderen. Die twee jonge vrouwen beleven de reis van hun leven.'

'Maar ze hebben niet veel gezien van de mooie bezienswaardigheden,' piepte Sevelien. 'Ze hebben alleen maar oog voor de mannen.'

'En jij?' vroeg Antje, terwijl ze haar blik op Steffi richtte. 'Het lijkt wel alsof je niet erg tevreden bent met de mannelijke belangstelling. Ik zag dat je de hele dag al moeite hebt gedaan om die man met dat verrukkelijke kuiltje in zijn kin te ontlopen.'

Steffi schudde haar hoofd. 'Ik sluit me aan bij Sevelien. Ik heb deze reis gekozen om een stuk van de wereld te zien, niet om een man te versieren,' zei ze kordaat.

Sevelien lachte haar beminnelijk toe, maar Dina keurde haar houding grondig af. 'Je bent maar één keer jong, Steffi! Voor je het weet zie je er dik en rimpelig uit zoals wij.'

'Spreek voor jezelf, Dina!' kwam Antje er geschokt tussen. 'Ik vind niet dat ik er dik en rimpelig uitzie.'

‘Nu, ja, dik zie je er inderdaad niet uit, maar je kan toch niet ontkennen dat je rimpels hebt?’

‘Voor mijn leeftijd valt het nog erg mee. Ik verzorg mijn huid nu eenmaal tot in de puntjes.’

‘Wil je zeggen dat ik mijn huid niet goed verzorg?’ Dina’s ogen vlamden en Steffi was al bang dat dit op een fikse ruzie zou uitdraaien. Maar dat was buiten Sevelien gerekend. ‘Van ons drieën heb ik de meeste rimpels,’ klonk haar stem iets kordater dan anders. ‘Ben ik daarom minder? Ben ik slechter omdat ik een rimpel meer heb? Ieder heeft zijn eigen gaven en gebreken meegekregen en wij bepalen zelf wat we ermee doen.’ Ze keek de twee anderen uitdagend aan.

Ook al droeg haar stem niet ver, toch bereikte het zijn doel. Dina en Antje borgen hun ergernis weg. ‘Je hebt gelijk, Sevelien,’ zei Antje enigszins beschaamd. ‘Je moet door het uiterlijk heen kijken om de echte mens te kunnen zien. Je rimpels vallen me niet eens op. Ik weet alleen dat je een schat van een vrouw bent.’

Dina knikte ontroerd. ‘Antje heeft gelijk. Een rimpel meer of minder doet er niet toe, het gaat erom hoe we ons vanbinnen voelen.’

Steffi was ontroerd door de puurheid van deze oude dametjes. Ze wilde dat ze ook op deze manier oud kon worden, met een stel goede vriendinnen die elkaar steunden door dik en dun. Even later maakte Steffi zich van de dames los en ze slenterde naar een hoge kooi waarin kleurige papegaaien vanaf een dwars bevestigde stok naar de mensen staarden. Af en toe stootten ze een luidruchtig gekras uit. Ze had er al spijt van dat ze mee was gegaan. Een dierentuin bezoeken kon ze ook in haar eigen land doen. Daar waren net zo goed kleurige papegaaien te zien. Natuurlijk was dit park anders ingedeeld, maar het ging tenslotte om de dieren, toch?

‘De ara’s zien er erg kleurrijk uit,’ hoorde ze een stem achter haar rug zeggen. Ze hoefde zich niet om te draaien om te weten dat het Lorenzo was. Zijn accent was overduidelijk. Ze knikte zonder zich om te draaien. Hij stoorde zich daar niet aan en ging gewoon verder. 'Je enthousiasme van deze ochtend is nu ver te zoeken. Hou je niet van dieren?'

Ze draaide zich deze keer verwonderd om. 'Waarom denk je dat ik niet van dieren hou? Het is alleen maar dat ik ook een dierentuin in mijn eigen land kan bezoeken. Misschien had ik deze tijd beter kunnen opvullen door nog een deel van de stad te bekijken.'

'Daar heb je gelijk in. Ieder heeft zijn eigen voorkeuren. Als reisleider is het mijn taak om iedereen aan zijn trekken te laten komen en daar hoort bij sommigen ook een dierentuin bij. Maar je mag niet veronderstellen dat alle dierentuinen gelijk zijn. Ze hebben allemaal hun specialiteiten. Hier in deze Zoo zijn dat de katachtigen. De nevelpanter, de Sumatraanse tijger en de Indische leeuw zijn in geen enkele andere dierentuin te bezichtigen. En wat denk je van het aardvarken en de gestreepte kiwi, beide dieren die je beslist zullen bekoren.' Zijn accent klonk zo appetijtelijk en zijn enthousiasme was zo aanstekelijk dat Steffi een glimlach niet kon onderdrukken. 'Ha, er breekt een lach door en je ogen geven weer blijk van belangstelling. Zo mag ik het graag zien. Elk moment van deze reis moet gekoesterd worden.' Na deze woorden ging hij weer naar de kop van de groep om zijn reizigers mee te nemen naar een uitgestrekte vogelkooi. Steffi keek hem even na. Ze wist niet hoe hij het deed, maar hij slaagde er telkens in om de mensen van deze groep op te monteren en te laten genieten van de reis. Hij deed het zonder vervelend of opdringerig te zijn. Ze moest toegeven dat hij zijn vak als reisleider uitstekend beheerste. Niet iedereen was in de wieg gelegd om mensen met uiteenlopende karakters dag in, dag uit tevreden te stellen of op te beuren.

Een gegrinnik deed haar naar de drie dames kijken die even verder met pretlichtjes in hun ogen naar haar gestaar stonden te kijken. 'Als dat geen man voor je is, dan weet ik het ook niet,' klonk Dina's stem boven het geroezemoes van het park uit. Antje knikte heftig en Sevelien glimlachte alleen maar.

Steffi ging naar hen toe en wuifde hun enthousiasme al vlug weg. 'Het is Renzo's taak om iedereen tevreden te stellen, lieve dames. Nu ben ik aan de beurt en straks maakt hij een gezellig praatje met jullie. Niets om je druk om te maken, dus. Laten we nu maar voortmaken voordat we de anderen uit het oog verliezen.' Om haar woorden kracht bij te zetten stak ze haar armen onder die van Sevelien en Antje en nam hen mee in de richting waarin de groep was verdwenen.

De rest van de dag verliep toch nog vrolijk. Steffi ondervond dat de drie dametjes echt wel lief en onderhoudend waren. Ze deden haar een beetje aan haar oma denken. Van Hugo had ze verder geen last meer gehad. Hij bleef netjes bij het groepje jongelui die steeds vooropliepen. Pas toen ze tegen de avond het hotel bereikten, hield hij haar even staande voordat ze naar haar kamer kon gaan. 'Ga je straks mee een avondje uit, Steffi? We trekken de stad in. Renzo heeft ons een adres gegeven waar we van goede muziek kunnen genieten en kunnen dansen. Emy en Valerie gaan ook met ons mee.'

Steffi schudde echter haar hoofd. 'Liever niet, Hugo. Ik voel me echt te moe.'

Ze zag duidelijk de teleurstelling op zijn gezicht, maar hij knikte begrijpelijk. 'Jammer,' zei hij enkel waarna hij zich omdraaide en van haar weg liep.

Steffi voelde zich er onwennig onder. Hugo was een geschikte kerel en ze vond het helemaal niet leuk om hem af te wijzen. Ze kon het beter eerlijk spelen en hem zeggen waarom ze niet op zijn uitnodiging wilde ingaan. Ze draaide zich om en zocht zijn gestalte, maar hij was al verdwenen, evenals zijn vrienden en de jonge vrouwen. Ach, dan maar wachten tot morgen. Ze zette Hugo uit haar hoofd en ging naar haar kamer waar ze haar handtas op haar bed zwierde, ernaast ging zitten en de hoorn van het telefoontoestel nam dat op het nachtkastje naast het bed stond. Ze drukte Noors nummer in en had haar haast meteen aan de lijn.

'Stef!' riep ze verheugd toen ze wist wie er aan de lijn was. 'Vertel! Hoe is het tot nu toe geweest? Heb je al mensen leren kennen? Was er veel te zien? Waar zit je nu? Zit je nog altijd in Frankfurt?'

Deze storm van vragen deed Steffi grinniken en ze probeerde op alles antwoord te geven. Noors enthousiasme was niet te stuiten toen ze hoorde dat Hugo interesse had in haar vriendin. 'Als het een geschikte kerel is, dan zou ik niet aarzelen om van zijn attenties te genieten, Stef. Je bent op vakantie! Geniet ervan en zet de bloemetjes maar eens goed buiten.'

'Hoe is het op het werk?' vroeg Steffi om het vorige gevoelige onderwerp te omzeilen.

'Prima! Alles verloopt zoals het moet en jouw werk wordt keurig bijgehouden. Maak je daar maar geen zorgen over. Hier gaat alles zijn vertrouwde gangetje en we zwoegen hard terwijl jij zalig geniet.' Ze lachte vrolijk en vervolgde ernstiger: 'Er zijn er hier wel een paar erg jaloers, maar je weet dat ik het je van harte gun.'

'Daar ben ik blij om, Noor. Heb je nog iets gehoord van Lex?'

Er was een korte aarzeling aan de andere kant van de lijn. Lex had inderdaad gebeld met de vraag waar Steffi was, maar ze had hem genegeerd en de hoorn weer terug op het toestel gelegd zonder hem antwoord te geven. Maar dat hoefde Steffi niet te weten. 'Zet die man nu toch uit je hoofd, Stef! Het is de bedoeling dat je hem vergeet, niet dat je hem telkens weer oprakelt. Maak je maar geen zorgen en geniet,' reageerde Noor omzeilend.

Steffi knikte en na nog wat heen en weer gepalaver over werkdruk en collega's, legde ze de hoorn neer nadat ze beloofd had om Noor twee dagen later terug te bellen.

Ze rommelde in haar handtas en viste er een kaartje uit waarop een telefoonnummer van haar moeders vakantieverblijf in Spanje geschreven stond. Ze drukte de cijfers in, maar het toestel werd niet opgenomen. Ze legde de hoorn weer neer. Ze veronderstelde dat haar mama en George een avondlijke strandwandeling maakten en ze kon zich hen voorstellen met hun vingers in elkaar gevlochten en hun blote voeten in het warme zand, kuierend langs de vloedlijn met de ondergaande zon aan de horizon die de zee veranderde in een bloedrode eindeloze vlakte. Ze voelde een steek in haar binnenste. Ze had gehoopt om met Lex ook zo gelukkig te worden. Ze haalde diep adem. Die periode was voorbij en ze moest verder. Misschien moest ze Noors raad opvolgen en alles koesteren wat ze op haar pad tegenkwam. Maar dat was niet zo gemakkelijk als het klonk.

2.

De ongeveer drie uur durende treinrit van Frankfurt naar München verliep rustig en kalm. De groep reizigers had elkaar al wat leren kennen en vormde aparte groepjes. Twee oudere echtparen zaten tegenover elkaar in een coupé en leken het goed met elkaar te vinden. De drie bejaarde dametjes hadden voldoende aan elkaars gezelschap en aan hun eeuwigdurende conversaties. De jonge mannen en vrouwen waren eveneens samen gaan zitten. De rest bestond uit een gepensioneerd echtpaar en een alleenstaande man van middelbare leeftijd die weinig behoefte voelden om zich ergens bij aan te sluiten. Ze zaten apart en keken door het raam naar het voorbijglijdende landschap, lazen een boek of dommelden weg op het eentonig gedender van de treinwielen.

Steffi had haar boek van Konsalik weer tevoorschijn gehaald, maar het lag gesloten op haar schoot terwijl ze nietsziende door het raam naar buiten keek. Haar gedachten gingen naar Lex. Ze herinnerde zich hoe verliefd ze op hem was geweest, hoe knap hij er had uitgezien en hoe hoffelijk en romantisch hij zich had voorgedaan. Ze kon nog altijd niet begrijpen hoe hij zo kon veranderen. Oké, hij was vanaf het begin al een kruidje-roer-me-niet geweest en in de eerste maanden van hun samenwonen sneuvelde er weleens een bord of een koffiekopje. Soms wist ze niet eens waarom hij de drang had om iets stuk te gooien, en stak ze het op het feit dat hij een slechte werkdag had gehad. Erover praten wilde hij niet, dan werd hij nog bozer. Had ze toen al moeten beseffen dat het alleen maar erger zou worden? Waarschijnlijk wel. Maar ze wilde het toen niet zien. Ze hield van hem en hij kon – buiten deze driftbuien – erg attent en lief zijn.

Maar al vlug werkte hij zijn woede op haar uit. Bij het minste verkeerde woord dat ze zei, greep hij haar arm vast en klemde hij zijn vingers er zo strak omheen dat ze het uitgilde van de pijn. Of hij gaf haar een klap in haar gezicht. Het gebeurde vooral als hij had gedronken, en de dag nadien was hij altijd vol spijt en vroeg hij haar huilend en smekend om vergeving. Ze kon deze smeekbeden moeilijk weerstaan en gaf hem telkens weer een kans in de hoop dat het zou beteren. Maar het werd alleen maar erger, zelfs zonder dat hij gedronken had. Ze moest haar woorden wikken en wegen en op haar tenen lopen om hem niet te mishagen. Wanneer ze hem er toch eens over aansprak, was het geheid bonje. De eerste keer dat hij haar behoorlijk had toegetakeld was ze er zo van geschrokken dat ze een week het huis niet durfde te verlaten en was ze zo beschaamd dat ze haar moeder en Noor had gezegd dat ze met griep in bed lag. En toch kon hij haar weer overhalen om het hem te vergeven.

Nu ze er opnieuw over nadacht, begreep ze zelf niet waarom ze zo stom had kunnen zijn. Als ze toen bij hem weggegaan was, had zij die laatste aframmeling niet hoeven doorstaan. Ze voelde de pijn nog als ze daaraan terugdacht. Waarom had ze haar schoenen toen niet dadelijk in de kast gezet? Maar ze was zo moe geweest na dat avondje uit en haar voeten deden zo'n pijn dat ze haar schoenen had uitgeschopt zodra ze hun appartement waren binnengekomen. Helaas struikelde Lex erover en dat was voldoende om hem tot razernij te brengen. Ze had nog geprobeerd hem af te weren en hem tot rede te brengen, maar dat maakte het alleen maar erger. Steffi voelde de doodsangst nog altijd door haar heen gaan bij de herinnering eraan. Ze had hem nog nooit zo hysterisch en furieus gezien en hij wist van geen ophouden. Hij bleef haar maar schoppen en slaan waar hij haar kon raken. Haar gezicht was al vlug een bloederige massa en haar lichaam kleurde bont en blauw. Ze was ervan overtuigd dat hij haar had doodgeslagen als ze toen niet op tijd had kunnen vluchten. In het holst van de nacht was ze blootsvoets, hinkend en bloedend naar haar vriendin gelopen. Gelukkig woonde Noor niet zo ver van haar vandaan, anders was ze er nooit gekomen. Van wat er daarna gebeurde, was ze zich niet meer zo goed bewust. Ze wist nog in een waas dat Noor met haar naar de spoedeisende hulp was gereden. Maar daarna was ze weggezonken in een weldadige slaap. Waarschijnlijk door de medicatie die ze haar hadden gegeven. Toen ze weer wakker werd waren de wonden op haar lip en boven haar wenkbrauw gehecht, lagen er koude kompressen op haar gezwollen oogleden, zat haar arm in het gips en deed heel haar lijf pijn.

Met haar moeders en Noors hulp was ze er weer bovenop gekomen en zij hadden er ook voor gezorgd dat ze eindelijk besefte dat het zo niet langer verder kon. De politie had Lex opgepakt en een paar dagen in voorarrest gezet tot haar aanklacht tegen hem voor het gerecht zou komen. Hij had een maand gekregen, een maand onvoorwaardelijk voor het mishandelen van zijn vriendin. Toen hij weer vrijkwam, werd hem een verbod opgelegd om in haar buurt te komen en daar was ze heel blij om. Ze wilde hem niet meer onder ogen komen.

Maar toen begon hij haar te bellen. In het begin uitte hij zich nog in allerlei verontschuldigingen en smeekte hij haar voor een nieuwe kans, maar toen hij merkte dat ze het meende en niet meer van plan was terug te komen, begon hij met zijn bedreigingen. Hij zou het haar betaald zetten! Na een aantal weken zijn verwensingen en bedreigingen aangehoord te hebben, was ze op aandringen van Noor haar beklag bij de politie gaan doen. Nadien waren zijn telefoontjes gestopt, maar begonnen er vreemde, onprettige dingen te gebeuren zoals de lekgestoken banden van haar auto, de dode rat aan haar deur en de lijm in haar brievenbus. Ze kon het niet bewijzen, ze had hem zelfs niet meer gezien, maar intuïtief voelde ze feilloos aan dat hij er iets mee te maken had.

In het begin was het nog tamelijk onschuldig, maar zijn handelingen werden steeds driester, tot die duw tijdens het fietsen en de auto die haar op een haar na raakte. Ze had de bestuurder niet gezien en door het schrikken en het wegspringen had ze ook de nummerplaat niet kunnen lezen. Was het toeval? Een dronken of gedrogeerde man die de controle over zijn stuur was verloren? Maar het was een rechte baan en er liepen nog voetgangers op het trottoir. Waarom koos die bestuurder haar dan uit om daarna met volle snelheid tussen het andere verkeer te verdwijnen? Ze had er niets van tegen haar moeder of Noor gezegd en ook niet tegen de politie. Wat had het ook voor zin? Maar haar gevoel zei haar dat het Lex was die haar op die manier een lesje wilde leren. Hij had haar goed bang gemaakt, dat kon ze niet ontkennen. Ze hoopte dat hij de strijd zou opgeven nu hij haar nergens meer kon bereiken. Dan kon ze na deze reis eindelijk verder met haar leven.

'Stoor ik?' Hugo plofte neer op de bank tegenover haar en keek haar vragend aan. 'Ik hoop van niet, want als je me wegstuurt dan ben ik verplicht om weer naar de verhalen van mijn vrienden te luisteren. Ze proberen elkaar te overtroeven om in de gunst van Emy en Valerie te komen.'

Steffi moest toegeven dat zijn gezelschap haar zware gedachten wat kon wegdrukken. Daarom glimlachte ze toegeeflijk. 'Jij niet? Emy en Valerie zijn beslist de moeite van het veroveren waard.'

Hij schudde zijn hoofd. 'Als je het mij vraagt, zijn ze met z'n allen een beetje te druk. Ik hou het graag wat rustiger. Daarom ben ik ook zo blij dat ik hier even mag zitten.' Hij keek nu naar het boek op haar schoot. 'Aan het lezen?'

'Dat wilde ik gaan doen, maar ik ben er nog niet aan toe gekomen omdat ik het landschap aan het bewonderen was.'

Hugo keek door het raam en zag velden, bossen en huizen de revue passeren. 'Niet veel bijzonders,' merkte hij op. 'Gelukkig is de zon weer van de partij en volgens het weerbericht zal dat de eerstkomende week niet veranderen. We zullen dus van een zonnige vakantie kunnen genieten.' Hij wendde zijn blik weer van het raam af en keek Steffi strak aan. 'Maar zelfs als het regende, zou jij deze vakantie zonnig maken. Het blauw van je ogen is zo fel en opvallend dat het lijkt of ze stralen.'

Steffi sloeg haar ogen neer. De manier waarop Hugo haar dit compliment gaf, deed haar erg aan Lex denken en ze kreeg het koud vanbinnen. Ze moest hem afwijzen voordat hij dacht dat hij bij haar een kans maakte.

'Dank je, Hugo. Dat is een mooi compliment, ik moet er haast van blozen. Mag ik vragen hoe oud je bent?'

Hij glimlachte en schudde zijn hoofd. 'Ik weet waar je naartoe wilt. Ik ben net tweeëntwintig geworden en ik besef dat je wel wat ouder kan zijn, maar naar mijn gevoel speelt leeftijd geen rol.'

'Ik ben zes jaar ouder, Hugo. Ik wil je maar meegeven dat ik al een stap verder in het leven ben dan jij.'

'Wil dat zeggen dat je een vriend hebt en samenwoont?'

Ze schudde haar hoofd. 'Niet meer. We zijn nog niet lang uit elkaar en dus ben ik beslist aan wat rust toe voordat ik weer aan een nieuwe relatie durf te denken.'

'Dan ben je dus vrij.' Het was geen vraag, maar een constatering.

'Vrij zijn betekent niet dat je openstaat voor iemand anders, Hugo.'

'Niet dadelijk, dat kan ik aannemen. Maar deze reis is nog lang en ik wil je graag beter leren kennen.'

'Het heeft geen zin, Hugo. Ik voel me vereerd door je belangstelling, maar ik ben er echt niet aan toe.'

'Ik heb het niet over een relatie, Steffi. Vriendschap is nu meer van toepassing. Ik vind je gewoon een leuke vrouw. Je bent niet alleen mooi en lief, maar ook onderhoudend en verstandig. Ik vind het fijn om met je te praten of om in alle rust gewoon bij je te kunnen zijn. Zonder bijbedoelingen en met alle respect voor je gebroken hart.'

Steffi keek hem even aarzelend aan. Met Noors woorden in gedachten dat ze van alles moest genieten, kon ze zijn woorden moeilijk negeren. Hugo was best een aardige man en een gezellig praatje af en toe maakte de reis nog aantrekkelijker.

'Als het je alleen om vriendschap te doen is, dan voel ik me echt vereerd,' zei ze ten slotte.

Hij zuchtte hoorbaar opgelucht. 'Dat is een pak van mijn hart en ik zal je vrijheid respecteren. Zelf hou ik er ook van om mijn eigen weg te gaan. Maar nu we toch niet weg kunnen tot de trein in München stopt, kunnen we net zo goed wat over elkaar te weten komen. Het is misschien een onbescheiden vraag, maar mag ik weten hoelang je al gescheiden bent?'

'Drie maanden en acht dagen om precies te zijn.'

'Hmm, dat is inderdaad nog vrij recent. Geen wonder dat het nog gevoelig ligt. Waren jullie lang samen?'

'Lex en ik hebben een jaar samengewoond, maar we kenden elkaar al ruim twee jaar.' Steffi vond het niet fijn om over haar verleden met Lex te praten en daarom stelde ze hém deze keer een vraag. 'Jij en je vrienden zijn studenten Medische Wetenschap. Ben je van plan om dokter te worden of verkies je chirurgie of wetenschappelijk onderzoek?'

Zijn ogen glinsterden toen hij haar aankeek. 'Huisarts! Daar heb ik altijd al van gedroomd. Mijn vader is orthopedisch chirurg en mijn oudste broer is net als mijn vader dit jaar als chirurg begonnen in het Sint-Dimpna Ziekenhuis in Geel. Maar dat wil ik niet. Ik hou ervan om meer tijd met mensen door te brengen. Bij mijn vader en mijn broer ligt de focus op het opereren, bij mij op het menselijk contact.'

'Heb je nog andere broers en zussen?'

'Ja, nog twee zussen en een jongere broer.'

'Gezellig! Ik ben altijd enig kind geweest, maar ik verlangde erg naar een broer of een zus. Helaas is mijn vader kort na mijn tweede verjaardag overleden en is mijn moeder daarna niet meer hertrouwd, dus een broer of zus zat er niet in.'

'Wat erg voor je. Het zal beslist niet gemakkelijk geweest zijn om zonder vader op te groeien.'

'Ik heb hem eigenlijk niet echt gekend, dus het is moeilijk om me voor te stellen hoe het is om een papa te hebben, net als een zus of broer.'

'Broers en zussen hebben is niet altijd een pretje, hoor. We maakten als kind veel ruzie, maar nu we volwassen zijn moet ik toegeven dat ik er altijd weer naar uitkijk om hen terug te zien.'

Het gesprek ging nog een poosje over en weer. Het was een soort 'aftasten', het begin van elkaar leren kennen zonder te diep te gaan. Hugo hoopte dat hij haar op deze manier toch voor zich kon winnen. Ze waren voor een maand op elkaar aangewezen. Lang genoeg om heel wat veranderingen teweeg te brengen.

München zag er op het eerste gezicht uit als een boeiende stad. Nadat Steffi haar koffer in een kleine, naar boenwas geurende hotelkamer had gezet met uitzicht op de toren van de Frauenkirche, begaf ze zich naar het restaurant voor een heerlijke lunch. Daarna werd de Marienplatz bezocht, het middelpunt van München, om te proosten in een van de vele 'Biergartens'. De jonge mensen hadden er wel zin in en de drie dametjes en de oudere echtparen die waren meegegaan, genoten even later van een koel glas schuimend bier in de schaduw van een parasol. Steffi hield niet van bier en in wijn of koffie had ze op dit moment geen zin. Daarom wilde ze van deze gelegenheid gebruikmaken om dit plein in haar eentje te verkennen. De Marienplatz was groot en druk door de vele toeristen, en ze zag enkele mooie gebouwen die ze wel nader wilde bekijken. Onopvallend glipte ze weg, bang dat Hugo het zou merken en met haar mee wilde gaan. Ze was niet van plan om lang weg te blijven, ze zou terug zijn voordat ze hun consumptie genuttigd hadden.

Nadat ze een aantal mooie gebouwen in neogotische stijl bekeken had, zag ze even verderop een klein museum waarvan de deur uitnodigend openstond en ze kon het niet laten om er even binnen te lopen en te genieten van de vele muziekinstrumenten die er tentoongesteld stonden. Toen ze terug naar buiten kwam, nam ze haar zonnebril van haar hoofd om hem weer op te zetten, toen ze vanuit haar ooghoek een man nonchalant tegen de gevel van het museum geleund zag staan. Hij droeg een pet met een lange zonneklep zodat zijn gezicht in de schaduw verdween. Het leek alsof er een schok door haar heen ging. Ze draaide haar hoofd in zijn richting, maar tot haar verwondering was de man verdwenen, opgeslokt door de menigte wandelaars op het plein. Ze huiverde ondanks de warmte. Ze dacht even dat het Lex was. Ze schudde echter beduusd haar hoofd. Waarschijnlijk leek hij er een beetje op. Hij kon immers onmogelijk weten dat ze hier was. Alleen haar moeder, Noor en haar baas Lucinda waren op de hoogte van haar treinreis en zij hadden beloofd om het aan niemand prijs te geven. Een lichte druk op haar schouder deed haar met een gilletje opspringen. Lorenzo keek haar verbaasd aan toen hij haar verschrikte gezicht zag. 'Het lijkt wel of je een spook hebt gezien,' grinnikte hij. 'Zie ik er zo vreselijk uit dat je van me moet schrikken?'

Steffi schudde haar hoofd. 'Ik ben alleen maar geschrokken van je aanraking.'

Hij keek haar even met zijn ondoorgrondelijke, mysterieuze

blik aan. Hij zag duidelijk angst in haar ogen en hij wist zeker dat het niets met hem te maken had, maar hij liet er het zwijgen toe. 'Ik kom je laten weten dat we bijna verdergaan.'

Steffi was nu al wat bekomen en keek hem verwonderd aan. 'Hoe wist je dat ik hier was?' Toen ze vertrok, had ze gezien dat Lorenzo met een man in de deuropening van de Biergarten stond te praten en ze was ervan overtuigd dat niemand haar had zien vertrekken. Hij glimlachte. 'Het is nu eenmaal mijn taak om alles in de gaten te houden.'

Kon hij dat werkelijk? Kon hij alles in de gaten houden? 'Soms trek ik er graag in m'n eentje tussenuit,' verklaarde ze, terwijl ze samen terug naar de anderen gingen.

Hij knikte zonder haar aan te kijken. 'Dat weet ik. Maar aangezien je bang bent om de weg naar het hotel niet meer terug te vinden, blijf je dicht bij de groep.'

Ze stopte plots, haar felblauwe ogen groot naar hem opengesperd. 'Hoe weet je dat?'

Hij grijnsde even minzaam. 'Mensenkennis en vooral observatie. Ik doe dit werk al bijna tien jaar, daar steek je wel wat van op.'

Steffi zette zich weer in beweging. Wat een vreemde man, dacht ze. Maar ergens moest ze toegeven dat ze hem mocht. Hij was vriendelijk en hulpvaardig zonder opdringerig of vervelend te zijn. Ach! Ze wuifde deze gedachten vlug weg. Hij was nu eenmaal reisleider en moest dus iedereen gunstig stemmen.

Lorenzo liep zwijgend naast haar mee. Hij had zelfs nog meer gezien. Het eerste wat bij hem was opgevallen toen hij haar zag, waren haar opvallend blauwe ogen die de kleur hadden van het blauw van de lucht gemengd met het diepe blauw van de zee. In combinatie met haar donkere haar vielen ze nog meer op. En hij zag nog iets in die ogen. Verdriet en pijn. Deze vrouw had al heel wat meegemaakt, daar was hij van overtuigd. Maar hadden ze dat niet allemaal? Ook hij had zijn part al gehad in deze wereld. Met een vurige Italiaanse moeder en een koele Belgische vader was het voor hem en zijn twee jongere zussen niet gemakkelijk geweest. De ruzies tussen zijn ouders stapelden zich op en waren tien jaar geleden geëxplodeerd tot een vechtscheiding. Zijn moeder verhuisde weer naar haar familie in Firenze en zijn zussen waren met haar meegegaan. Hijzelf was in België gebleven omdat hij toen net deze baan had gekregen en zijn werk niet wilde opgeven. Net als zijn zussen had hij veel onder de scheiding geleden. Zelfs zoveel dat hij een huwelijk niet zag zitten en het verliefd worden zoveel mogelijk uit de weg ging.

Na de Marienplatz gingen ze de Frauenkirche bezoeken waarvan de stenen de typische vochtige geur uitademden van oude, religieuze gebouwen, maar waarin de glas-in-loodramen, de geweldige pilaren, de kunstige beschilderingen en de prachtige gewelven kunstig tot zijn recht kwamen.

De dag daarop bezochten ze het grote stadspaleis van de hertog van Beieren, het Neues Rathaus, met zijn klokkenspel en zijn voorstelling van koperen poppen, en ze maakten een wandeling door de Engelse tuin.

’s Avonds plofte Steffi doodmoe op haar bed. Ze vond het zalig om oude gebouwen te bezoeken, maar het feit dat Hugo haast heel de dag aan haar kleefde had ze niet zo leuk gevonden. Ze kon het niet over haar hart verkrijgen om hem zonder meer te zeggen dat hij haar met rust moest laten, maar ze besloot toch om morgen wat meer met de drie dametjes op te trekken. Ze had al ondervonden dat hij haar met rust liet als hij zag dat ze ander gezelschap had. Ze dacht aan Noor. Ze zou haar nog eens moeten bellen zodat ze op de hoogte bleef. Maar dat kon wachten tot morgen. Nu eerst een douche en dan naar bed. Ze was bekaf.

3.

De volgende ochtend verlieten ze het station in München om koers te zetten naar Salzburg. De reis duurde slechts anderhalf uur met de sneltrein. De vele heuvels en bergen gaven al een mooi beeld van Oostenrijk toen ze Salzburg binnenreden en ze even later hun volgende hotelkamer inspecteerden. Steffi opende haar raam en keek uit op de rivier de Salzach, waarvan ze het water hoorde stromen, met daarachter de prachtige Oostenrijkse Alpen in de verte. Ze zuchtte van genoegen en ademde met lange teugen de frisse zuivere berglucht in. Een luid gelach trok haar aandacht en ze zag Lorenzo onder haar raam bij een jonge vrouw staan. Aan de klederdracht en het schortje dat de vrouw droeg kon ze opmaken dat ze in het hotel werkte. Terwijl ze lachte, sloeg Lorenzo een arm om haar schouder en drukte hij een zoen op haar wang. Het leek wel alsof hij overal vrouwen om zich heen had. Met zijn exotische uiterlijk en zijn onweerstaanbare accent was dat niet eens verwonderlijk. Maar dat maakte van hem ook een man die haar weinig vertrouwen inboezemde, toch iets waar het bij de liefde op aankwam. Ze trok zich terug in de kamer, liet het raam openstaan en nam haar toilettas uit haar koffer. Ze wist zeker dat ze hier haar ogen de kost zou geven.

Zoals ze zichzelf beloofd had, verbleef ze deze dag in het bijzijn van de oude dametjes.

'We vinden het fijn dat je ons gezelschap houdt, Steffi,' kirde Antje.

Sevelien knikte heftig. 'Ja, zeker! Je doet ons jaren jonger voelen.'

Daardoor schoot Dina in de lach. 'Dat voel ik helaas duidelijk aan mijn gewrichten. Ze spelen weer goed op vandaag.'

'Daar is bewegen dan weer goed voor,' opperde Antje.

Aan het einde van de dag had Steffi niet alleen het prachtige landschap, de Dom van Salzburg en een fort uit de elfde eeuw gezien, maar ze wist ook hoeveel kinderen de drie dames elk hadden, wie er gescheiden en weduwe was, wat ze hadden beleefd en wat ze in hun leven allemaal hadden gedaan. Haar hoofd tolde toen ze de rust van haar hotelkamer opzocht. Ze had ook gezien dat Hugo die dag meer met Valerie optrok, terwijl Wim, Dries en Pieter rond Emy bleven hangen. Zou hij inzien dat hij beter het zekere voor het onzekere kon nemen? Want ja, meer dan vriendschap kon er voor haar echt niet in zitten, dus waarom zou hij zijn kans bij Valerie niet wagen? Ze friste zich even op in de badkamer, die deze keer haast even groot was als haar kamer, en begaf zich weer naar de foyer van het hotel waar ze enkele telefoonhokjes had gezien. Even later had ze Noor aan de lijn.

'Hallo, Steffi! Ik ben blij dat je belt. Ik maakte me al een beetje ongerust omdat het zo lang duurde voor ik weer iets van je hoorde. Alles goed daar?' klonk het vrolijk, met een bezorgde ondertoon.

Steffi stelde haar dadelijk gerust. Ze vertelde haar vriendin alles wat ze tot hiertoe had gezien en natuurlijk ook over haar reisgenoten. Noor moest lachen toen ze over de drie oudere dames vertelde en ze kruiste stiekem haar vingers toen ze hoorde dat Hugo haar maar al te graag wilde versieren.

'Waarom geef je hem geen kans, Steffi? Zo te horen lijkt het me een geschikte vent en hij studeert voor dokter, zeg je? Dat is toch mooi meegenomen?'

'Ben je vergeten wat ik nog maar net achter de rug heb, Noor? Ik heb echt helemaal geen zin in een vakantieflirt of een onenightstand of wat dan ook. Hoe is het trouwens daar bij jullie? Heb je nog contact met Lex gehad? Ik kan me moeilijk voorstellen dat hij het zonder meer heeft opgegeven.'

Het bleef even stil aan de lijn. 'Je moet het me eerlijk zeggen, Noor,' drong Steffi aan. Ze dacht weer even aan de man bij het museum en kon een rilling niet onderdrukken.

'Goed. Ik zal eerlijk tegen je zijn. Hij heeft inderdaad naar me gebeld. Twee keer zelfs. Natuurlijk heb ik hem niet gezegd waar je was. Ik heb hem gewoon gezegd dat het zijn zaken niet langer zijn en ik heb opgehangen. Een dag later heb ik hem toevallig ontmoet in een park waar hij gearmd met een jonge, blonde vrouw rondliep. Hij heeft me niet gezien, maar hun lichaamstaal liet duidelijk merken dat ze bij elkaar hoorden. Nu hij iemand anders heeft gevonden, zal hij je verder wel met rust laten. Je kan dus op je twee oren slapen. Probeer hem nu maar uit je hoofd te zetten en geniet van de reis én van Hugo.'

Steffi haalde opgelucht adem. 'Het doet me goed om te horen dat hij een andere liefde heeft gevonden, maar ik heb ook te doen met die vrouw. Ik weet wat haar te wachten staat.'

'Dat zijn jouw zorgen niet langer, Stef. Laat die hersenkronkels van jou nu eindelijk rusten en vergeet die akelige man voor eens en voor altijd!'

'Goed, maar dan zonder Hugo. Hij is veel te jong voor me en daar voel ik me niet goed bij.'

'Prima! Snoep dan maar een van die oudere mannen op. Als je maar geniet!'

Steffi lachte even uitbundig. 'Dat zal ik doen.'

Na nog wat gepraat te hebben over Noors werk en haar vriend Mattis, hing ze weer op en Steffi bleef even in gedachten in het telefoonhok staan. Ze was blij om haar vriendin gehoord te hebben en ze hoopte oprecht dat Lex' dreigementen en handelingen nu voorgoed gestopt waren. Ze zuchtte opgelucht, diepte een papiertje uit haar zak met Lutgardes telefoonnummer en toetste het nummer in. Deze keer nam haar moeder wel op en na wat over en weer gepraat over hun respectievelijke vakanties en met de wetenschap dat alles prima verliep, legde ze de hoorn weer op het toestel. Steffi grinnikte even bij de vaststelling dat haar moeder duidelijk tot over haar oren verliefd was. Ergens was ze ook wat jaloers op haar, al gunde ze het haar van harte. Ze wilde dat ze net zo verliefd kon zijn. Ze had gehoopt dat ze datzelfde gevoel met Lex kon hebben, maar het bleek helaas niet het geval te zijn. Zou ze ooit in staat zijn om de ware te vinden? Ze twijfelde er sterk aan. De angst dat ze dezelfde fout zou begaan als bij Lex maakte haar erg wantrouwig.

De volgende dag stonden het Mirabell Palace, een weelderig paleis met al even weelderige tuinen, en het renaissancepaleis Schloss Hellbrunn met zijn prachtige park op het programma. Na de bezichtiging van deze gebouwen was er voor de liefhebbers nog een wandeling in de bergen gepland.

Ook deze dag bleef Steffi bij de drie dametjes en stelde ze tot haar voldoening vast dat Hugo het gezelschap van zijn vrienden verkoos. Lorenzo sloot altijd wel bij een groepje of een echtpaar aan om een praatje te maken.

Antje maakte haar vriendinnen erop attent. 'Kijk, onze Don Juan is al een hele tijd druk in gesprek met het koppel dat zich altijd wat afzondert. Ik ben benieuwd wat ze te zeggen hebben. Volgens mij heeft Renzo elk van ons tot op de bodem ontleed voordat deze vakantie erop zit. Ik dacht eerst dat hij van de ene jonge vrouw naar de andere zou fladderen, in de hoop om zoveel mogelijk veroveringen buit te maken. Hij heeft meer dan voldoende charisma om elke vrouw het hoofd op hol te brengen. Maar tot hiertoe heb ik hem nog geen avances zien maken. Het enige wat hij doet is attent zijn en praten, maar dan op een manier dat hij alles van ons te weten komt en wij niets van hem.'

Dina sprong haar bij. 'Daar heb je gelijk in, Antje. Door zijn uiterlijk, zijn accent en zijn vriendelijkheid kan hij iedereen om zijn vinger winden. Ik denk dat hij ondertussen al van heel mijn leven op de hoogte is.'

'Van het mijne ook,' piepte Sevelien. 'Ik weet niet hoe hij het doet, maar voor je het weet leg je je ziel aan hem bloot.'

Ze wendde zich tot Steffi. 'Ik heb hem nog niet veel met jou zien praten, Steffi. Maar ik ben ervan overtuigd dat het nog wel zal komen en dan zal hij alles over jou te weten komen.'

'Zoals jij het stelt maakt het me bang, Sevelien. Trouwens, hij hoeft niets van me te weten, daar heeft hij geen boodschap aan.'

'Ach, hij is zo lief en charmant. Je hebt hem je levensverhaal verteld zonder dat je het beseft. Van mij mag hij alles weten, ik heb niets te verbergen,' zei Dina.

Steffi liet er het zwijgen toe, maar ze was ervan overtuigd dat hij zijn nieuwsgierigheid bij haar niet zou kunnen bevredigen. Hij had nu eenmaal niets met haar leven te maken.

Na de lunch stond Lorenzo klaar voor de bergwandeling. 'Omdat de tijd tamelijk beperkt is en we voor vanavond terug moeten zijn, gaan we het eerste stuk met de kabellift en van daaruit wandelen we te voet tot aan de sneeuwgrens,' informeerde hij. 'Het is zalig om in hartje zomer toch sneeuw in je handen te voelen.' Hij leek zelf al verheugd met dat vooruitzicht.

De drie dames en de oudere echtparen hadden bedankt voor deze wandeling en bleven liever in het hotel, maar de rest ging graag mee. Ook Steffi. Zij keek ernaar uit om de besneeuwde toppen te bereiken, maar nog meer om bloeiende edelweiss te ontdekken. Ze wist dat deze tere bloemen rond deze tijd in bloei moesten staan en ze hoopte ze te zien, ook al waren ze zeldzaam.

Omdat ze nu geen kans zag zich aan te sluiten bij de dames,

maakte Hugo van deze gelegenheid gebruik om naast haar te lopen, terwijl Emy, Valerie, Dries, Wim en Pieter om hen heen vrolijk grappen maakten of hen attent maakten op de omgeving.

'Kijk je er ook naar uit om sneeuw te zien?' vroeg Hugo toen ze de kabellift uit stapten en met een ervaren gids hun klim naar boven begonnen.

Steffi knikte. 'Ik hoop eveneens om edelweiss te zien, Hugo. Deze bergen zijn hun habitat. Ik heb deze kleine stervormige bloemen alleen nog maar op foto's gezien en het zou geweldig zijn om ze in het echt te kunnen bewonderen. Blijkbaar is edelweiss vrij zeldzaam en ze groeien zo laag aan de grond dat je ze over het hoofd kunt zien. Het zal dus haast een wonder zijn als ik ze zal vinden.'

'Dan moeten we er zeker naar uitkijken. Jongens, luister eens even,' wierp hij meteen in de groep. 'Willen jullie meehelpen uitkijken naar edelweiss? Deze bloemen moeten hier ergens groeien en Steffi zou ze dolgraag willen zien.'

Dries wees al gauw naar een bosje blauwe gentiaan. 'Is het dat, Steffi?' vroeg hij, waarbij Valerie hem een stomp gaf.

'Nee, joh! Edelweiss is wit van kleur.' Waardoor Dries in lachen uitbarstte en zei dat hij niet bepaald veel afwist van bloemen of planten.

Steffi voelde zich goed in de groep, en Hugo hield woord en benaderde haar gewoon vriendschappelijk zoals de anderen, zodat ze met iedereen een woordje kon wisselen.

Naarmate de klim steiler werd en ze af en toe al wat sneeuw tegenkwamen, werden ze wegens de smalle paadjes tussen de rotsen gedwongen om achter elkaar te lopen, waardoor er niet veel meer te praten viel. Uiteindelijk bereikten ze een groot vlak plateau waarop de sneeuw zich als een glinsterend wit oppervlak voor hen uitstrekte. Het uitzicht was adembenemend en het panorama van het landschap onder hen deed hen met ontzag en stilte om zich heen kijken. Door de zon en de heldere lucht konden ze tot helemaal beneden in het dal kijken. Steffi voelde zich zalig. De wetenschap dat ze hier in de sneeuw stond, terwijl in de diepte de huizen in het dal in de zon baadden met temperaturen van bijna dertig graden, gaf het geheel iets magisch – ze kon het niet anders benoemen.

Na de nodige foto's van de groep, de bergen, de sneeuw, het landschap en het vergezicht begonnen ze weer aan de afdaling. Wim opperde dat hij deze pracht niet had willen missen en daar waren ze het allemaal mee eens. Even later zagen ze de gids en Lorenzo ergens naar staan kijken. Lorenzo wenkte hen en toen ze naar de twee mannen toe gingen, zag Steffi direct waar hij naar wees. Ze slaakte een kreet van vreugde. 'Edelweiss,' stiet ze verrast uit. Het kleine bosje stervormige bloemen stond beschut tussen enkele rotsblokken in de zon.

'Is dat alles?' vroeg Dries. 'Ze vallen haast niet op.'

Lorenzo keek hem glimlachend aan. 'Ze zijn echter wel gewild en worden door veel toeristen geplukt omdat de meesten onder hen geloven dat het hebben van een bloem hun geluk zal brengen. Toch is dit ten strengste verboden.'

Steffi maakte verschillende foto's van het bosje edelweiss en bedankte de gids en Lorenzo voor dit onverwachte extraatje. Lorenzo keek haar even na toen hij haar samen met de anderen achter de gids aan naar beneden zag volgen. Hij had gehoord hoe Hugo de anderen erop attent had gemaakt om naar edelweiss uit te kijken en hij had de gids zo ver gekregen om hen de bloemen te laten zien. Normaal gesproken deed de gids dit niet om het plukken ervan te voorkomen, maar omdat Lorenzo het hem had gevraagd maakte hij een uitzondering. Haar stralende gezicht had hem verteld dat hij er goed aan had gedaan.

4.

De meer dan vijf uur durende treinrit van Salzburg naar Boedapest had Steffi suf gemaakt. Ze kon naar alle eerlijkheid zeggen dat de drie dametjes lief en onderhoudend waren, maar af en toe had ze toch naar een beetje me-time gesnakt. Gelukkig was er een restaurantwagon in de trein en hielden de dames van een goed glas wijn en een koffie op z'n tijd, zodat ze regelmatig van deze dienst gebruikmaakten. Steffi had vriendelijk bedankt voor de uitnodiging om met hen mee te gaan. Op die manier had ze toch een beetje rust. Aan hun woorden te horen hadden ze de jongerengroep daar ook aangetroffen, genietend van een biertje en elkaars gezelschap. 'Bij hen hoor je meer thuis dan bij ons,' had Dina gezegd. 'Je hoort met hen plezier te maken in plaats van je tussen een stel oude vrijsters op te houden of hier alleen achter te blijven.'

'Oude vrijster! Kijk naar jezelf!' had Antje gemompeld, terwijl haar ogen lachten.

Dina hoorde het niet eens en ging onverstoorbaar verder. 'Ik meen het, Steffi. We hebben Hugo met dat ene meisje gezien. Ze waren niet van elkaar weg te slaan. Je hebt volgens mij je kans bij hem verkeken.'

'Ik ben blij voor Hugo, Dina. Ik hoop dat hij heeft ingezien dat ik geen partij voor hem ben. Trouwens, voor mij zijn jullie helemaal geen stel oude vrijsters, maar lieve dames waarbij ik me geborgen en gekoesterd voel.'

Antje had haar met een schuin hoofd aangekeken. 'En veilig voor aanhalige mannen! Volgens mij ben jij op de vlucht voor je verleden. Heb je soms een verbroken relatie achter de rug?'

Steffi kon niet anders dan knikken. Ze wilde niet liegen tegen hen, dat had trouwens geen zin.

'Zie je wel.' Antje keek haar vriendinnen vergenoegd aan. 'Ik wist het wel!' Ze keerde zich weer naar Steffi en vervolgde: 'Nu je A gezegd hebt, ben je ook verplicht om de B te vertellen. Praten over je innerlijke wonden is dikwijls de helft van de genezing. Dus kom op, meid, spuw het uit, werp al je ergernissen van je af en vertel ons wat je hebt meegemaakt. Wij hebben al een heel leven achter de rug, en onze harten en zielen zijn al verschillende keren gebroken en bekrast geweest, we zullen dus niet vlug schrikken en waarschijnlijk kunnen we jou wel goede raad geven.'

Steffi aarzelde even, maar besloot dan toch om het aan hen te vertellen. Wat kon het voor kwaad? Ze vertelde over haar liefde voor Lex, over zijn charme en zijn overtuigingskracht en de heerlijke eerste maanden. Maar ook over zijn woedeaanvallen en zijn onbeheerste driftbuien die nadien regelmatig de kop opstaken en die altijd weer werden goedgemaakt door zijn lieve attenties, tot zijn geweld extreme vormen aannam en ze de relatie uiteindelijk definitief beëindigde. Ze vertelde hun ook over zijn woede en zijn haat omdat zij het had aangedurfd om hem te verlaten, over de verwensingen en bedreigingen die hij haar telefonisch had toe gesist, maar ze repte met geen woord over al die nare toestanden die ze nadien had ondervonden. Zolang ze geen bewijs had dat hij het had gedaan, kon ze daarover beter zwijgen. Ze besloot met de woorden dat ze hoopte Lex nooit meer te zien.

Vooral Sevelien was er erg door aangedaan. 'Wat een bruut van een vent! Je hebt gelijk dat je hem de bons hebt gegeven. Je zou het voor minder doen.'

Daar stemden Dina en Antje ook mee in en ze begrepen nu

waarom Steffi even geen mannelijke aandacht wenste. Eerst moest haar hart weer helen voordat het een nieuwe liefde toeliet.

Toen Steffi in haar hotelkamer was aangekomen dacht ze aan deze woorden terug, terwijl ze nietsziende door het raam naar buiten staarde. Het had haar inderdaad opgelucht nu ze de drie dames deelgenoot had gemaakt van haar verleden. Het leek wel alsof er een last van haar schouders gevallen was. Waarschijnlijk waren Noors woorden dat ze Lex met een andere vrouw had gezien daar ook wel voor verantwoordelijk. Hij had nu immers iets anders waar hij zijn zinnen op kon zetten en ze hoopte dat hij haar nu vlug zou vergeten.

Ze keek met wat meer aandacht naar de omgeving buiten. Het hotel lag vlak bij het stadscentrum van Boedapest. Ze zag een groot plein met een kiosk omgeven met platanen en even verderop stond een prachtig beeldhouwwerk in Carraramarmer van een man op een paard. Het zonlicht kaatste af op het beeld en leek het nog witter te maken dan het al was. Heel het plein leek omgeven te zijn met oude pittoreske huizen in verschillende stijlen. Kuierende toeristen, terrasjes, kleurige parasols en een stralende zon deed haar haar vermoeidheid op slag vergeten. Ze glimlachte bij de gedachte om al het moois van deze stad te ontdekken. Volgens Lorenzo waren ze vrij tot deze middag, zodat ze zich wat konden settelen en wat konden bekomen van het vroege vertrek en de lange treinreis, maar ze zou het zonde vinden om deze vrije tijd met nietsdoen te vullen. Met hernieuwde energie draaide ze zich om en opende ze haar koffer. Eerst het stof van de reis eraf wassen, en dan was ze klaar om op verkenning te gaan. Als ze op het plein bleef, kon ze de weg naar het hotel zeker terugvinden.

Ze had voor deze gelegenheid een donkerblauwe short aangetrokken. Haar lange, slanke, licht gebruinde benen werden daardoor nog meer benadrukt. Een blauw streepjes T-shirt paste er perfect bij. Gemakkelijke platte sandalen en een zonnebril maakten het geheel af. Ze verliet het hotel en keek met een glimlach van links naar rechts. Zonder er verder over na te denken nam ze de rechterkant en ging naar een rij oude, prachtig gedecoreerde huizen kijken om vervolgens de etalages van enkele pittoreske winkeltjes te ontdekken waar de toeristische souvenirs voor het grijpen lagen. Ze was juist op weg om de kiosk in het midden van het plein aan een keurend oog te onderwerpen toen ze Lorenzo ervandaan zag komen. Hij merkte haar ook op en wendde zijn stappen naar haar toe. 'Zo te zien heb jij nog voldoende energie over na die lange treinreis.'

Steffi knikte. Ze had er niet op gerekend om iemand van de groep tegen te komen, maar ze kon hem toch moeilijk straal voorbijlopen. 'Dat is ook op jou van toepassing, Renzo. Ik had verwacht dat heel onze groep, inclusief reisleider, voor pampus zou liggen.'

Hij grinnikte. 'Een reisleider moet altijd paraat zijn, Steffi. Ik kwam even kijken op welke tijden welk orkest of welke muzikant hier komt spelen. Het wordt hier altijd aan de kiosk uitgehangen zodat de toeristen of de bewoners een keuze kunnen maken. Het is een leuke gelegenheid om deze avond of volgende avond mee te pakken, voor diegenen die het willen.'

'Alles in functie van de groep, dus,' knikte ze.

'Juist. Dat wordt immers van me verwacht.' Hij keek even om zich heen en vervolgde: 'Het is hier mooi, vind je niet? Ik ken hier in de buurt een prachtig museum met kunstwerken van plaatselijke kunstenaars. Als je wilt, wil ik het je met alle plezier tonen. Onderweg zul je ongetwijfeld nog meer mooie gebouwen zien, want deze stad wordt niet voor niets de mooiste stad van Europa genoemd.'

Steffi beet even op haar onderlip. Ze zat niet echt te wachten op een privérondleiding, maar aan de andere kant was Lorenzo de man bij uitstek die haar de mooiste dingen kon laten zien. Dus stemde ze toch in.

Hij nam haar mee langs een klein steegje tussen mooie huizen tot ze in een tamelijk brede straat uitkwamen waarin prachtige, statige huizen stonden. Ze keek haar ogen uit en Lorenzo vertelde haar honderduit over de bouwstijl, de architect en de geschiedenis van elk gebouw. De passie waarmee hij dit alles vertelde gaf weer dat hij dit echt graag deed. Het was niet zomaar een opgedreunde, uit het hoofd geleerde tekst.

'Dit is je stokpaardje, niet?' vroeg Steffi hem op een bepaald ogenblik.

Hij keek haar even met een warme blik aan en knikte enthousiast. 'Ik hou van oude gebouwen met een geschiedenis. En ik hou ook van mensen. Daarom ben ik ook zo dol op mijn baan.'

'Van mensen én hun verleden!' Ze keek hem even met een schalkse blik aan. 'Sevelien, Antje en Dina hebben me verteld dat je heel hun levensverhaal uit hen hebt gepeuterd.'

Hij grijnsde. 'Hebben ze dat zo gezegd?'

'Nee, niet zo, maar het komt er wel op neer. Ben je zo benieuwd naar wat anderen hebben meegemaakt?'

Hij dacht even stilzwijgend na voor hij antwoord gaf. 'Het verleden is iets wat me altijd geboeid heeft en daar hoort ook het verleden van de mens bij. Maar het feit dat ik hen over hun leven laat vertellen heeft niets met mijn passie te maken. Weet je... iedereen draagt een rugzak met zich mee waarin de dingen verstopt zitten die hen raakte en pijn hebben gedaan. Het erover praten lucht dikwijls op en maakt dat ze zich beter voelen. Dat is mijn doelstelling, dat ze na deze reis zeggen dat ze er echt van genoten hebben en dat het hen tot rust heeft gebracht. Noem het maar een vorm van therapie.'

Op dat ogenblik waren ze bij het museum aangekomen. Lorenzo kocht de tickets en loodste Steffi mee naar binnen.

'Jij ook?' vroeg ze, terwijl ze achter hem aan ging. 'Draag jij ook een rugzak met je mee?'

Hij stopte, keek haar even peilend aan en knikte. 'Ja, ook ik draag een rugzak met me mee.'

'Wil je erover praten?'

Hij glimlachte weer mysterieus. 'Later! Laten we nu even genieten van de schilderwerken. Kijk eens wat een mooie kleuren deze kunstenaar gebruikt. De precisie van zijn verfstreken zijn haast ongeëvenaard.'

Steffi wist dat haar kans verkeken was, maar juist door deze subtiele afwijzing wist ze dat hij, net als zij, iets had meegemaakt wat zijn vertrouwen in de mensheid had aangetast. Ze bekeek hem nu met andere ogen, met ogen waarin een zekere nieuwsgierigheid school en ze vroeg zich af wie van hen beiden het eerst de rugzak van de ander zou leegmaken.

Toen ze terug bij het hotel kwamen, was het bijna middag en stond de zon hoog aan een helderblauwe lucht. Het was warm en Steffi verlangde naar een koel drankje. Ze beklom de drie bordestreden naar het hotel en bleef plots doodstil staan. Lorenzo, die haast tegen haar op botste, keek haar even vragend aan en schrok van de angst die van haar gezicht af te lezen was. Hij volgde haar blik en zag een rat in de hoek naast de glazen toegangsdeur. Eerst dacht hij dat het dier nog leefde, want het stond rechtop in de hoek tussen deur en muur met de harige rug naar hen toe en de spitse snuit de lucht in. Maar door de ineengezakte houding, de geknakte kop en de gebroken zwarte oogjes besefte hij dat het knaagdier dood was. Even haalde hij opgelucht adem. Geen wonder dat ze schrok. Welke vrouw was er nu niet bang en vies van een rat?

'Niet bang zijn. De rat is dood, Steffi. Ik zal de jongen aan de balie vragen om het kadaver weg te halen,' zei hij zacht, terwijl hij haar bij een elleboog nam en haar met voorzichtige dwang in een boog om de rat heen naar binnen leidde. Hij voelde hoe haar lichaam haast verstijfd was van schrik. Hij kon niet weten dat ze al eerder een dode rat aan haar deur had gevonden, in precies zo'n hoek en in precies dezelfde houding.

Terug in haar kamer zat Steffi rillend op de rand van haar bed. Ze probeerde zich rustig te houden en zichzelf ervan te overtuigen dat ze dingen veronderstelde die er niet konden zijn. Het moest haast wel toeval zijn. Lex wist niet eens waar ze zat en hij had een andere vriendin – twee dingen die haar ervan moesten overtuigen dat het toeval was. Ratten waren immers overal. Deze kon gif gegeten hebben en was gewoon doodgegaan. Maar op precies dezelfde plaats en in dezelfde houding? Steffi huiverde even. Nee, niet aan denken, sprak ze zichzelf toe. Lex kan hier onmogelijk zijn. Dat zijn waanvoorstellingen en ze mocht haar reis hierdoor niet laten verpesten. Waarschijnlijk gaan ratten gewoon op deze manier dood! Ze haalde diep adem en ging naar de badkamer om wat fris water op haar gezicht te sprenkelen.

Toen de groep na het middageten het hotel verliet, was de rat verdwenen. Steffi probeerde het voorval van zich af te zetten en besloot bij de drie dames te blijven. Zij gaven haar een geborgen gevoel en daar had ze nu behoefte aan. Na een bezoek aan het Vissersbastion, waar ze boven op een van de torens van het fort een mooi uitzicht op de stad hadden met daarna een bezichtiging van de Burcht van Boeda, waarin de prachtige Hongaarse invloeden duidelijk naar voren kwamen, gingen ze weer naar het hotel waar ze na de lunch van een muzikaal intermezzo konden genieten aan de kiosk op het plein. Daar waren nu tafeltjes en parasols neergezet en kon er ook drank genuttigd worden.

Tijdens de lunch, die ze zoals gewoonlijk met Emy en Valerie deelde, hadden de twee jonge vrouwen het meestal over de jonge mannen en alles wat zij gezegd en gedaan hadden. Steffi vond het niet erg om naar hen te luisteren en ze gunde hun het genoegen van de aandacht van de jonge mannen. Voor de meeste jonge mensen was dit trouwens een van de geneugten van zo'n reis. Maar het feit dat zij zich de laatste dagen veel met de drie oudere vrouwen ophield was Emy en Valerie toch niet ontgaan.

'Ik snap niet waarom je zo vaak het gezelschap van die drie opzoekt, Steffi,' zei Emy met een medelijdende klank in haar stem. 'Het is niet omdat je een stuk ouder bent dan wij, dat jij je bij de oudjes moet voegen.'

Valerie was op dat punt wat voorzichtiger. Zij had in het begin maar al te goed gezien hoe Hugo naar Steffi's aandacht bedelde en ze was bang dat zijn gevoelens weer naar haar toe zouden gaan als ze zich meer bij hun groep zou voegen. 'Als Steffi zich goed bij hen voelt, dan is er toch geen enkel bezwaar, Emy,' opperde ze.

'Nee, dat is waar. Maar ik kan me voorstellen dat wat andere praat en vrolijkheid haar weleens goed kan doen. De remmen los, weet je wel.'

Steffi lachte. 'Ik weet wat je bedoelt, Emy, maar je zou je kunnen verbazen hoeveel Dina, Antje en Sevelien van het leven genieten. Al moet ik toegeven dat de jongens ook stuk voor stuk aardig zijn'.

'Dat zijn ze zeker. En we zouden het leuk vinden als jij wat meer met ons optrok. Dat maakt ons vrouwelijk aandeel wat sterker en de jongens kijken ernaar uit, weet je.'

Steffi stond even stil bij deze woorden. Ze was in de overtuiging geweest dat ze deze reis liever in haar eentje beleefde en ze was niet van plan geweest om vriendschap te zoeken. Maar nu moest ze toegeven dat het leuk was om mensen te leren kennen.

Toen ze zich iets later naar de kiosk begaf, zag ze dat de jongerengroep al aan een tafeltje zat, elk met een fris glas bier voor hun neus. Met de woorden van Emy in gedachten ging ze naar hen toe. Ze begroette hen en nam plaats naast Emy. Wim boog zich over het tafeltje heen en vertelde haar welk orkest er kwam spelen, terwijl Dries en Pieter naar Hugo keken die een mop aan het vertellen was. Valerie zat naast Hugo en keek met een verliefde blik naar hem op. Een lachsalvo volgde op de clou van de mop. Steffi voelde goed aan dat de jongens al lang vrienden waren, maar ook dat Emy en Valerie zich al goed ingeburgerd hadden tussen dat mannenbastion. Ze moest echter toegeven dat ze de levendigheid en de vrolijkheid van de groep fijn vond. De mannen deden al het mogelijke om haar bij hun gesprekken te betrekken en hun stemmen klonken opgewekt boven alles uit. Hugo was leuk en vriendelijk en besteedde tot haar opluchting meer aandacht aan Valerie dan aan haar. Emy had dan weer meer oog voor Lorenzo. Regelmatig staarde ze naar hem als hij van hier naar daar ging, en haar omfloerste blik bleef op hem rusten als hij met iemand van de groep in gesprek was.

'Wat vind jij van Lorenzo?' vroeg ze op een bepaald moment aan Steffi. 'Ik vraag me af hoe hij is. Ik heb al eens een paar keer geprobeerd om wat meer over hem te weten te komen, maar hij is zo gesloten als een oester. Volgens mij schuwt hij vrouwen.'

Steffi keek haar verbaasd aan. 'Ik dacht dat hij juist veel aandacht van vrouwen krijgt en ook geeft.'

'Denk je? Dat geven weet ik nog zo net niet, Steffi. Zolang het oppervlakkig blijft misschien. Kijk, ik vind hem onweerstaanbaar met zijn grappige accent en zijn exotische uiterlijk, en dat heb ik hem al een paar keer met woord en daad laten merken. Hij doet echter alsof hij niet begrijpt wat ik bedoel en nu mijdt hij me als ik alleen ben. Volgens mij is hij getrouwd of hij is homo, een van de twee.'

Steffi keek even naar Lorenzo en fronste haar voorhoofd. 'Heb je het hem al gevraagd?'

'Wat? Of hij getrouwd of homo is?'

'Ja, hij kan toch moeilijk weigeren te antwoorden als je het hem rechtstreeks vraagt.'

'Nee, en ik wil het niet weten. Nu kan ik nog van hem dromen en hopen.' Emy grinnikte en keek Steffi met een ondeugende blik aan. 'Ik mag toch een beetje genieten, ook al is het alleen maar met mijn ogen en mijn fantasie.'

Het orkest zette juist zijn eerste muziekstuk in, toen Steffi vanuit het hotel de drie dames naar de kiosk toe zag komen. Antje liep voorop. Met haar kokette jurk en haar slanke lijn zag ze er van ver nog jong uit. Achter haar liep de stevigere Dina met de tengere kleine gestalte van Sevelien naast haar. Het plein was gevuld met toeristen en plaatselijke bewoners die op de volle terrasjes zaten of kuierend van al het moois genoten. Tussendoor rinkelden fietsers om de wandelaars te waarschuwen. Auto's of gemotoriseerde voertuigen waren hier blijkbaar niet toegestaan.

Plots zag Steffi een fietser in volle snelheid op Antje afkomen. Deze keer werd er niet gerinkeld en Antje had hem niet gezien. Om een botsing te vermijden duwde de fietsende persoon tegen Antje zodat zij viel. Hij fietste gewoon verder en was in een mum van tijd tussen de menigte verdwenen. Steffi sprong op en rende naar Antje toe, bang dat de klap haar verwond had. Dina en Sevelien ondersteunden hun vriendin om haar weer op de been te helpen.

'Gaat het, Antje?' vroeg Steffi bezorgd.

De oudere vrouw trok een grimas. 'Op wat schaaf- en beurse plekken na lijk ik niets te mankeren. Wat bezielde die gek? Ik had hem niet eens zien aankomen.'

'Zulke mensen mochten ze van mij in de gevangenis stoppen,' ging Dina daarop in. 'Wat een brutaliteit!'

Lorenzo kwam naar hen toegelopen en hijgde zwaar. Hij keek Antje met een bezorgde blik van top tot teen aan. 'Heb je een dokter nodig, Antje?'

De oudere vrouw schudde echter dadelijk haar hoofd. 'Ik heb niets, Renzo. Ik ben alleen maar vreselijk geschrokken. Ik had hem echt niet gezien.'

'Zelfs het kleinste kind weet dat je hier niet hard kunt fietsen zonder iemand te raken. Ik ben hem nog achternagelopen in de hoop hem bij zijn lurven te kunnen vatten, maar hij was me te snel af,' reageerde Lorenzo woedend.

Steffi voelde het bloed uit haar gezicht wegtrekken. Ze dwong zich om niet aan een ander fietsongeval te denken, om niet toe te geven aan haar angst. Het waren gewoon toevalligheden.

Nog huiverend en geschrokken voegde ze zich weer bij het groepje. Niemand stelde vragen bij het zien van haar ontsteltenis. Het feit dat Antje werd aangereden was meer dan reden genoeg voor haar gedrag.

'Hoe is het met haar?' vroeg Pieter.

'Het gaat gelukkig wel. Maar voor hetzelfde geld had het veel erger kunnen zijn. Wat bezielde die kerel?' antwoordde Steffi.

'Misschien was het wel een vrouw?' merkte Dries op. 'Het gebeurde zo vlug dat ik de fietser slechts in een flits gezien heb. Door de helm en het fietspak kan het misleidend zijn.'

Steffi klemde zich vast aan die gedachte. Daarmee probeerde ze haar angst te sussen.

De volgende dag stelde Lorenzo aan de liefhebbers voor om in de voormiddag naar het Hongaars Parlementsgebouw te gaan en om in de namiddag de Széchenyibaden te bezoeken, een grote spa met binnen- en buitenzwembaden en een wellness om u tegen te zeggen. Daar konden ze Antje een weldadige en herstellende massage geven zodat de pijn van haar gekneusde lichaam wat kon wegtrekken.

Steffi zorgde ervoor dat ze tijdens het bezichtigen van het Parlementsgebouw dicht bij de groep bleef en ze was blij dat de spa omheind was, zodat ze zich veiliger voelde.

Zelfs in haar slaap was de angst niet ver weg en werd ze voortdurend wakker – geplaagd door angstdromen met het gezicht van Lex waarop een demonische grijns te zien was, terwijl hij in de ene droom een dode rat in zijn handen liet bungelen en in een andere met een mes op haar afkwam.

Ze was blij dat ze de volgende dag verder trokken. Op die manier hoopte ze om hem weer van zich af te kunnen zetten.

5.

De volgende ochtend bracht de trein hen terug naar Oostenrijk waar ze deze keer een stop zouden maken in de majestueuze stad Wenen. Omdat er niet al te veel volk in de trein zat, konden ze nu met heel de groep in één wagon. Steffi begon de gezichten van iedereen al goed te kennen. Hoe ze heetten was iets anders. Die van de drie dames en van de jongerengroep kende ze uiteraard, maar van de anderen wist ze alleen van enkelen de namen. Nu trok ook niet iedereen met elkaar op en dat hoefde ook niet, maar ze was toch blij dat ze vriendschap had gesloten met zowel een oudere als een jongere groep waar ze altijd bij terechtkon. Ook Lorenzo bevond zich bij hen in de wagon. Hij zat recht tegenover een ouder echtpaar dat weinig aansluiting zocht bij de rest van de groep en hij was met hen in een zacht gesprek verwikkeld. Waarschijnlijk is hij hen aan het uithoren, ging het door Steffi heen, hun verleden aan het ontleden zodat hij weet welk vlees hij in de kuip heeft. Zo te zien aan hun gewillige conversatie lukte het hem vrij aardig. Ze grinnikte even inwendig.

'Wat zit je daar te grijnzen?' vroeg Emy die naast haar zat.

Steffi wendde haar blik van Lorenzo weg en schudde haar hoofd. 'Ach, niets speciaals. Zomaar een binnenpretje.'

Emy strekte haar nek en keek voorbij de rugleuning van de bank in de richting waarin ze Steffi had zien staren. 'Keek je naar Lorenzo? Hij ziet er onweerstaanbaar uit en hij is tegen iedereen erg aardig, maar voor de rest is hij maar een koele kikker. Ik heb alles geprobeerd om zijn aandacht te trekken, maar hij reageert nergens op. Ik gok erop dat hij getrouwd is en heel gelukkig is met zijn vrouw en kinderen. Ik kan mijn pijlen dus beter op iemand anders richten. Wat denk je trouwens van Dries? Hij is wel wat zwijgzaam en lang niet zo geheimzinnig als Lorenzo, maar ik vind hem wel lief.'

'Dan zou ik eerder Wim kiezen. Hij past beter bij je,' wierp Valerie ertussen die voor hen op de bank zat en alles mee had gevolgd.

'Of Hugo,' grinnikte Emy plagerig.

'Dat waag je niet!' Valerie keek haar even giftig aan. 'Je weet dat ik hem erg aardig vind, dus van hem blijf je af.' Ze keek nu naar Steffi en vervolgde: 'In het begin dacht ik dat ik geen kans bij hem zou maken omdat hij altijd naar jou keek. Maar hij heeft me gezegd dat zijn bedoelingen louter vriendschappelijk zijn en dat je net een moeilijke relatie achter de rug hebt en je niet openstaat voor iemand anders.'

Steffi knikte. 'Zo is het, Valerie. Ik wil het verleden even vergeten en ik hoop dat deze reis me daarbij kan helpen.' Met deze woorden hoopte ze dat ze duidelijk genoeg was om de twee jonge vrouwen te laten weten dat ze niet te veel vragen moesten stellen over haar verbroken relatie. Daar had ze nu geen zin in.

Valerie was ook niet van plan om haar uit te horen. Haar eigen gevoelens namen haar te veel in beslag. 'Ik ben blij dat je zo over Hugo denkt. Ik vind hem echt een droomvent en ik kan gerust stellen dat ik verliefd op hem ben. Als het aan mij ligt, is dit voor altijd en niet alleen voor deze vakantie.'

Emy stak haar handen verwerend op. 'Ho! Niet te vlug van stapel lopen, Valerie. We waren toch overeengekomen dat we ervan zouden genieten en geen vaste relaties zouden aanknopen?'

'Ik kon ook niet weten dat ik een man als Hugo zou tegenkomen, Emy. Voor mij was het liefde op het eerste gezicht.'

'Zo? En Lorenzo dan? Toen we hem voor het eerst zagen, vielen we allebei als een blok voor hem!'

'Toen kende ik Hugo nog niet, maar toen ik hem zag, was ik Lorenzo op slag vergeten.' Ze stak haar hoofd even om de hoek van de bank en keek naar Hugo die samen met zijn vrienden aan de andere kant van de gang in een compartiment zat. Een stevig over en weer gepraat met af en toe een bulderlach gaf weer dat het er vrolijk aan toeging. Ze zuchtte diep. 'Ik zou willen dat ik bij hem kon zitten, dat ik altijd dicht bij hem kon zijn.'

'Oké, we weten nu onderhand wel wat je voor hem voelt. Maar nu weet ik nog altijd niet voor wie ik moet kiezen, Dries of Wim. Ik kan toch niet naar huis keren zonder een vakantielief gehad te hebben?'

Steffi lachte en haalde haar schouders op. 'Waarom niet? Zo moeilijk is dat niet.'

Op dat ogenblik stak Dina haar hoofd boven de zetels uit. De drie dames zaten in een compartiment achter hen. 'Kijk eens naar buiten, lieverds! Wat een prachtig zicht.'

Haar woorden deden de drie jonge vrouwen gelijktijdig naar het raam kijken waardoorheen ze in de verte de machtige besneeuwde bergtoppen in een straalblauwe lucht te zien kregen, en beneden hen een groene glooiing tot aan een lieflijk dorpje in een dal. Emy opende het raam en ze staken hun hoofden naar buiten om optimaal van het mooie landschap te kunnen genieten. De wind speelde met hun haren en de warmte van de zomerse zon streelde hun huid. Het gaf Steffi een gevoel van vrijheid, wat haar gelukkig maakte en ze sloeg in een opwelling haar armen om de twee jongere vrouwen heen. Op dit ogenblik genoot ze intens van hun vriendschap en van deze reis.

Wenen staat bekend om zijn indrukwekkende keizerlijke paleizen, en dat kon Steffi moeilijk ontgaan. Het hotel lag vlak bij het station, maar zelfs dát was op zich al indrukwekkend genoeg met zijn opvallende rococo-accentjes en de vele vergulde ornamenten. Lorenzo wees hen op de klok en gaf hun net voldoende tijd om hun koffers in de kamers te zetten, indien ze graag mee wilden gaan naar de eerste bezichtiging in Wenen. De bus wachtte niet.

Hun eerste halte was het achttiende-eeuwse Belvedère, een renaissancepaleis waarin een beroemde kunstcollectie schuilging. Zoals altijd wist Lorenzo hen ook nu weer te bekoren met zijn bevlogen uitleg over het gebouw en over de vele prachtige kunstwerken. Steffi kon het niet helpen, maar net zoals de anderen hing ze aan zijn lippen. Hij kon zo heerlijk vertellen en zijn grappige accent maakte het nog interessanter. Eigenlijk vertelde hij met heel zijn lichaam, stelde ze tot haar verwondering vast. Zijn ogen, zijn handen, de manier waarop hij zijn lichaam draaide tot zelfs de donkere krullen op zijn hoofd die meedeinden in al zijn heftigheid. Ze moest toegeven dat ze graag naar hem keek en graag naar hem luisterde. Hij had een zachte stem en het passionele vuur dat uit zijn ogen straalde, temperde regelmatig tot een warme koesterende uitstraling.

Toen de rondleiding voorbij was en iedereen nog even in eigen tempo kon rondkijken tot ze weer bij de bus moesten zijn, kwam hij bij haar staan en vroeg hij haar wat ze van deze prachtige plek vond.

'Er is niemand anders die dit alles zo mooi en gedreven kan voorstellen en uitleggen als jij, Renzo,' zei ze oprecht. 'Ik heb er echt van genoten.'

Hij grijnsde en keek haar met een warme blik dankbaar aan. 'Vind je het erg als ik even met je meeloop?'

'Nee, natuurlijk niet.'

Het bleef even stil tussen hen toen ze hun stappen in de richting van de volgende kunstig gedecoreerde ruimte zetten. 'Ik ben blij om te zien dat je al heel wat vrienden hebt gemaakt,' zei hij haar minzaam. Ze keek hem even vanuit haar ooghoeken aan. 'Is dat vreemd soms?' vroeg ze hem.

Hij lachte. 'Nee, natuurlijk niet. Ik had alleen gedacht dat je meer het type was dat liever in haar eentje zou blijven, zie je. Ik ben blij dat ik me vergist heb.'

'Ik ook,' zei ze een beetje geprikkeld. Ze vond niet dat hij het recht had om haar in een hokje te stoppen.

Hij zag en voelde het. 'Het spijt me. Ik heb je blijkbaar gekrenkt. Het was niet mijn bedoeling... Ach, ik ben echt een kluns met woorden.'

Oprecht verbaasd keek ze hem aan. 'Ik heb je heel deze reis nog niets anders zien doen dan met mensen praten en ons van een nodige en boeiende uitleg te voorzien.'

'Dat is iets anders, Steffi. Dat is zakelijk, het hoort bij mijn werk. Ik bedoel het meer persoonlijk, van man tot vrouw. Dat maakt me zenuwachtig en dan zeg ik niet altijd de juiste dingen.'

Steffi stond even perplex. Dat had ze nooit in hem gezien. Hij zag er zo zelfverzekerd uit, een man van de wereld en eentje die er best wezen mocht. Zijn eerlijkheid maakte dat haar irritatie al vlug wegebde. 'Een deel van je rugzak?' vroeg ze.

'Hè?'

Ze keek hem grinnikend aan. 'De rugzak die we allemaal meedragen, weet je nog? Het feit dat jij je onwennig voelt in vrouwelijk gezelschap kan wel iets met deze rugzak te maken hebben.'

'Ja, waarschijnlijk wel.' Hij keek haar even aarzelend aan, in tweestrijd met zichzelf. Hij was het niet gewoon om zijn verleden aan iemand kenbaar te maken. Daar had trouwens niemand een boodschap aan.

Steffi voelde zijn aarzeling sterk aan. 'Als je er niet wilt over praten, dan hoeft het niet,' zei ze zacht. 'Ik weet als geen ander hoe pijnlijk het kan zijn om droeve herinneringen weer boven te halen.'

Het waren juist deze woorden die hem deden besluiten om het haar wel te vertellen. Hij keek haar even met een warme dankbare blik aan. 'Ik denk dat het met mijn ouders te maken heeft, Steffi. Toen mijn vader in zijn jonge jaren een rondreis door Italië maakte en in Firenze aanbelandde, heeft hij daar mijn moeder leren kennen. Hij viel als een blok voor haar en haar Italiaanse vurigheid. Al vlug bleek ze zwanger van mij en moesten ze trouwen. Mama is papa naar België gevolgd en na mij kwamen er nog twee zussen op de wereld. We zijn in België blijven wonen, ook al miste mama haar familie heel erg. Helaas bleken ze minder bij elkaar te passen dan ze oorspronkelijk dachten. Mama's Italiaanse bloed bleek té vurig en dat van papa was koud en somber. Die twee zijn zo verschillend van elkaar dat het een wonder was dat ze het nog zo lang met elkaar hebben uitgehouden. Waarschijnlijk om ons, om de kinderen. Maar ik had liever gehad dat ze al veel eerder gescheiden waren, zodat we van al die harde woorden en verschrikkelijke ruzies gevrijwaard gebleven waren. Ik was eenentwintig toen ze uit elkaar gingen, Rositta en Juanita waren zeventien en vijftien. Sindsdien woont mama weer bij haar familie in Firenze en mijn zussen zijn met haar meegegaan. Ik mis hen. Ik mis mama en mijn zussen ontzettend, maar door deze treinreizen kom ik regelmatig in Firenze zodat ik hen daar altijd kan opzoeken, ook al is het maar voor even. Telkens als ik een kans zie en wat geld opzij heb kunnen leggen, ga ik hen voor een week of langer bezoeken. Maar naar mijn gevoel is dat veel te weinig. Ik heb ook te doen met papa. Nu ik volwassen ben, begrijp ik zijn standpunt ook veel beter. Ze hoorden gewoon niet bij elkaar. Dat alles maakt dat ik voorzichtig en heel onzeker met vrouwen ben.'

'Ben je bang dat jij ook de verkeerde keuze zult maken?'

Hij keek haar even aan en knikte. 'Zo zou je het kunnen stellen, ja.'

'Het leven neemt soms een loopje met ons, Renzo. Het is de

kunst om te leren van onze fouten. Maar ik begrijp je standpunt en ik respecteer het ook. Dank je dat je me dit wilde vertellen.'

Hij glimlachte en voelde zich wonderlijk licht nu hij het haar had verteld. Hij had het nog nooit tegen iemand gezegd. Hij vond het beschamend en vernederend zoals zijn ouders met elkaar omgingen. Bovendien zou iedereen wel iets in zijn rugzak hebben waarvan ze de gevolgen blijven dragen. Toch leek alleen hij eronder gebukt te gaan. Zijn zussen leken er lang niet zo onder te lijden als hij. Ze waren ondertussen beiden getrouwd en naar eigen zeggen erg gelukkig. En zijn ouders gingen hun eigen weg met af en toe een verliefdheid die nooit was blijven duren.

Was hij er zo door geraakt omdat hij zich schuldig voelde? Omdat zijn ouders door zijn komst gedwongen waren om te trouwen? Was het zijn fout? Ach! Hij wuifde in gedachten al dat gepieker weg. Eigenlijk was hij een idiote, sentimentele ziel. Hij begreep niet waarom hij het haar allemaal verteld had en toch... toch had het hem opgelucht. Voelde hij aan dat zij hem begreep? Waarschijnlijk had zij ook heel wat meegemaakt en kon ze hem daardoor zo feilloos aanvoelen. Hij realiseerde zich dat hij nog maar erg weinig van haar wist en keek met een glimlach naar haar op. 'Nu is het jouw beurt, Steffi. Wat zit...' Hij stopte abrupt bij het zien van haar krijtwitte gezicht en haar verschrikte opengesperde ogen. Hij volgde haar kijkrichting en zag haar naar een jongeman staren die aan de andere kant van de ruimte naar een gigantisch schilderij van een landschap stond te kijken. Hij stond met zijn rug naar hen toe, droeg een spijkerbroek, een wit T-shirt en had een baseballpet op zijn hoofd. Omdat er geen andere mensen in de buurt stonden, kon het niets anders dan die man zijn die haar aandacht trok.

'Wat is er, Steffi?' vroeg hij bezorgd. Ze antwoordde echter niet en liep langzaam in de richting van de man, zonder haar ogen van zijn rug af te wenden. Voor ze hem kon bereiken, ging de man echter verder en verdween hij in een aangrenzende ruimte. Steffi zette het nu op een lopen en rende hem achterna. Toen ze echter de hoek omsloeg, was de man verdwenen. Ze keek aandachtig naar alle kanten en achter elke groep toeristen of kuierende mensen, maar ze kon nergens nog een spoor van hem ontdekken.

Lorenzo was haar achterna gekomen en greep haar arm vast. 'Wat is er aan de hand, Steffi? Wie is die man?'

Ze keek hem nog steeds met een bange blik aan. 'Ik dacht... Ik dacht dat ik iemand herkende,' stamelde ze helemaal ontdaan. 'Ik wilde er zeker van zijn, maar ik ben hem uit het oog verloren.'

'Zo te zien iemand die je niet graag mag. Of heb ik het mis?'

Steffi herstelde zich. Ze haalde diep adem en schudde glimlachend haar hoofd. 'Ach, waarschijnlijk heb ik me vergist, Renzo. Ik heb hem niet zo goed kunnen zien. Laten we het hele voorval maar vergeten.' Na deze woorden keek ze op haar horloge en ze zag dat het tijd was om terug naar de bus te gaan. Ze tikte op het klokje om hem erop te wijzen. 'We moeten terug voordat de bus zonder ons vertrekt.'

Hij grinnikte. 'Dat zou de eerste keer zijn! Maar je hebt gelijk. We kunnen beter gaan.'

Ze stapten haastig naar de uitgang van het Belvedère zodat er weinig ruimte overbleef om te praten. Steffi was daar blij om. Haar gedachten waren nog altijd zwaar en angstig. Ze was er haast zeker van dat het Lex was die ze had gezien en toch kon ze moeilijk aannemen dat hij het was. Hoe kon hij weten dat ze zich hier in het Belvedère bevond? Ze moest zich vergist hebben. Het was wellicht een dubbelganger, iemand die sterk op hem leek. Maar die blik waarmee hij haar even had aangekeken voordat hij zijn rug naar haar toedraaide... Ze zou gezworen hebben dat hij het was. Ze moest met Noor praten. Dringend!

Toen de bus voor het hotel stopte, kon Steffi niet vlug genoeg op haar kamer zijn. Gelukkig had dit hotel ook telefoon op de kamers en daar was ze nu ontzettend blij om. Ze greep de hoorn van het telefoontoestel dat op een tafeltje bij het raam stond, tikte Noors nummer in en wachtte ongeduldig, maar kreeg geen gehoor. Ze probeerde het nog eens met hetzelfde resultaat. Het was nochtans zaterdag en ze wist dat Noor niet hoefde te werken in de weekenden. Waar was ze? Waarschijnlijk met Mattis weg, ging het door haar heen. Ze mocht niet vergeten dat Noor een vriend had die ook graag wat tijd met haar besteedde en het weekend was daarvoor uitermate geschikt. Ze zuchtte diep. Er zat niets anders op dan te wachten tot straks en het dan nog eens te proberen.

Onverrichter zake ging ze naar het restaurant van het hotel waar de anderen al van een uitgebreid warm buffet genoten.

'Waar bleef je?' vroeg Emy haar toen ze bij hen aan de tafel schoof. 'Je stoof uit de bus alsof de duivel je op de hielen zat. Diarree?'

Steffi grinnikte. 'Nee, gelukkig niet. Ik moest gewoon een dringend telefoontje doen, maar de persoon in kwestie was niet te bereiken,' zei ze naar waarheid.

'Typisch! Maar daar zal vlug verandering in komen met die mobieltjes. Echt handig, die dingen. Mijn ouders hebben me er eentje geschonken voor mijn twintigste verjaardag en ik ben er heel blij mee. Ze hebben het me afgeraden om het mee op vakantie te nemen. Het is een te aanlokkelijk hebbeding en iedereen kan het wel gebruiken, als je begrijpt wat ik bedoel.'

Valerie knikte hevig. 'Na deze reis ga ik ook sparen tot ik zo'n mobiele telefoon kan aanschaffen. Het lijkt me enig.'

Lorenzo kwam bij hun tafeltje staan en onderbrak het gesprek door hen te zeggen dat ze na de middag de stad in zouden trekken om huizen, winkels, parkjes, marktjes en kleine bezienswaardigheden te bezoeken, kortom een totaalbeeld van deze mooie stad.

Diegenen die zich daartoe aangetrokken voelden, konden zich na het middagmaal bij hem aansluiten.

Omdat de jongerengroep de stad liever op hun eigen manier ging ontdekken, met terrasjes en een fris glas bier, besloot Steffi om zich bij de drie dames aan te sluiten die verzot waren op winkels en markten. De angst dat Lex hier zou zijn, had haar nog in zijn greep en ze voelde zich allerminst gerust. Ze wilde dat ze Noor had kunnen spreken en dat ze uit haar mond kon horen dat ze Lex heel recent had gezien of gehoord. Dan kon ze met zekerheid zeggen dat ze zich had vergist en dat het een dubbelganger betrof. Maar zolang ze die zekerheid niet had, voelde ze zich angstig en bedreigd. Ze keek dan ook voortdurend om zich heen en kon zich daardoor niet voldoende concentreren op de mooie monumenten en standbeelden die deze prachtige stad rijk was en waar Lorenzo met veel vuur en passie over uitweidde.

Op een plaatselijke markt waren zoveel mensen aanwezig dat het haast over de koppen lopen was. Steffi probeerde de anderen niet uit het oog te verliezen en ze bleef dicht bij Dina, Antje en Sevelien. Maar de drie dames gingen zo op in deze zonnige, zomerse en gezellige markt met zijn vele kraampjes en kleurige uitstallingen dat ze voortdurend stopten om met de nodige 'ho's', 'Hmmm's', en 'O, kijk toch eens', alle waren betastten, roken of proefden, zodat Steffi soms goed om zich heen moest kijken om te zien waar ze gebleven waren. Ook deze keer keek ze paniekerig om zich heen omdat ze weer eens bij een kraam waren blijven stilstaan zonder dat Steffi het dadelijk in de gaten had. Gelukkig had zij ze vrij snel gevonden met dank aan Dina's stem die zo ver droeg dat ze boven het geroezemoes uitkwam. Ze draaide zich om, om weer in hun richting te lopen toen plots iemand hard tegen haar aanliep. De klap was zo heftig dat ze molenwiekend met haar armen haar evenwicht probeerde te houden, maar het was tevergeefs. Ze voelde zich zijdelings vallen, zag bakken fruit en groenten dichterbij komen en viel met haar volle gewicht op de uitgestalde waren, waardoor heel de constructie in elkaar zakte. Bakken tuimelden omlaag en Steffi werd bedolven onder appels, peren, sla en komkommer. Versuft bleef ze liggen, even niet begrijpend wat haar overkwam.

De man achter de kraam gromde enkele verwensingen, terwijl kuierende mensen bleven staan om naar de chaos te kijken. 'Gaat het?' vroeg hij, terwijl hij zich over haar heen boog.

Ze knikte en kwam met veel moeite overeind. Ze had zich flink pijn gedaan, maar gelukkig niets ernstigs. 'Het spijt me,' stamelde ze oprecht toen ze de ravage zag die ze had aangericht.

'Je hoeft je niet te verontschuldigen,' reageerde de man hierop. 'Ik begrijp niet wat die man bezielde. Hij gaf je zomaar in het voorbijgaan een flinke duw.'

Steffi slikte en haar hart roffelde nog enkele slagen sneller. 'Heb je ook gezien hoe hij eruitzag?'

'Nou, ja, gezien en niet gezien. Het ging allemaal zo vlug. Maar ik heb hem je wel een duw zien geven en daardoor is heel mijn kraam vernietigd.'

'Droeg hij een baseballpet?'

'Dat is me niet opgevallen. Wel een zonnebril, geloof ik.'

Hij begon het fruit en de groenten weer in de bakken te laden, terwijl Steffi nog steeds versuft naar de ravage staarde.

Dina, Antje en Sevelien troffen haar in deze staat aan toen ze zich eindelijk van het vorige kraampje hadden kunnen losmaken en verder over de markt slenterden.

'Hemel, wat is er met jou gebeurd?' vroeg Sevelien toen ze Steffi in het midden van de puinhoop aantrof.

'Iemand heeft me een harde duw gegeven en toen ben ik tussen de groenten en het fruit beland. Gelukkig ben ik er nog goed vanaf gekomen, maar deze arme man is wel een flink deel van zijn waren kwijt.'

'Heeft iemand gezien wie het was? We moeten de politie waarschuwen,' kwam Dina ertussen.

'Liever geen politie,' zei de marktkramer. 'Ik weet dat deze jonge vrouw geen schuld treft en ik zal haar ook niets aanrekenen, maar het heeft geen zin om de politie hiervoor op te roepen. De dader is al lang verdwenen en ik kan hem niet eens identificeren. Dat is zoiets als het zoeken van een speld in een hooiberg. De politie zal me alleen maar ophouden zodat ik voor de rest van de dag de kans niet meer krijg om iets te verkopen. Ik probeer te redden wat er te redden valt. Ik ben blij dat de juffrouw niets mankeert. Voor hetzelfde geld kon ze een breuk opgelopen hebben of met haar hoofd tegen de rand van een houten bak terecht zijn gekomen.'

Steffi keek de man dankbaar aan. Gelukkig hoefde ze niets te vergoeden, dat zou een behoorlijke hap uit haar budget betekend hebben. Maar ze kon hem op z'n minst helpen om de boel weer een beetje in orde te maken. Haar gekneusde lichaam protesteerde toen ze zich bukte om de weggerolde appels op te rapen en deze terug in een houten bak te leggen. De marktkramer herstelde de houten latten waarop de bakken uitgestald stonden en herschikte de kraam zodat alles weer mooi oogde. Het gekneusde fruit en de groenten zette hij opzij. Die waren niet meer voor verkoop geschikt. De kijklustige mensen die waren blijven staan om te zien wat er aan de hand was, dropen af en drentelden verder. Steffi betuigde hem nogmaals haar spijt voor het ongemak dat ze hem had aangedaan en daarna ging ze samen met de drie dames verder.

'Het ziet ernaar uit dat je een behoorlijke klap hebt gekregen, Steffi,' zei Antje bezorgd. 'Weet je wel zeker dat jij je geen pijn hebt gedaan? Ik zie dat jij je elleboog en je knie behoorlijk hebt geschaafd.'

Steffi had niet eens gemerkt dat ze gewond was, ze was nog te erg in shock. Ze staarde dan ook verbaasd naar het weggeschaafde vel op haar knie en elleboog, waar enkele druppels bloed tevoorschijn waren gekomen. 'Ach, dat valt wel mee, Antje,' probeerde ze het te minimaliseren.

'Wacht maar tot straks,' fulmineerde Dina. 'Het zal dan wel beginnen te schrijnen. Ik vraag me af welke idioot hier met vol geweld tussendoor wil vliegen en iedereen maar een stomp geeft die in de weg staat. Zulke mensen moesten ze verbieden om op de markt te komen.'

Maar Steffi wist wel beter. Ze was ervan overtuigd dat die man haar had geduwd met de bedoeling dat ze zou vallen. Hij had haar willen treffen en pijn willen doen. Het bezorgde haar koude rillingen.

Zodra ze weer terug in het hotel waren, probeerde Steffi nogmaals om Noor te bereiken. Deze keer nam ze wel op. 'Met Noor Vantongeren.'

Steffi was zo aangedaan dat ze dadelijk begon te ratelen. 'Hoelang is het al geleden dat je Lex nog gezien hebt, Noor? Kan je even naar zijn appartement gaan om te zien of hij daar nog is? Je kan altijd een smoes gebruiken dat je iets van mij komt halen waarvan ik dacht dat het nog bij hem moest liggen. Een jurk of wat make-upspullen of zo, het maakt niet uit. Ik moet alleen maar weten of hij daar nog is en dat...'

'Stop! Waar heb je het in godsnaam over, Stef? Waarom moet ik naar hem toe?'

'Omdat ik vermoed dat hij hier is, Noor! Lex is hier!' Steffi gilde de woorden er haast uit. Ze kon maar niet begrijpen hoe hij haar had weten te vinden, maar die duw op de markt bevestigde haar vermoeden.

Het bleef heel even stil aan de andere kant van de lijn. 'Weet je dat heel zeker, Stef? Heb je hem gezien?'

'Het was in ieder geval iemand die heel erg op hem leek.'

'Heb je hem gesproken?'

'Nee, dat niet. Maar ik ben er zeker van dat hij het is en er gebeuren hier vreemde dingen.' Ze vertelde haar vriendin over de rat en over de duw en besloot met de woorden: 'Mijn intuïtie zegt dat hij het is, maar mijn verstand kan het niet volgen. Daarom wil ik graag weten of je Lex toevallig de laatste dagen nog hebt gezien?'

'Nee, dat niet. Het is een tijdje geleden toen ik hem in het winkelcentrum heb gezien, samen met die jonge vrouw. Maar het is haast onmogelijk dat hij daar kan zijn. Hij weet niet eens dat je op reis bent.'

'En toch kan ik het niet van me afzetten. Wil je even kijken of hij thuis is, alsjeblieft? Verzin maar iets. Ik wil zekerheid.'

'Goed, ik zal er proberen achter te komen waar hij is en wat hij doet. Al is het alleen maar om je gerust te stellen. Maar ik weet haast zeker dat het om een gelijkenis gaat. Lex is groot, donkerblond, heeft blauwe ogen en is normaal gebouwd – zo zijn er wel honderd! Je angst speelt je parten, Stef. Lex heeft veel meer in je kapotgemaakt dan je denkt. Je vertrouwen in de mensen bijvoorbeeld en de angst dat hij je achtervolgt kan daar ook nog een gevolg van zijn.'

'En die rat en die duw dan?'

'Dat kunnen net zo goed toevalligheden geweest zijn. Probeer Lex nu even van je af te zetten, meid. Daar ging je toch voor op vakantie, niet? Een lange treinreis om hem te vergeten. Je zal zien dat ik je weldra kan vertellen dat Lex hier zit te trekkebekken met zijn nieuwe vlam.'

Steffi begon in te zien dat ze zich toch weleens vergist kon hebben. Haar gezond verstand zei haar immers dat hij onmogelijk kon weten dat ze hier in Wenen zat. Er waren maar een paar mensen die wisten wanneer ze op vakantie was gegaan en waar ze naartoe ging en zij hadden beloofd om het niemand te zeggen. Zeker niet tegen Lex. Ze haalde diep adem.

'Sorry Noor, het werd me even te veel.'

'Geeft niet, daar zijn we vriendinnen voor. Ik zal een oogje in het zeil houden en proberen om hem te spotten. Zodra ik hem gezien heb, geef ik dat aan je door, zodat je verder van je reis kunt genieten zonder je zorgen te maken.'

'Dat is fijn. Dank je.'

'Vertel me nu maar eens hoe de reis voor de rest verlopen is. Al veel mooie dingen gezien?'

De rest van het gesprek ging over de bezienswaardigheden die Steffi had gezien, wat roddels over haar collega's en niets dan goeds over Noors vriend Mattis.

Het gesprek met haar vriendin had Steffi goedgedaan, maar ze hoopte toch op een vlugge bevestiging dat Lex nog steeds in zijn appartement te vinden was.

De volgende dag was het mogelijk om in de voormiddag met de bus het Schloss Schönbrunn te bezichtigen, in de namiddag het Praterpark te bezoeken, en in de late namiddag naar de Weense Staatsopera te gaan.

Steffi's spieren protesteerden. Ze had gisteravond gemerkt dat ze, buiten haar geschaafde elleboog en knie, ook een flinke bloeduitstorting had op haar dij, een wat kleinere op haar rug en een sneetje van een paar centimeter net onder haar schouder waardoor haar T-shirt door het geronnen bloed aan haar huid kleefde toen ze het wilde uittrekken. Door haar lange haren was het niemand opgevallen. Gelukkig, dacht ze, anders hadden Antje, Dina en Sevelien er misschien op gestaan om haar naar een ziekenhuis te brengen. Ze had de wond zo goed en zo kwaad als het ging uitgewassen en er een pleister op geplakt. Ook haar knie en elleboog kregen een pleister. Daarna was ze uitgeput in bed gekropen, maar omdat ze voortdurend aan Lex moest denken, had ze haast niet geslapen.

Deze ochtend stond ze dan ook meer geradbraakt dan uitgerust op en ze besloot om Schloss Schönbrunn over te slaan en te hopen dat een paar uurtjes rust haar weer konden opknappen, zodat ze straks mee naar het Praterpark en de Staatsopera kon. Met een zucht van opluchting kroop ze weer in haar bed, waar ze prompt terug in slaap viel.

Het harde bonzen op haar deur wekte haar even later weer uit haar slaap. Ze schoot verschrikt overeind, keek met een 'wat gebeurt er'-blik in de richting van het gebons en vroeg zich af wat er aan de hand was. Volledig wakker door de adrenalinestoot sprong ze het bed uit en opende de deur waar Antje haar met een bezorgde blik aankeek.

'Gelukkig! Je leeft nog. Je reageerde maar niet op mijn kloppen.'

'Ik sliep, Antje.'

'Sorry, maar we waren zo ongerust omdat je er niet was. We hebben tegen Renzo gezegd dat hij de bus maar even moest tegenhouden omdat we bang waren dat je bewusteloos op bed lag of zoiets. De val van gisteren was best wel heftig. Hoe is het met je?'

'Wat stom van me dat ik er niet aan gedacht heb om jullie te verwittigen, maar ik heb een slechte nacht achter de rug en daarom probeerde ik om de schade wat in te halen. Voor de rest voel ik me prima. Het spijt me dat ik jullie ongerust heb gemaakt.'

'Geeft niet. Ik ben allang blij dat alles goed met je gaat. Dan laat ik je maar. Probeer maar lekker te slapen.'

'Dat zal ik doen, Antje. Veel plezier.'

Steffi keek haar nog even na toen ze in de richting van de lift verdween en sloot de deur van haar hotelkamer. Ze zuchtte even diep toen ze naar haar omgewoelde bed staarde. De slaap was nu ver te zoeken. Ze besloot dan maar om een verkwikkende douche te nemen, uitgebreid te ontbijten en van een voormiddag rust te genieten. De douche deed wonderen en tot haar opluchting functioneerden haar spieren als vanouds. Haar maag rammelde en ze keek uit naar het ontbijt. Ze wierp een blik op haar horloge. Ze had nog een halfuur voordat het ontbijtbuffet opgedoekt zou worden, meer dan voldoende om haar honger te stillen.

Nadat ze haar innerlijke versterkt had, keek ze even doelloos om zich heen. Wat kon ze gaan doen? De stad in haar eentje verkennen durfde ze niet uit angst om te verdwalen. In je eentje ronddwalen was trouwens niet plezierig. Met haar voormiddagrust in gedachten slofte ze dan maar naar de zitruimte waar ze een tijdschrift of een krant kon lezen. Tot haar verwondering trof ze daar de jongerengroep aan. Ze wuifden haar allemaal vrolijk toe en wenkten haar om erbij te komen zitten.

Pieter schoof een plaatsje op zodat ze naast hem kon gaan zitten.

'Ook niet mee?' vroeg hij.

Steffi schudde haar hoofd. 'Even wat bijgeslapen. Ik was eraan toe.'

'Gelijk heb je. Af en toe moet de riem er eens af. We hebben tenslotte vakantie.'

'Wat is er gisteren gebeurd?' vroeg Emy van onderwerp veranderend. 'Dina vertelde me dat je flink gevallen was. Iemand had je geduwd of zo?'

Steffi zag dat alle ogen op haar gericht waren en ze vertelde hun gemaakt luchtig over het voorval. 'Buiten wat beurse plekken heb ik van de val niets overgehouden,' stelde ze hen uiteindelijk gerust. Haar angst dat het haar ex weleens geweest kon zijn, verzweeg ze bewust.

'Hij heeft je toch niet beroofd?' ging Hugo hierop in. 'Soms geven ze je een flinke duw zodat je schrikt en niet voelt dat ze je portemonnee uit je tas of je zak hebben gehaald. Voor je beseft dat je geld weg is, zijn ze al lang verdwenen.'

Steffi keek hem verschrikt aan. Daar had ze nog niet eens aan gedacht! Ze greep haar handtas die aan haar voeten stond en keek erin om met een zucht van opluchting te merken dat haar portemonnee er nog in zat. 'Alles is er nog, Hugo.'

'Dan heb je geluk gehad. Voor hetzelfde geld was je handtas met heel je hebben en houden verdwenen,' viel Wim hem bij.

Terwijl de jongens enkele anekdotes aanhaalden van manieren die dieven hanteerden om handtassen en portemonnees in hun bezit te krijgen, dacht Steffi nog even over Hugo's woorden na. De gedachte dat de duw iets met Lex te maken had, was nu al wat minder geworden. Noor had gelijk, ging het door haar heen. Ze fixeerde zich veel te veel op Lex, zodat ze niet eens meer zag dat het ook weleens iets anders kon zijn.

Ze keek op naar Pieter. Met hem had ze nog niet zoveel een-op-een gesproken. Ze vroeg hem waar hij woonde en wat hij deed naast zijn studie Geneeskunde. Ondanks zijn tengere, bleke gestalte waren zijn woorden krachtig en beheerst. Hij wist waarover hij sprak en zei niet meer dan nodig, met af en toe een kwinkslag, zodat hij sympathiek overkwam. Ze mocht hem wel. Eigenlijk mocht ze hen allemaal. Het waren stuk voor stuk aardige mannen en vrouwen. Ze bofte maar met deze groep.

Ze keek even naar Hugo die de laatste dagen enkel nog oog scheen te hebben voor Valerie. Die twee leken elkaar gevonden te hebben en ze was blij voor hen beiden. Emy was in een druk gesprek verwikkeld met Dries en Wim. Ze kon aan niets merken dat Emy voor een van hen wat méér voelde. Pieter zag haar naar Emy kijken en glimlachte, wat hem opeens veel mooier maakte.

'Aardige meid, die Emy. Ze woont niet eens zo ver van mijn ouderlijk huis vandaan, weet je. Slechts een aantal kilometer. En toch heb ik haar nooit ontmoet voor deze reis. Merkwaardig hoe het leven soms loopt.'

Steffi zag zijn warme intense blik en ze glimlachte inwendig bij de gedachte dat Emy haar liefdespijlen misschien wat meer op Pieter moest richten in plaats van op Dries of Wim. Ze kon haar weleens subtiel in die richting manoeuvreren, maar meer kon ze niet doen. Liefde ging immers zijn eigen weg en was niet te dwingen.

Pieter keek haar weer aan, deze keer met een vragende blik in zijn ogen. 'Ik heb je nog geen bezienswaardigheid zien overslaan, Steffi. Hou je van oude kastelen en mooie gebouwen?'

Ze knikte. 'Ik denk niet dat ik daar ooit genoeg van kan krijgen. Ik hou van oude gebouwen met een rijke geschiedenis. Jammer dat ik een slechte nacht achter de rug had, anders was ik beslist meegegaan vanochtend.'

Hij keek haar even met een medelijdende blik aan. 'Ik heb ervan gehoord. Van je verbroken relatie, bedoel ik. Dat geeft een hoop gepieker. Goed dat je hier je gedachten kunt verzetten.'

'Dat klopt. Ik heb deze reis geboekt om mijn ex van me af te kunnen zetten, maar blijkbaar lukt me dat niet elke dag even goed.'

'Een relatiebreuk heeft ook een grote impact op je leven. Geen wonder dat je het niet zomaar uit je systeem kan krijgen. Je kunt je gevoelens niet verbannen alsof ze er nooit geweest zijn, Steffi. Het heeft z'n tijd nodig. Deze reis kan je wel helpen om het enkele momenten van je af te zetten, maar pijn moet slijten.'

Ze keek hem even verrast aan en zag dat hij echt met haar begaan was. 'Je lijkt er goed van op de hoogte te zijn. Heb jij ook iets dergelijks meegemaakt?'

Hij schudde zijn hoofd. 'Mijn zus. Ze was er kapot van en het heeft jaren geduurd voor ze eroverheen was en een andere relatie aandurfde. Ik zie haar in jou en begrijp dus wat er door je heen gaat.'

'Lief van je, Pieter. Bedankt voor je meeleven. Het doet me goed.'

'Voor jou altijd, Steffi.' Zijn warme, intense blik was nu vol op haar gericht en ze sloeg vlug haar ogen neer.

Het Praterpark was immens groot en vol met genietende mensen die in het stralende weer van dit stukje natuur vol met verrassende attracties genoten. Gezinnen met kinderen, baasjes met honden, joelende jongeren, zoenende stelletjes, groepen enthousiastelingen en bussen bejaarden waren aanwezig. Groen, water, attracties, zon en mensen: een gouden formule.

Nadat de groep het Pratermuseum en een prachtig opgericht dwergstaatje met de naam 'Republiek Kugelmugel' hadden bezocht, wandelden ze weer over de prachtige weg omzoomd door kastanjebomen in de richting van een reuzenrad dat boven de bomen uittorende.

Steffi pendelde tussen de jongerengroep en de drie dames. Maar toen de jongens en Emy verkozen om bij de lange rij aan te schuiven om een looping uit te proberen, bedankten zij en Valerie ervoor. Ze hadden het nooit zo op loopings gehad, veel te heftig! Valerie was echter vastbesloten om hier te wachten tot de anderen weer uit de attractie kwamen. Ze wilde haar Hugo onder geen beding achterlaten. Omdat de rest van de groep verderging had Lorenzo hen aangeraden om daarna bij het reuzenrad bij elkaar te komen. Van daaruit zouden ze terug naar de bus gaan.

Steffi slenterde wat achter de rest van de groep aan. Een stuk voor zich uit zag ze Sevelien met veel handbewegingen iets uitleggen aan haar twee vriendinnen. De twee bevriende echtparen hobbelden erachteraan en maakten foto's van alles wat bewoog en niet bewoog. Peppi en Kokki had ze hen in stilte genoemd, omdat ze vanaf het begin onafscheidelijk waren, maar nu wist ze ondertussen dat het ene echtpaar Kato en Vic heette en het andere Anne en Joachim. Een man van middelbare leeftijd die Adriaan heette liep op kop met Lorenzo naast hem, en een ander ouder koppel dat alleen maar aangesproken wilde worden als meneer en mevrouw Boomer volgde vlak achter hen. Vreemd, dacht ze, dat ze sommige mensen al zo goed kende en van de anderen alleen maar de naam wist. Maar ze wist van iedereen tenminste toch hun naam en bovendien was de reis nog niet eens op de helft. Ze was vastbesloten om iedereen goed te kennen voordat ze weer thuis was.

Ze zag dat Lorenzo even stilstond en met een brede glimlach de anderen liet voorgaan, terwijl hij naar een reuzenrad wees dat even verderop boven de boomtoppen uittorende. Ze nam hem even in zich op en constateerde eens te meer dat hij niet eens knap of atletisch genoemd kon worden, maar toch ging er iets aantrekkelijks van hem uit. Was het zijn exotische uiterlijk, zijn getinte huid en zwarte krullen? Of kwam het door zijn charisma, zijn warme uitstraling en het vuur in zijn donkere ogen? Toen ze zag dat hij zijn blik op haar richtte, sloeg ze haar ogen van hem weg en keek naar het zand aan haar voeten. Hij bleef wachten tot ze hem bereikt had.

'Hallo! Ik ben blij dat je erbij bent, Steffi. Ik heb je deze ochtend gemist, maar ik heb gehoord dat je gisteren lelijk gevallen bent? Had dat er iets mee te maken?' vroeg hij op de man af, terwijl hij met haar mee verder liep, het groepje achterna.

Ze keek hem glimlachend aan. 'Laat me raden van wie je dat te horen hebt gekregen.'

Hij grinnikte. 'De dametjes bedoelen het heus niet slecht. Ze waren gewoon erg ongerust over je.'

'Dat weet ik en daar ben ik best blij om. Dina, Antje en Sevelien zijn schatten.'

'Volgens hen was je tussen houten bakken terechtgekomen en was het een ravage. Je mag van geluk spreken dat je er geen breuken aan overgehouden hebt. Hoe gaat het met je? Aan de pleisters op je knie en elleboog te zien ben je er toch niet ongeschonden vanaf gekomen.'

'Het zijn maar schaafplekken, Renzo.'

'Dat is al een hele opluchting. Heb je die man die je geduwd heeft gezien?'

'Nee, het ging zo vlug dat ik helemaal niets gezien heb. Maar de marktkramer heeft het wel zien gebeuren. Helaas kon hij er ook geen gezicht op plakken. Die man droeg een zonnebril en hij was al tussen de mensenmassa verdwenen voordat hij goed en wel doorhad wat er gebeurd was. Volgens Hugo was het waarschijnlijk een zakkenroller die op mijn geld uit was. Gelukkig is het hem niet gelukt.'

Lorenzo aarzelde even. Een zakkenroller ging heel wat subtieler te werk en zou niemand zo'n harde duw geven dat ze omviel. Dat zou alleen maar aandacht trekken en dat was het laatste wat deze dieven wensten. Hij vond het een vreemde situatie, net zo vreemd als haar reactie op die man in het museum. Hij voelde intuïtief aan dat er meer aan de hand was en dat Steffi meer in haar rugzak had zitten dan hij dacht. Maar zolang ze zo gesloten bleef, kon hij niet veel uit haar krijgen. Normaal gesproken zou hij het zo laten en zich er verder niet druk om maken. Maar er was iets aan Steffi wat hem intrigeerde, en niet alleen dat, er was ook iets aan haar wat hem raakte en begeesterde. Hij mocht haar. Hij vond haar aardig en lief.

'Inderdaad, een geluk bij een ongeluk,' zei hij dan maar om haar niet ongerust te maken. Maar hij was vastbesloten om haar wat scherper in de gaten te houden.

'Onze laatste uren in Wenen,' probeerde hij het geladen gesprek op iets leukers te zetten. 'Deze avond vertrekken we met een slaaptrein naar Verona. Een rit van meer dan negen uur, dus deze keer geen hotelbed, maar een slaapcabine. Vind je het erg om samen met Emy en Valerie in een slaapcompartiment te liggen?'

'Nee, waarom zou ik? Ik ken hen nu al wel goed genoeg om te weten wat ik aan hen heb. Het zijn rustige en verstandige meiden.'

Hij knikte goedkeurend. 'Prima. Er is ook een ontbijt aan verbonden en de trein bevat een restauratiewagon zodat je eveneens je late honger kan stillen. Maar dat weet je waarschijnlijk al door alle info die je met deze reis hebt meegekregen?'

'Inderdaad. Maar het is altijd fijn om het uit de mond van een ervaren gids te horen. Dat neemt het laatste beetje onzekerheid weg.'

Hij lachte ontwapenend. 'Goed dat ik dat weet. Maar we zijn nog niet weg. Eerst de Weense Staatsopera nog, dat mogen we niet missen. Daarna pakken we onze koffers en wuiven we Wenen uit.'

'Je kijkt er erg naar uit, niet?'

Hij keek haar vragend aan.

'Je hebt me verteld dat je moeder en zussen in Firenze wonen. En omdat we ook Firenze zullen aandoen met deze reis hoop ik dat je de kans krijgt om hen op te zoeken. Je zult natuurlijk nog wat geduld moeten hebben, want volgens mijn brochure reizen we eerst naar Verona, dan naar Rome en daarna komen we pas in Firenze terecht. Maar het feit dat je morgen al in Italië bent, geeft je waarschijnlijk al een soort "thuisgevoel".'

Hij glimlachte warm en was blij dat ze zich dat nog herinnerde. De meeste mensen luisterden maar met een half oor en waren meteen alles vergeten wat hen niet interesseerde.

'Je slaat de spijker op de kop, Steffi. Net als België zit Italië ook in mijn bloed en het maakt me telkens blij wanneer ik in dat land aankom. De gedachte om mama en mijn zussen terug te zien verwarmt me nu al. Als ik bij hen ben, dan mis ik papa en als ik bij hem ben, dan mis ik mama. Ik vind het verschrikkelijk dat mijn ouders uit elkaar zijn, maar gezien de omstandigheden is het beter zo.'

'Hoe is ze? Je moeder, bedoel ik.'

'Mama?' Hij grijnsde. 'Op en top Italiaans. Eigenlijk heb ik veel trekken van haar geërfd, net als mijn zussen. We hebben alle drie een lichtgetinte huid en zwarte haren. Nou, ja, ik moet je eerlijk bekennen dat papa ook donker haar heeft, maar zijn huid is lichter en hij heeft blauwe ogen. Mama is nu half in de vijftig, maar ze ziet er nog heel jeugdig en mooi uit voor haar leeftijd. Net als veel Italianen is ze ook vurig en zal ze alles zeggen wat haar op het hart ligt. Voor sommige mensen is dat irritant en vervelend, voor anderen is het eerlijk en doeltreffend. Italianen zijn niet anders gewend, voor hen is het dus normaal.'

Steffi luisterde geboeid. Hij hield veel van haar, dat kon ze er zo uit afleiden.

Het gesprek stokte toen ze bij het reuzenrad aankwamen. De anderen waren al aan het aanschuiven om een plaatsje in het rad te bemachtigen, zodat ze boven van een prachtig uitzicht konden genieten.

'Ga je mee? Dit moet je gedaan hebben, Steffi. Het uitzicht van bovenaf is prachtig.'

Steffi knikte. Dit kon ze wel aan. Het ging alleen de hoogte in en draaide rustig rond. Even later zaten ze samen in een gondel en draaide het rad langzaam naar boven. Het uitzicht was inderdaad adembenemend. Lorenzo drukte zijn hand op haar arm en wees voortdurend naar gebouwen en torens die boven de huizen uitstaken. Steffi luisterde gretig naar zijn kennis en ze moest toegeven dat ze ook genoot van zijn lichaam naast het hare en zijn hand die als een streling op de blote huid van haar arm lag.

6.

De slaapcabines waren compact maar comfortabel. Steffi, Emy en Valerie hadden een cabine met vier bedden zodat ze nog wat extra ruimte overhadden, en er was zelfs een kleine wastafel in voorzien. Emy schoof het raam naar beneden, zodat de afkoelende avondlucht kon binnenstromen, en stak haar hoofd naar buiten. Haar lange haren wapperden in de wind. Een wagon verder zag ze Dries' hoofd de andere richting uitkijken.

'Dries!' schreeuwde ze.

Hij draaide zijn hoofd in haar richting en wuifde terug. 'Ha, daar zitten jullie. Komen jullie ook naar de restauratiewagon? Het is hier wat te benauwd,' riep hij luid terug.

Emy stak haar duim op. 'We komen er zo aan.'

Ze trok haar hoofd naar binnen. 'Dries vraagt of we naar de restauratiewagon komen,' zei ze alsof de twee anderen hun geschreeuw niet hadden gehoord. 'Ik heb gezegd dat we er zo aan komen.'

De koffers werden onder de bedden geschoven zodat ze de weinig vrije ruimte optimaal konden benutten. Emy borstelde nog vlug haar haren en Valerie maakte gebruik van het toilet, voor ze op zoek gingen naar de restauratiewagon. Daar aangekomen zagen ze dat een deel ervan was ingericht als bar en dat de mannen al op hen zaten te wachten.

'Niet mis hier,' zei Hugo. 'Alle comfort die je maar kunt wensen en een bediening om u tegen te zeggen. Ik vermoed dat de avond lang zal worden.'

Dries grinnikte en reageerde. 'Daar ben ik zeker van. Ik denk niet dat er van slapen veel gaat komen. Het gesnurk van ons vieren zal te snijden zijn in zo'n compartiment.'

'Spreek voor jezelf, man,' bromde Wim. 'Er is er maar één die snurkt.'

'In ieder geval vind ik het een hele belevenis,' bracht Valerie er tussenin. 'Dit is de eerste keer dat ik in een trein slaap. Ik kijk er in ieder geval naar uit. Het lijkt me enig en we hebben zelfs een wastafel en een toilet vlakbij op de gang. Deze luxe had ik niet verwacht.'

'Als je dat luxe kunt noemen,' opperde Dries. 'Ik durf erom te wedden dat Pieters benen buiten boord zullen liggen. Hij is de langste van ons en de britsen zijn volgens mij aan de korte kant.'

'Valt wel mee,' zei Pieter. 'Ik heb het al uitgeprobeerd. Ze lijken kleiner, maar ik denk wel dat ze een gewoon bed benaderen. Wat vind jij ervan, Steffi?'

'Zo lang als jij ben ik niet, Pieter.'

'Nee, dat bedoel ik niet. Wat vind jij van deze slaapcabines?'

'O. Prima! Ik hou van een beetje avontuur en een slaaptrein is eens iets anders dan een hotel.'

Pieter draaide zijn hoofd naar de anderen toe. 'Zo zie je maar! Tenminste toch één met een gezonde visie. Een treinreis is nu eenmaal boeiend en verrassend, dat maakt het ook zo leuk.' Hij draaide zich weer naar haar toe en glimlachte ontwapenend. 'Dat vind ik zo fijn aan je, Steffi. Je blijft altijd zo positief.'

'Hola! Hoor ik daar een liefdesverklaring?' grinnikte Wim. 'Dan wil ik ook wel een poging wagen.'

Steffi weerde al lachend zijn woorden af. 'Ik ben er nog altijd niet aan toe, jongens. Dus bespaar jullie de moeite. Als jullie het me niet kwalijk nemen, dan ga ik op zoek naar een telefoon. Ik heb mijn vriendin beloofd om haar vandaag terug te bellen.'

Ze wachtte niet op een antwoord, maar stond op en vroeg aan

de barman of er een mogelijkheid was om te bellen. Hij wees haar naar een kleine ruimte achter hem waar een telefoontoestel stond, afgeschermd door een plastiek wand vol krassen en daardoor zo goed als ondoorzichtig. Boven aan het toestel was een gleuf waarin geldstukken gestopt konden worden en naast het toestel hing een papier in een plastiek mapje waarin de tarieven vermeld stonden. Steffi rommelde wat in haar handtas tot ze haar portemonnee gevonden had en nam er enkele muntstukjes uit. Eerst zou ze naar haar moeder bellen.

'Hoi, mam, met Stef hier,' begon ze toen het toestel ginds werd opgenomen.

'Stef! Wat leuk dat je belt. Hoe gaat het met je en hoe is de reis tot hiertoe verlopen?'

Haar stem klonk vrolijk en gelukkig.

'Prima. Ik heb al zoveel moois gezien en ook al veel vrienden gemaakt. Op dit ogenblik zitten we in de trein. We brengen er ook de nacht door wat deze reis nog dat tikje meer geeft.' Ze vermeed in alle talen dat ze Lex zelfs hier niet van zich kon afschudden. Ze wilde haar moeder niet ongerust maken en haar reis met George verpesten. 'Het is echt super, mam. Ik mag zelfs drie oudere dames aan mijn vriendenkring toevoegen, buiten Emy en Valerie en de jongens. En de gids kan erg boeiend vertellen over alles wat elke stad te bieden heeft.'

'Wat fijn om te horen, lieverd. Je was er echt aan toe om even vrij en zorgeloos te zijn. Ik ben blij voor je en het is je van harte gegund. Hier is het ook zalig. George is zo lief en attent, je houdt het niet voor mogelijk. We stonden net klaar om naar een restaurant te gaan toen je belde.'

'O, dan houd ik jullie niet langer op. Geniet ervan, mam. En groet George van me.'

'Doe ik! Nog veel plezier. Knuffel.' Na deze woorden werd de verbinding verbroken.

Steffi zuchtte diep en legde de hoorn op de haak. Ze voelde zich enigszins schuldig, omdat ze haar vermoedens omtrent Lex niet aan haar moeder kenbaar wilde maken. Ze wist dat Lutgarde voor haar door het vuur zou gaan en dat ze in staat was om haar reis te onderbreken en naar haar toe te komen als haar dochter haar nodig had. Maar dat wilde Steffi absoluut voorkomen, ze wilde het geluk van die twee niet verstoren. Het was tenslotte alleen maar een vermoeden. Ze draaide het nummer van haar vriendin en ook hier werd dadelijk opgenomen. Na een korte begroeting vroeg Steffi gespannen of Noor Lex had gezien.

'Nee, nog niet,' antwoordde Noor. 'Ik ben met een smoes naar zijn flat gereden zoals je vroeg, maar toen ik aanbelde werd er niet gereageerd en er was geen beweging te zien.'

'Dan is hij toch hier!'

'Niet te vlug conclusies trekken, Stef! Hij was inderdaad niet thuis, maar dat betekent niet dat hij bij jou in de trein zit. Het lijkt me logischer dat hij bij zijn vriendin logeert. Helaas weet ik niet waar ze woont.'

'Ik ben er toch niet gerust op, Noor. Die man in het museum leek echt sterk op hem.'

'Stef! Je hebt me gezegd dat je zijn gezicht maar heel even hebt gezien. Als hij het was, dan had hij toch iets gezegd? Het zal gewoon een man geweest zijn met dezelfde trekken. Wanneer ga je hem eindelijk eens van je afzetten, meid? Hij is het echt niet waard. Ik zal hier naar hem blijven uitkijken en je op de hoogte houden als ik hem zie. Maar dat kan nog wel enkele dagen duren. Mattis en ik gaan zijn ouders een bezoekje brengen, en omdat ze in Brugge wonen blijven we daar logeren.'

'Wauw! Dan zit jullie relatie echt wel goed.'

Noor grinnikte. 'Echt wel! Mattis en ik zijn nu al bijna drie maanden samen en ik kan nu met zekerheid stellen dat ik met hem verder wil. Hij heeft al kennisgemaakt met mijn ouders en mam en pap zijn in de wolken. Nu ben ik klaar om zijn familie te ontmoeten.'

'Wat fijn voor je, Noor. Mattis is echt een leuke knul en jullie lijken voor elkaar gemaakt. O, wat heerlijk. Ik mag toch bruidsmeisje zijn als jullie trouwen?'

'Niet te hard van stapel lopen, Stef! Zo ver is het nog lang niet.'

'Toe?'

Noor lachte. 'Nou, ja, als het eenmaal zover is, dan zal ik aan je denken,' zei ze plagend.

'Dat is je geraden!'

'Je weet dat je altijd op de eerste plaats komt,' zei ze nu ernstiger. 'Je bent tenslotte mijn beste vriendin en daarom maak ik me ook zorgen om je en zou ik willen dat je een fijne, zorgeloze, avontuurlijke en nooit te vergeten vakantie beleeft. Dat kan niet als je voortdurend aan Lex denkt. Probeer hem te vergeten. Gegarandeerd dat hij nu bij zijn nieuwe vriendin zit.'

'Je hebt gelijk, Noor. Ik maak me inderdaad te veel zorgen. Ik zal mijn best doen om hem te vergeten. Maar nu moet ik ophouden. Ik zie dat mijn tarief zo goed als op is. Veel plezier in Brugge.'

'Zullen we doen. Hou je haaks.'

Steffi verbrak de verbinding en verliet het benepen telefoonhokje. Omdat ze het gesprek nog even in alle rust wilde overdenken ging ze niet meteen terug naar de restauratiewagon, maar sloeg ze de andere richting in naar de volgende slaapwagon waar ze in de gang naast de compartimenten aan een openstaand raam naar buiten staarde. De frisse avondlucht golfde naar binnen, streelde haar gezicht en liet haar loshangende haar zachtjes heen en weer wiegen. De trein snelde bomen en struikgewas in een flits voorbij. Alleen het landschap in de verte bleef even onbewogen tot de snelheid het won en een nieuw vergezicht prijsgaf. Steffi dacht aan Noors woorden. Ze was blij dat haar vriendin het geluk gevonden had. Ze vond het heerlijk om te horen hoeveel die twee van elkaar hielden. Ze was ook blij voor haar moeders geluk met George en het feit dat ze haast geen tijd hadden om zich met andere dingen bezig te houden. Maar dat maakte wel dat zij zich voelde alsof ze gefaald had. Zij had ook gedacht dat ze met Lex gelukkig zou zijn. Helaas liep het anders en daarom was ze nu alleen en bang en onzeker.

'Van het landschap aan het genieten?'

Lorenzo's vraag deed haar opschrikken. Hij zag het en verontschuldigde zich dadelijk. 'Het spijt me dat ik je weer heb laten schrikken. Het lijkt wel of ik telkens achter je rug sta. Je zal wel denken dat ik je sta te bespieden, maar dat is niet zo. Ik kwam hier toevallig langs omdat mijn slaapcabine een wagon verder ligt en toen zag ik je staan. Meer hoef je daar echt niet achter te zoeken.'

Steffi lachte. 'Ik zoek er ook niets achter, Renzo. Ik schrok van je stem omdat ik in gedachten naar buiten tuurde en je niet hoorde aankomen.'

'Daar ben ik blij om. Maar als je me niet hoorde aankomen, dan zullen je gedachten wel erg ver weg geweest zijn. De schuifdeur maakte een behoorlijk lawaai. Als je er graag over wil praten, ben ik een en al oor.'

Steffi begon haar hoofd al te schudden, maar ze hield halverwege op. Waarom ook niet? Hij had haar ook een deel van zijn leven prijsgegeven en het zou haar opluchten als ze haar verhaal eens aan een buitenstaander kwijt kon. Natuurlijk bestond het gevaar dat hij dacht dat ze flipte. Nou, ja, dan was dat maar zo. Na deze vakantie zou ze hem toch niet meer zien en dan had zij tenminste haar hart eens kunnen luchten. Ze zag wel waar het naartoe ging. Ze haalde even diep adem en vertelde hem over haar relatie met Lex Walravens. Toen ze eenmaal begonnen was, leek het wel alsof de woorden als een stortvloed bleven komen. Ze vertelde hem alles en liet niets achter, ook niet over de vreemde gebeurtenissen die haar te beurt waren gevallen en haar vermoedens daaromtrent. Hij liet haar praten, luisterde en knikte af en toe, maar onderbrak haar niet tot ze ten slotte stopte en hem met een gespannen blik aankeek.

'Daarom was je zo verbijsterd en bang toen je die rat bij de ingang van het hotel aantrof,' zei hij zacht.

Ze knikte. 'Die stond in precies dezelfde houding en in dezelfde hoek als bij me thuis. Het was alsof ik alles herbeleefde. Ik besef dat het toeval geweest moet zijn, maar toch...'

'En die man in het museum leek op hem?'

'Ja, ik dacht even dat hij het was, al kan ik hem niet voorstellen met een baseballpet. Maar het zal wel iemand geweest zijn die op hem leek. Hij kan met geen mogelijkheid weten dat ik hier ben.'

'Die duw op de markt? Kan hij daartoe ook in staat geweest zijn?'

'O, ja, zeker! Hij wil me pijn doen en is er best toe in staat. Maar als hij hier niet kan zijn, is het waarschijnlijker dat het een man was die op mijn portemonnee uit was. Een mislukte geldroof, zeg maar. Maar Lex heeft me goed bang gemaakt, zelfs nu ik zo ver van hem verwijderd ben kijk ik voortdurend over mijn schouder uit angst om hem te zien. Mijn vriendin Noor probeert me constant op te peppen en me ervan te overtuigen dat hij hier niet kan zijn. Ik kan hem echter niet van me afzetten.' Ze begon te lachen en keek Lorenzo wat beschaamd aan. 'Je zult wel denken dat ik gek ben.'

Hij schudde zijn hoofd. 'Na alles wat je hebt meegemaakt, heb je recht om bang te zijn.'

'Vind je?'

'Het zou niet normaal zijn als je zijn vernederingen, dreigementen en geweld gewoon naast je neer kon leggen. Hij heeft je zoveel pijn gedaan dat je het onmogelijk op korte termijn kan verwerken. Dat heeft tijd nodig, Steffi. Ik ben blij dat je het me verteld hebt en ik sta altijd voor je klaar als jij je nog eens onzeker of bang moest voelen.'

Ze keek hem even vast aan en zag alleen maar begrip en medeleven in zijn bruine ogen. Ze knikte langzaam. 'Dank je, Renzo. Ik weet ondertussen wel dat hij onmogelijk hier kan zijn, maar soms neemt mijn angst het over en dan ben ik blij dat ik iemand heb om erover te praten.'

'Ik sta voor je klaar als je me nodig hebt.'

Hij besloot dit gevoelige onderwerp te laten rusten en wees naar de oranje-, paars- en roodgetinte gloed aan de horizon. 'De zon gaat onder. Kijk wat een prachtige kleuren.'

In gedachten was hij er echter van overtuigd dat ze getraumatiseerd was door die bruut. Je zou het voor minder worden! En dan vond ze natuurlijk al vlug iemand die op dat monster leek. Maar wat moest hij denken van die rat? Een dode rat was op zich natuurlijk niets om je zorgen om te maken. Maar net als zij vroeg hij zich af of een rat inderdaad rechtopstaand dood kon gaan? Toch mocht hij geen voorbarige conclusies trekken. Wat wist hij van ratten en hun doodstrijd? En de rest kon inderdaad aan haar traumatische angst gerelateerd worden. Toch?

Ze hadden zich nadien bij de anderen gevoegd waar het tot een heel fijne en leuke avond uitgroeide. Ze waren pas naar bed gegaan toen de bar sloot.

Steffi ondervond dat het niet zo evident was om met z'n drieën in een kleine cabine te slapen. Ze hoorde elke ademhaling van de anderen, elke draai van hun lichaam, elke hoest of kuch. Bovendien drongen geluiden van buiten tot binnen door: het gedender van de treinwielen, het lichte gekraak van het metaal, het waarschuwend belgerinkel van een spooroverweg.

Steffi had dan ook haast niet geslapen en voelde zich geradbraakt toen ze in Verona aankwamen. Emy had er geen hinder van ondervonden en had, volgens haar eigen woorden, geslapen als een roos. Net als Dries. Op dat punt pasten die twee dus goed bij elkaar. Maar de rest van de groep had kleine oogjes toen ze hun zware koffers uit de trein zeulden. Na de airco in de wagons viel de warmte als een hete deken op hen neer zodra ze op het perron stapten. Dat beloofde wat voor de rest van de dag! Het hotelletje oogde liefelijk en landelijk met zijn karakteristieke natuurstenen elementen en crèmekleurig geverfde buitenmuren. Steffi's tekort aan slaap was al vlug verdwenen toen ze zag hoe mooi Verona was. Het huis van Julia met zijn beroemde balkon sprak boekdelen. Ze kon zich Romeo zo voorstellen, zeker nadat Lorenzo zijn verhaal gedaan had. Elke straat en elk plein was een openbaring met zijn lieftallige huizen, kleurige terrasjes, kromgezakte kerkjes en bloemen alom. Het water van de Adige liep dwars door de stad heen, de twee delen met romantische bruggen aan elkaar verbindend. Het was er rustig toeven langs de oevers van deze machtige rivier. De gebouwen stonden tot vlak aan de stenen wal die de rivier in zijn bedding moest houden, waardoor de oevers bezaaid leken met kastelen, kerken, cipressen en glooiende heuvels tegen de achtergrond van besneeuwde bergtoppen van de Dolomieten in de verte.

Steffi voelde zich hier goed, het leek wel een stukje thuiskomen. Zelfs de zomerse drukkende hitte leek haar hier niet zo erg als ze gedacht had. Ze had deze ochtend haar haar opgestoken en een luchtig blauw gebloemd jurkje aangetrokken. Blauwe oorbellen waren de enige opsmuk die ze zich had toegestaan, maar ze stonden haar beeldig. Onder Lorenzo's leiding hadden ze al een deel van de stad bekeken, maar na het middageten raadde hij iedereen aan een siësta te houden omdat het te warm was om gelijk wat te doen. Ze zouden hun schade inhalen zodra de ergste hitte achter de rug was met de bezichtigingen van enkele renaissancepaleizen en van de Romeinse Arena waar ze een operavoorstelling konden bijwonen.

Ondanks de slechte nacht in de trein voelde Steffi er niet veel voor om een siësta te houden. Ze vond deze sprookjesachtige stad zo mooi dat ze geen tijd verloren wilde laten gaan. Als ze een stukje van de oever van de Adige volgde, kon ze haast niet verdwalen en toch genieten van heel wat fraais dat Verona haar te bieden had. Even later had ze zich goed ingesmeerd met zonfactor vijftig, haar zonnebril en een hoed met brede rand opgezet en verliet ze met een kwieke stap het hotel.

Buiten was het rustig, buiten het gesjirp van honderden cicaden. Zelfs de vogels hielden zich stil. Mens en dier leken zich teruggetrokken te hebben, zodat de stad haast uitgestorven leek. Steffi glimlachte terwijl ze de richting van de Adige insloeg. Ze gaf er niet om. Dan kon ze in alle rust genieten van de gebouwen, de kunstige bruggen en het landschap dat haar omringde. Bij de snelstromende rivier was het iets koeler. Het leek wel alsof het water de hitte wat temperde. Ze bleef even staan om de omgeving goed in zich op te nemen. Ze moest deze plaats onthouden om naar het hotel terug te kunnen keren, maar dat was niet moeilijk omdat vlakbij een prachtige brug met een natuurstenen balustrade naar een renaissancepaleis leidde waarvan de torens boven alle huizen uitstaken. Dat kon ze als leidraad gebruiken. Daarna ging ze naar rechts en volgde de oever van de Adige. Ondanks de hitte kwam ze hier toch enkele mensen tegen. Een jong paartje dat hand in hand langs het water slenterde, een dakloze die onder een brug lag te slapen en drie kinderen die gewoon op een stenen omwalling in de schaduw van een citrusboom zaten te niksen.

Na een tijdje wandelen zag ze niemand meer. Het leek wel alsof ze de stad voor zich alleen had. Ze keek met genoegen naar de prachtige renaissancegebouwen aan de overkant van het water, naar de vele witgeschilderde huizen met hun gesloten luiken en hun balkons vol met bloemen, de brocante bruggen die zich regelmatig over het water bogen en de groene cipressen langs de wegen. Alles zinderde in de hitte van de middagzon. Ze besloot op een gegeven moment dat ze ver genoeg was gegaan en keek uit naar een bank in de schaduw zodat ze even kon rusten en nog wat kon genieten voor ze aan de terugweg zou beginnen. Ze vond al vlug een bank die tegen een natuurstenen muurtje was aangezet. De muur en de overhangende rijkbloeiende lobelia's die erop stonden, wierpen er een strook schaduw overheen. Ze veegde wat dorre blaadjes weg en ging zitten. Genietend sloot ze haar ogen om de typische geluiden en geuren in zich op te nemen en ze bleef zo een poos zitten.

'Hallo, Stef.'

De stem deed haar met een ruk opkijken. Haar ogen werden groot en ze was even niet in staat om zich te bewegen, laat staan iets uit te brengen.

'Lex?' kon ze ten slotte stamelen naar de man die geruisloos naast haar was komen zitten.

Hij lachte honend bij het zien van haar paniek. 'Je ziet eruit alsof je een spook hebt gezien. Dan moet ik je echt teleurstellen, ik ben hier in levenden lijve. Dat had je niet verwacht, hè? Je dacht dat je van mij af kon komen door te vluchten! Mooi niet.' Hij genoot bij het zien van haar angst.

Steffi was al wat bekomen van de ergste schok en keek even panisch om zich heen op zoek naar een toevallige voorbijganger. Er was echter niemand te zien. Ze ademde diep in en zei zo kordaat mogelijk: 'Wat kom je hier doen, Lex?'

'Wat ik hier kom doen? Ik heb net zoveel recht als jij om hier te zijn, Stef.'

'Waarom? Om me te raken? Om me te kunnen kwetsen? Waarom kun je niet gewoon aanvaarden dat het uit is tussen ons?'

'Het is pas uit als ik dat zeg, en niet omdat jij dat wilt!'

'Dan hebben we elkaar niets meer te zeggen.' Ze voegde dadelijk de daad bij het woord, stond bruusk op en wilde zo vlug mogelijk bij hem vandaan zijn. Ze had echter nog geen stap gezet toen hij zijn hand als onwrikbaar staal om haar arm sloot en hij haar haast uit haar evenwicht trok. Hij kneep zo hard dat haar gezicht vertrok van de pijn en ze gedwongen werd om weer te gaan zitten.

'Waar denk jij heen te gaan? Ik ben nog niet klaar met jou!'

Ze moest proberen om hem tot kalmte te manen. Zo te ruiken had hij gedronken en dan was hij tot alles in staat. Als ze hier ongeschonden uit wilde komen, dan moest ze met hem praten, hem aan het lijntje houden tot ze een kans zag om te vluchten of tot er iemand voorbijkwam waar ze hulp aan kon vragen.

'Laat mijn arm los, Lex. Je doet me pijn.'

Hij grijnsde vol leedvermaak. 'Zodat je weer van me weg kunt lopen? Mooi niet! Deze enige kans om met je te kunnen praten laat ik me niet afnemen. Je zult boeten omdat je me in de steek hebt gelaten, Stef. Je dacht dat ik je zou vergeten, hè? Dat ik je het plezier gunde om ongestoord en heerlijk van je vakantie te kunnen genieten. Dat doe ik dus niet! Het feit dat je zomaar op reis verdween, heeft mijn woede alleen maar aangewakkerd.'

'Hoe wist je waar ik was?'

Hij aarzelde even, maar grinnikte toen en haalde achteloos zijn schouders op. 'Ach, dat mag je gerust weten. Je dacht me te slim af te zijn, niet? Maar dan heb je me flink onderschat. Toen Noor me niet wilde zeggen waar je zat, moest ik me wel tot andere bronnen wenden. Toevallig – of, ja, wel een beetje berekend – kwam ik Ellen tegen. Een lieve meid die me wel zag zitten en die ik met gemak om mijn vinger kon winden. Ik wist dat ze bevriend was met Suzanne, de secretaresse van je baas. De rest laat zich raden. Vriendinnen hebben immers geen geheimen voor elkaar. Ik kwam er al vlug achter dat je deze reis had geboekt.'

'Jij was het dus toch, toen in het Belvedère museum?'

Hij lachte sarcastisch. 'Je had je gezicht moeten zien! Je leek wel versteend. Maar je laten schrikken is niet genoeg. Ik wil dat je lijdt, net zoveel als je mij hebt doen lijden door bij me weg te gaan.'

'Een scheiding is voor allebei een stuk lijden, Lex. Dat is nooit prettig.'

'Maak dat iemand anders wijs. Jij bent bij me weggegaan! Jij hebt me in de steek gelaten!'

Zijn stem klonk bars en boos, een slecht voorteken. Ze besloot het gesprek een andere wending te geven.

'Wat ben je van plan en waarom maak jij je nu kenbaar, terwijl je al die andere pesterijen thuis stiekem hebt gedaan?'

Hij grijnsde opgetogen. 'Wie zegt dat ik daarachter zit? Je hebt geen enkel bewijs, Stef en dat wéét je.'

'Maar hier ben je wel en je doet me pijn. Als je me niet dadelijk loslaat, dan verwittig ik de politie.'

Zijn vingers knepen harder. 'Jij zult helemaal niets doen,' siste hij met een onheilspellende toon. 'Ik ga geen tweede keer de gevangenis in omdat jij zo nodig moet gaan klikken. O, nee, zeker niet. Ik heb mijn voorzorgen genomen en bovendien zitten we hier heerlijk rustig en is er niemand die me gezien heeft. Bij de politie zullen ze je voor gek verklaren als jij je woorden niet kunt bewijzen.'

Steffi vermoedde dat dit geen loze woorden waren. Hij was te zeker van zijn zaak. Zelfs in haar eigen land liet hij geen bewijzen achter en had ze niet één keer kunnen aantonen dat hij achter al die pesterijen zat. Hier had ze nog minder te vertellen.

'Waarom, Lex? Waarom doe je me dit aan? We horen gewoon niet bij elkaar, waarom begrijp je dat niet?'

'Je weet maar al te goed waarom. Ik heb je meermaals gewaarschuwd, maar toch ging je van me weg en je liet me zelfs in de gevangenis belanden. Daarvoor kan je niet genoeg gestraft worden.'

Steffi kreunde. De pijn in haar arm was haast niet te harden. 'Laat mijn arm los, Lex.'

Hij lachte kort en hard. 'Denk je dat ik zo dom ben? Dan zou je er dadelijk vandoor gaan. Zo ken ik je wel. Stiekem een reis plannen alsof je me op deze manier van je af kan schudden! Ik houd je nu al een aantal dagen in de gaten en het maakt me woedend dat jij je vermaakt met een hoop jongemannen terwijl je mij afgewezen hebt. Dat accepteer ik niet, Stef. Jij hebt mijn leven verwoest en dus ga ik dat van jou ook kapotmaken. Dat wilde ik je even zeggen en ook dat je de rest van deze vakantie op je hoede zult moeten zijn. Ik ga geen kans onbenut laten om je te kunnen treffen en ik zal genieten van je angst. Wees maar gerust dat het niet zo onschuldig zal zijn als voorheen. Een ongeluk is zo gebeurd, niet?'

Steffi zag vanuit haar ooghoeken een beweging. Twee opgeschoten tieners kwamen hun kant op. Ze opende haar mond om hen om hulp te vragen, maar Lex had hen ook gezien. Hij boog zich in een snelle reflex over haar heen en snoerde haar de mond met een ruwe kus, terwijl hij haar met zijn bovenlichaam op de bank drukte. Op die manier konden de tieners zijn gezicht niet zien en dachten ze dat er gewoon een verliefd koppeltje op de bank zat. Steffi's onderdrukte gekreun kon best wel bij het liefdesspel horen. Even later waren ze voorbijgelopen en liet hij haar weer los. Door zijn handeling was haar hoed van haar hoofd geschoven en hij lag nu ondersteboven op de grond. Lex merkte het niet eens.

'Je was toch niet van plan om hen om hulp te vragen?' grinnikte hij sarcastisch. 'Kom, laten we een klein eindje gaan wandelen, als een echt verliefd stel.'

'Ik wil nergens met je naartoe. Laat me nu eindelijk los of ik gil heel de buurt bij elkaar!'

'Je doet maar. Er is toch niemand die het hoort. Die twee zijn al lang verdwenen en de huizen staan op deze plaats te ver van de rivier af om je te kunnen horen.'

Zonder met haar weigering rekening te houden stond hij op en trok haar hardhandig overeind. Ze stribbelde tegen en greep met haar vrije hand naar de leuning van de bank. 'Ik ga nergens me je naartoe, Lex. Vergeet het maar!' gilde ze angstig en woedend tegelijk. 'Ik wil niets meer met je te maken hebben en laat me nu eindelijk los.'

Een onverwachte klap in haar gezicht deed haar hoofd met een schok de andere richting uitgaan. Haar zonnebril vloog tegen de muur en kwam in twee stukken op de grond terecht. Even wankelde ze op haar benen. Hij profiteerde van dit zwakke moment door haar vingers los te wrikken van de bank en haar hardhandig mee te trekken. Steffi duizelde en ze had het gevoel dat haar arm uit de kom getrokken werd. De pijn dwong haar om haar verweer op te geven. Ze keek radeloos om zich heen in de hoop iemand te zien, maar alles leek wel verlaten. Waarom was ze alleen weggegaan?

Even verderop verdween de stenen wal en kwamen ze aan bij een natuurlijke helling die naar de rivier leidde. De huizen hadden hier plaatsgemaakt voor een glooiend landschap met wegen vol cipressen die naar enkele statige villa's in de verte liepen. Hij nam haar mee tot aan de rand die de bedding van de rivier vormde. De helling liep van daaruit in een met stenen bezaaide glooiing naar beneden tot aan het water van de Adige, dat witschuimend zijn weg langs rotsblokken vervolgde. Steffi vroeg zich af wat Lex van plan was. Ze hoefde echter niet lang op een antwoord te wachten.

'Het heeft me goedgedaan om met je te praten, Steffi. Ik had niet gedacht om deze kans nog eens te krijgen. Jammer dat de klap in je gezicht een handafdruk heeft achtergelaten en dat je arm morgen waarschijnlijk bont en blauw zal zijn. Maar ik geef je graag de kans om er een aanneembare verklaring aan te geven. Het zal je ook doen beseffen dat ik elk woord meen wat ik je heb gezegd en dat ik elk moment zal benutten om je te kunnen raken. Wees dus op je hoede!'

Ze zag dat hij even om zich heen keek alsof hij zich ervan wilde vergewissen dat ze hier helemaal alleen waren. Toen reageerde hij bliksemsnel. Voor ze erop bedacht was, liet hij haar arm los en gaf haar op hetzelfde moment een harde duw. Steffi voelde zich zijdelings vallen en gilde voordat ze op de keien en stenen belandde. De schuine helling deed haar verder naar beneden schuiven waar ze ten slotte vlak bij de rand van het water tegen een groter rotsblok bleef liggen. Kreunend keek ze de helling op waar ze Lex lachend naar haar zag kijken. Ze sloot even haar ogen en toen ze weer opkeek was hij verdwenen.

Ondanks de pijn voelde ze zich opgelucht omdat hij weg was. Voorzichtig bewoog ze haar armen en benen en haalde diep adem bij het besef dat er niets gebroken was. Alles bleek nog intact, ook al zat ze vol schrammen en schaafwonden. Gelukkig was de helling niet zo diep, maar de keien en stenen waren er niet minder hard om. Kreunend stond ze op en ze bleef even staan om haar gekneusde lichaam de kans te geven zich een beetje te herstellen. De arm die hij al die tijd had vastgegrepen, klopte pijnlijk en overheerste de schrijnende schaafwonden. Ondanks de hitte gleed er een rilling over haar rug. Ze zette een stap in de richting van de helling en stopte. Het zou haar vast niet lukken om de helling te beklimmen, de keien zouden haar voeten telkens weer naar beneden laten glijden. Ze kon de bedding beter een stukje naar links volgen waar het niet zo steil leek. Haar gekneusde lichaam protesteerde toen ze zich in beweging zette.

Het lukte haar uiteindelijk om zich uit de bedding naar boven te worstelen tot ze weer op het pad stond dat naast de rivier liep. Ze keek om zich heen, maar de weg was verlaten. De zon scheen fel en genadeloos. Ze wreef met haar hand over haar brandende wang en realiseerde zich nu pas dat ze haar zonnebril niet meer ophad. Ze keek even radeloos om zich heen, maar kon de bril niet vinden. Door het zoekend naar beneden kijken zag ze dat er zand zat in een grote schaafwond op haar been. Ze wreef het wat weg en zag nog andere schaafplekken en kleine sneetjes waaruit wat bloed sijpelde. Automatisch wreef ze ook over het onderste deel van haar zomerjurk om het zand eraf te kloppen tot ze de scheur bij de zoom in de gaten kreeg. Toen kwamen de tranen. Alsof de toestand van haar jurk de druppel was. Ze huilde even hysterisch alsof ze daardoor haar woede, angst en frustratie van zich af kon zetten. Maar lang gaf ze zich geen gelegenheid om te huilen. De zon brandde en deed haar beseffen dat ze weer terug moest, het liefst voordat de anderen wakker waren en haar zo te zien kregen. Ze wilde niet dat ze vragen zouden stellen om de eenvoudige reden dat ze niet wist wat ze hun moest vertellen. Lorenzo zou de politie erbij halen, dat besefte ze maar al te goed. Maar hoe kon ze bewijzen dat het Lex was? Hij had zijn maatregelen genomen, had hij haar gezegd, ze konden hem niets maken. Ze geloofde hem. Ze wist dat het niet in haar voordeel zou zijn om de politie te vertellen wat hij haar had aangedaan. Ze kon dus beter niets doen en straks even naar Noor bellen om te zien hoe het nu verder moest.

Gehaast strompelde ze langs de Adige. Even verderop zag ze haar hoed nog steeds naast de bank liggen. Ze ging die richting uit, raapte hem op en zag toen ook haar zonnebril liggen waarvan een van de glazen stuk was. Ze liet de bril liggen en ging verder zonder haar hoed op te zetten. Het leek wel alsof ze in trance was en ze automatisch haar voeten verder zette tot ze weer bij het hotel was aangekomen. Gelukkig was alles nog stil en verlaten. Zelfs de receptioniste van het hotel was er niet. Eenmaal in haar kamer sloot ze met een zucht de deur en ging dadelijk naar de badkamer waar ze de douche aanzette, de gescheurde jurk naar beneden liet glijden, haar ondergoed uittrok en met haar gehavende lichaam onder de lauwe stralen ging staan. Hier kwamen de tranen terug en ze deed geen enkele moeite om ze tegen te houden.

De rest van de dag bleef Steffi op haar kamer. Ze had Lorenzo via een briefje aan de receptioniste laten weten dat ze op haar kamer bleef omdat ze last had van hoofdpijn en niet gestoord wilde worden. Ze loog niet. Ze hád hoofdpijn, en ook de rest van haar lijf deed pijn. Op die manier wilde ze voorkomen dat Antje of iemand anders weer ongerust aan haar deur zou staan. Ze bleef in haar bed liggen en zag heel het gebeuren telkens weer in haar gedachten voorbijgaan. Ze piekerde zich suf hoe ze Lex ervan kon overtuigen om haar voor eens en altijd met rust te laten, maar ze besefte maar al te goed dat hij niet voor rede vatbaar was. Hij was zeker geweest van zijn zaak en ze vroeg zich af waar hij die zekerheid vandaan haalde. Hij was hier, dat had ze met eigen ogen gezien en gevoeld. Wat had hij dan gedaan om politievervolging te omzeilen? De tranen sprongen weer in haar ogen. Was het nog niet genoeg dat hij haar thuis de stuipen op het lijf joeg met zijn voortdurende pesterijen? O, en ze had nog zo gedacht dat deze reis haar rust zou brengen. Wat een grote vergissing!

Toen ze er zeker van was dat de groep met Lorenzo verdwenen was om van een operavoorstelling in de Romeinse Arena te genieten, kleedde Steffi zich aan met een lange broek en een T-shirt met lange mouwen, zodat de bloeduitstorting op haar arm en de kneuzingen niet te zien waren. Ze liet haar haar loshangen en gebruikte wat make-up om de rode verkleuring en de schram op haar linkerwang zoveel mogelijk te verbergen.

Daarna begaf ze zich naar het afgeschermde telefoontoestel in de welkomsthal. Ze vond het vervelend en spijtig dat ze hier geen telefoontoestellen op elke kamer hadden, dan zou haar deze verkleedpartij gespaard gebleven zijn. Tot haar ongenoegen zag ze dat de telefoon bezet was en ze ging verder naar de lounge waar ze een cappuccino bestelde die door een jongen van een jaar of zestien voor haar werd neergezet. Ze nam de cappuccino met zich mee en ging aan een tafeltje zitten waar ze het telefoonhokje goed in de gaten kon houden. Ze had de koffie voor de helft opgedronken toen de man eindelijk de hoorn op de haak legde en het hokje verliet. Gehaast sprong ze op, stak een geldstuk in het toestel en draaide Noors nummer. Het duurde even voor ze opnam. 'Met Noor Vantongeren.'

Steffi kon het niet helpen, ze begon te huilen zodra ze Noors stem hoorde. 'O, Noor, het is vreselijk,' snotterde ze.

'Stef? Ben jij dat? Je laat me schrikken! Wat is er aan de hand?'

'Hij... Hij is hier!' stotterde ze haast hysterisch.

'Wie is daar? Goh, Stef, je maakt me ongerust. Kalmeer nu toch en probeer het me te vertellen.'

Steffi snoot haar neus, bedwong haar tranen en haalde diep adem. 'Lex is hier in Verona! Ik heb hem gezien en met hem gesproken. Hij is echt hier, Noor, het was geen gezichtsbedrog. Hij is hier en heeft me goed laten voelen dat hij alles in het werk zal stellen om me te raken waar en wanneer hij kan.'

'Lex? Dat is zo goed als onmogelijk! Hoe kan hij weten waar jij bent?'

'En toch is het zo. Hij zei dat hij het te weten is gekomen via een vriendin van Suzanne, de secretaresse van mevrouw Bosschaard.'

Het bleef even stil aan de andere kant van de lijn.

'Noor?'

'Ik ben er nog. Weet je heel zeker dat hij het was?'

'Natuurlijk weet ik het heel zeker. Waarom vraag je me dat?'

'Omdat... Wacht, ik zal beginnen bij het begin. Toen ik Lex niet in zijn appartement kon bereiken, heb ik Mattis gevraagd om met een smoes naar Lex' werk te bellen om te zien of hij daar was. Maar ook daar was hij niet te vinden.'

'Zie je wel! Hij is hier, ik zeg het je toch!'

'Wacht even, Stef. Ik ben nog niet klaar. De telefoniste vertelde Mattis dat Lex op reis was naar Griekenland, naar Heraklion op Kreta om precies te zijn. Ze heeft hem zelfs de naam van zijn hotel meegedeeld zodat Mattis eventueel naar daar kon bellen indien het dringend was. Wacht even.'

Steffi hoorde haar vriendin van ver iets tegen iemand anders zeggen, een seconde later was ze weer aan de lijn.

'Volgens Mattis was de naam van het hotel "Het Atrion".'

'Maar dat kan niet! Hij was hier, Noor. Hij was echt hier!' Steffi barstte weer in huilen uit. Het leek wel alsof ze in een nachtmerrie verzeild was geraakt.

Door haar tranen heen hoorde ze Noor weer met haar vriend praten. Toen ze terug aan de lijn kwam, probeerde ze Steffi te sussen.

'Ik wilde dat ik bij je kon zijn, Steffi, zodat ik je kon helpen. Je lijkt me helemaal over je toeren. Ik begrijp echt niet dat Lex daar kan zijn als hij op Kreta zit. Maar om heel zeker te zijn stel ik voor dat Mattis en ik de gegevens van dat hotel opzoeken en er even naartoe bellen om te zien of hij daar daadwerkelijk is. Dat geeft je in ieder geval al een zekerheid. Kan je binnen tien minuten terugbellen?' Na deze woorden werd de hoorn opgelegd.

Steffi kon niet anders dan wachten. Het moest een misverstand zijn, ging het voortdurend door haar heen. Dat kon niet anders. Hij kon niet op twee plaatsen tegelijk zijn. Ze dronk haar ondertussen koud geworden cappuccino op en keek voortdurend op haar horloge. Toen er negen minuten voorbijgegaan waren, kon ze niet langer wachten. Ze toetste uiterst zenuwachtig Noors nummer in en er werd haast meteen opgenomen.

'Weet je echt zeker dat het Lex was en geen dubbelganger?' vroeg Noor voor Steffi iets kon zeggen.

'Wat? Natuurlijk weet ik dat. Ik heb met hem gesproken!'

'Vreemd. Volgens de informatie van Het Atrion Hotel logeert Lex Walravens inderdaad daar. De receptioniste vroeg Mattis om even te wachten zodat ze hem kon doorverbinden naar zijn kamer. Zij had meneer Walravens en zijn vriendin net nog gezien toen hij de sleutel kwam ophalen en wist dus zeker dat hij op zijn kamer was. Mattis heeft zich er natuurlijk met een smoes onderuit gepraat en met een excuus de telefoon opgehangen, maar hij kan dus niet bij jou én op het eiland Kreta tegelijk zijn.'

Nu bleef het even stil aan Steffi's kant. Ze was er helemaal door overdonderd.

'Maar dat kan niet!' stiet ze er ten slotte uit. 'Hij was hier, ik heb hem met mijn eigen ogen gezien! Geloof me, ik maak je niet zomaar iets wijs. Hij heeft me bedreigd, mijn arm tot moes geknepen en me van een helling gegooid.' Ze begon weer te huilen. 'De rest van de reis kan me gestolen worden,' vervolgde ze in tranen. 'Ik neem de eerste de beste trein weer naar huis. Ik heb geen zin om voortdurend over mijn schouder te moeten kijken en angstig af te wachten tot die gek me iets aandoet. Ik heb er genoeg van.'

'Rustig maar, Stef. O, ik zou zo graag willen dat ik op dit moment bij je was. Maar neem nu geen overhaaste beslissingen. Waarschijnlijk heeft hij vlak nadat je hem gezien hebt een vlucht terug naar Kreta genomen en was hij daardoor in zijn hotelkamer. Dat betekent dat het hem alleen maar te doen was om je angst aan te jagen en zul je verder geen last meer van hem hebben. Hij kan onmogelijk op twee plaatsen tegelijk zijn.'

Steffi schudde echter haar hoofd. 'Daarvoor was de tijd te kort, Noor. Hij is nog altijd hier, dat voel ik.'

'En ook op Kreta? Dat lijkt me onmogelijk, Stef. Heb je de plaatselijke politie trouwens al op de hoogte gebracht?'

'Gelukkig niet. Wat moet ik hen zeggen? Dat ik belaagd word door mijn ex die op dit ogenblik op Kreta is? Ze zullen me voor gek verklaren, net zoals hij het me voorspeld heeft. Nee, ik kom naar huis, daar voel ik me in ieder geval veiliger dan hier.'

Ze hoorde een diepe zucht aan de andere kant van de lijn. 'Wat sneu voor je, Stef. Het moest een heerlijke vakantie voor je worden. O, ik zou die Lex wat willen aandoen! Die stomme idioot maakt heel je leven kapot.'

'Dat is ook zijn bedoeling, Noor. Wist ik maar een manier om hem een halt toe te roepen. Zodra ik weet met welke treinverbindingen ik het snelst terug kan, zal ik je op de hoogte brengen. Dan weet je wanneer je me terug kunt verwachten.'

Na het telefoongesprek voelde Steffi zich een beetje rustiger. Nu ze de knoop had doorgehakt en het besluit had genomen om weer naar huis te gaan, leek het wel alsof er een zekere last van haar schouders viel. Hij zou haar thuis met evenveel plezier blijven pesten, dat besefte ze maar al te goed, maar de politie was daar tenminste al op de hoogte van zijn gewelddadigheid en dreigementen en dat maakte voor haar een groot verschil. Ze vond het helemaal niet prettig dat ze daarvoor haar reis flink moest inkorten. Ze had er zo naar uitgekeken en bovendien haar oma's spaargeld erin gestoken. Misschien kon ze verder reizen naar haar moeder en George? George's aanwezigheid zou haar een veiliger gevoel geven. Maar ze schudde al vlug haar hoofd. Nee, dit was geen optie, dat kon ze hun niet aandoen. Ze hadden het zo heerlijk met z'n tweetjes en bovendien wilde ze haar moeder niet ongerust maken. Ze zou zich al genoeg zorgen maken als ze heel het verhaal na hun vakantie te horen zou krijgen.

Een zachte klop op haar kamerdeur deed haar uit haar gedachten opschrikken. In eerste instantie dacht ze dat het een van de drie dames was of Emy die haar bezorgd wilde komen vragen hoe het met haar was. Maar een blik op haar horloge vertelde haar dat ze nog lang niet terug konden zijn. Er werd nogmaals geklopt. Harder. Steffi's hart begon in haar keel te kloppen en de angst dat Lex haar naar het hotel gevolgd was, benam haar haast de adem. Ze maakte zich met een ruk los van het raam waar ze in gedachten nietsziende naar buiten had gestaard en ging bevend op de rand van haar bed zitten. Ze hoopte dat hij weg zou gaan als hij geen reactie hoorde. Het kloppen bleef echter aanhouden. 'Steffi,' hoorde ze plots een stem door het hout van de deur heen dringen. 'Ik weet dat je daar bent. Waarom doe je niet open?'

Het duurde even voordat het door Steffi doordrong dat het Lex' stem niet was. Een onmiskenbaar accent verraadde de drager ervan.

'Doe open, Steffi, anders haal ik de receptionist erbij met de reservesleutel. Ik maak me zorgen om je.'

Steffi begreep dat ze niet anders kon. Ze stond op, opende de deur en zag Lorenzo staan die haar met een bezorgde blik aankeek. Hij fronste zijn wenkbrauwen toen hij haar volledig en te warm aangekleed zag staan, maar zei er niets over.

'Het spijt me dat ik je waarschijnlijk heb wakker gemaakt, maar ik maakte me zorgen om je. Hoe is het met je? Is je hoofdpijn al wat minder?' Hij had al dadelijk haar rode wang gezien en de schram die erop zat. Ook daar vroeg hij niets over.

'Renzo?' vroeg ze oprecht verbaasd. 'Ik dacht dat jullie naar de operavoorstelling gingen?'

'Daar zit de groep nu ook daadwerkelijk van te genieten. Maar ik heb het al zo vaak gezien dat ik dacht om het deze keer maar eens over te slaan, zodat ik me ervan kon verzekeren dat je het naar omstandigheden goed maakt. Je weet dat ik graag heb dat iedereen zich goed voelt. Zeker iemand met hoofdpijn moet in de watten gelegd worden.' Hij grijnsde even onhandig.

'Het gaat al wat beter. De rust heeft me goedgedaan. Dank je, Renzo.'

'Fijn om dat te horen. Voel jij je goed genoeg om een drankje met me te gaan drinken? Ik heb nog tijd tot de operavoorstelling afgelopen is en die duurt toch nog langer dan een uur.'

Steffi aarzelde. Ze had nu even geen behoefte aan mensen om zich heen, maar aan de andere kant kon ze hem dan deelgenoot maken van haar beslissing om terug naar huis te keren. Hij was van alle markten thuis wat treinreizen betrof en hij zou haar daarbij kunnen helpen. Na een korte aarzeling knikte ze ten slotte.

‘Wacht even, dan pak ik mijn handtas.’

Even later gingen ze de foyer door naar een terras aan de straatkant. De tafeltjes waren drukbezet door toeristen en plaatselijke bewoners, maar ze zagen nog een leeg tafeltje achteraan. Lorenzo liet haar voorgaan tussen de tafeltjes door toen Steffi plots struikelde over een drinkbak van een hond die daar achteloos was neergezet. Hij greep haar arm om te voorkomen dat ze viel, al had ze al vlug zelf haar evenwicht teruggevonden. Ze slaakte echter een korte gil en kromp haast in elkaar van de pijn. Verschrikt liet Lorenzo haar los, maar niet voordat hij de schaafplekken en de kneuzingen onder haar omhoog geschoven mouw had gezien. Hij sloeg zijn blik naar haar op en keek haar vragend aan, maar zei of vroeg haar niets. Stilzwijgend gingen ze aan het tafeltje zitten.

‘Zal ik een Bellini cocktail voor ons bestellen, Steffi? Dat is een heerlijk drankje van processco met perzik. Ik vermoed dat je wel aan iets sterkers toe bent dan frisdrank.’

Steffi knikte. Dat was ze inderdaad. Na alles wat er gebeurd was, waren zelfs tien cocktails niet voldoende om de spanningen weg te kunnen werken.

Toen de cocktails voor hen neer werden gezet en hij haar waarderend zag knikken toen zij een slokje nam, liet hij zich tegen de leuning van zijn stoel zakken en keek hij haar indringend aan. ‘Wil je het me vertellen?’ vroeg hij zacht.

Ze wist dat hij iets gezien had voordat ze de kans had gekregen om haar mouw weer naar beneden te trekken, maar ze probeerde zijn bezorgdheid toch nog af te wimpelen. ‘Waarom denk je dat ik iets te vertellen heb?’ stelde ze hem een tegenvraag.

Hij zocht iets in haar ogen, zag er pijn en angst in en zijn vermoeden groeide.

‘Hij is hier, is het niet?’ vroeg hij ten slotte. Hij wees even naar haar arm en vervolgde: ‘Die kneuzingen en die schram op je gezicht... Deze keer was hij het echt en geen dubbelganger.’

Steffi staarde hem nu met grote ogen aan. Hij vroeg het zich niet eens af. Hij stelde het gewoon vast. Ze knikte langzaam, nam nog een slok van haar cocktail en vertelde hem ten slotte met horten en stoten wat er bij de rivier was voorgevallen.

Toen ze stopte met praten, keek Lorenzo haar verbijsterd aan. 'Waarom heb je het me niet meteen verteld? Nu heb je deze verschrikkelijke gebeurtenis in je eentje moeten verwerken. Man, wat een vreselijke vent! Je hebt de politie toch ingelicht?'

Ze schudde haar hoofd en legde hem uit wat ze van Noor had gehoord. 'Zolang hij op Kreta zit, kan de politie hem niets maken, Renzo. Het is zijn woord tegen dat van mij. Hij zal zeggen dat ik mezelf van de helling naar beneden heb gegooid, zodat ik hem ten onrechte kan beschuldigen, terwijl hij kan bewijzen dat hij op dat ogenblik op Kreta zat. Ik wil voorkomen dat de politie denkt dat ik aan een waanzin lijd.'

'Laat je dan tenminste door een dokter onderzoeken en laat hem alle verwondingen optekenen. Op een dag loopt je ex heus wel tegen de lamp en dan zijn alle aangegeven zaken van belang.'

'Het ergste is dat ik voel dat hij nog hier is, Renzo, ook al zegt Noor dat hij hier niet kan zijn.'

'Je mag je intuïtie niet onderschatten, Steffi. Maar je opsluiten heeft niet veel zin, dan heb je geen leven meer en heeft hij bij voorbaat al gewonnen.'

Steffi keek hem even warm aan. Ze voelde zich opgelucht nu ze eens alles eruit kon gooien. Vooral ook omdat Lorenzo haar geloofde en haar voorgevoel serieus nam. Maar het was en bleef moeilijk te geloven dat Lex op twee plaatsen tegelijk kon zijn. Steffi wist niet hoe hij het had gedaan, maar ze wist zeker dat hij hier in Verona was en niet op Kreta.

Haar genegenheid voor Lorenzo groeide. Ze besefte dat ze op hem kon vertrouwen en ze vond het jammer dat ze net nu van hem afscheid moest nemen. Ze had hem graag beter leren kennen.

'Je hebt gelijk, Renzo,' reageerde ze ten slotte. 'Wat heb ik aan deze reis als ik me altijd moet opsluiten? Daarom is het beter dat ik naar huis ga. Hier zal ik geen moment rust meer hebben.'

Hij keek haar een ogenblik stilzwijgend aan. 'Zal hij je thuis met rust laten, Steffi?' vroeg hij toen.

'Waarschijnlijk niet. Het zou me sterk verwonderen als hij dat zou doen. Maar daar voel ik me veiliger en daar is de politie op de hoogte van zijn verleden.'

'Tot het te laat is? Dan kan zelf de politie er niets meer aan doen, Steffi. Mannen zoals Lex zijn zeker van hun macht. Hij denkt dat hij met jou kan doen wat hij wil. Hier of in je eigen dorp – het maakt voor hem niet uit. Het beste wat je kan doen is dat patroon doorbreken, hem laten zien dat je niet langer bang voor hem bent.'

'Maar dat ben ik wel, Renzo. Ik ben vreselijk bang voor hem. Ik weet waartoe hij in staat is.'

'Ik begrijp hoe jij je voelt en ik bewonder je moed, maar hier ben je veiliger dan thuis. Hier ben je in een groep en lang niet zo kwetsbaar als wanneer je alleen naar je werk gaat bijvoorbeeld. Blijf, alsjeblieft. Als je naar huis terugkeert, sta je er alleen voor en daar maak ik me zorgen om.'

'Waarom zou jij je zorgen om me maken, Renzo?'

Deze keer sloeg hij zijn blik even onbeholpen van haar weg, maar hij keek haar al even vlug weer aan. 'Omdat ik je graag mag, Steffi. Ik vind je gewoon een leuke meid, die veel beter verdient dan voortdurend belaagd te worden door zo'n onbehouwen driftkikker.'

Hij vond haar meer dan aardig en was verbaasd dat zijn gevoelens voor haar zo sterk naar boven kwamen. Hij leidde al zo lang reizen en nog nooit had een vrouw hem op deze manier weten te raken. Hij begreep niet hoe het kwam, maar hij had zijn hart aan haar verloren. Toch hield hij deze gevoelens angstvallig voor zich.

Hij besefte hoe sterk ze nog leed onder de druk van haar vorige relatie en hij voelde goed aan dat ze nog altijd niet aan een nieuwe liefde toe was.

Ze keek een ogenblik in zijn diepbruine ogen waar alleen maar genegenheid, bezorgdheid en een warme geborgenheid in lagen wat haar kenbaar maakte dat hij het meende. Had hij gelijk? Moest ze het hoofd bieden en Lex laten zien dat ze niet langer bang van hem was? Alleen zou haar dat zeker niet lukken. Maar met Lorenzo's hulp voelde ze zich al een stuk veiliger. Ze was blij dat ze hem alles verteld had en dat hij haar zonder meer geloofde. Ze voelde een prettige gewaarwording in haar binnenste nu hun blikken elkaar vasthielden, maar ze maakte met een ruk haar blik los en keek onrustig van hem weg.

'Ik weet niet goed wat ik moet doen,' mompelde ze ten slotte verward.

'Blijf dan, Steffi. Je ex kent jouw dorp als zijn broekzak en weet waar en wanneer hij je daar kan treffen. Hier moet hij afwachten en zien wat de situatie hem brengt. Hier kan je ervoor zorgen dat je geen enkel ogenblik alleen hoeft te zijn. Je bent hier echt veiliger dan thuis.'

Steffi beet op haar onderlip en dacht even over zijn woorden na. Ze besefte dat hij gelijk had. Als ze ervoor zorgde dat ze hier altijd tussen de mensen was, dan kon Lex haar moeilijk iets aandoen. Ze had nog een halve vakantie tegoed, dat mocht ze hem niet laten afnemen.

'Je hebt gelijk, Renzo. Ik blijf! Hij heeft het recht niet om mijn vakantie te verpesten,' zei ze ten slotte moediger dan ze zich voelde.

Hij knikte opgelucht. 'Daar ben ik blij om! Morgen gaan we het Gardameer bezichtigen. Als je dicht bij de groep blijft, kan je niets gebeuren. Bovendien houd ik de omgeving scherp in de gaten. Ik heb in het Belvedère een glimp van hem opgevangen en elke persoon die ook maar een beetje op hem lijkt, zal ik scherp in de gaten houden. Maar eerst neem ik je mee naar een dokter zodat al je verwondingen keurig geregistreerd worden.'

Steffi haalde opgelucht adem. Nu ze wist dat ze er niet meer alleen voor stond, voelde ze zich al heel wat rustiger. Ze nam nog een slok van haar cocktail en keek hem intens dankbaar aan.

De volgende dag bracht een bus hen naar Riva del Garda, een idyllisch stadje waar ze konden genieten van een jachthaven, een prachtig uitzicht over het Gardameer, een pittige wandeling langs de oevers en tal van historische bezienswaardigheden. Lorenzo bleef in Steffi's buurt, maar omdat hij de leiding moest nemen, lukte dat niet altijd. Hij hamerde er echter op dat ze nooit alleen mocht achterblijven en ervoor moest zorgen om telkens bij een groep mensen aan te sluiten. Steffi voelde zich echter helemaal niet gerust en keek voortdurend als een schichtige kat over haar schouders. Deze keer had Lex haar goed bang gemaakt en het zou veel van haar zelfbeheersing kosten om zonder vrees verder van deze reis te genieten.

'Wat heb je meegemaakt?' vroeg Dina toen ze samen op een van de bankjes zaten die overal in het fraaie aangelegde park langs de oever van het meer te vinden waren. Ze knikte met haar hoofd naar de schram op haar wang.

'Ach, het betekent niets. Uitgegleden in de douche,' loog Steffi zo nonchalant mogelijk. Ze wilde niet dat de anderen wisten wat er in werkelijkheid was gebeurd. Ze hoefde geen medelijden of verwijtende blikken te zien en bovendien schaamde ze zich voor het feit dat ze het zelf opgezocht had door met Lex samen te gaan wonen. Ze moest toegeven dat het haar goed had gedaan om alles aan Lorenzo te vertellen. Maar dat was voldoende. De anderen hoefden het niet te weten.

Dina schudde afkeurend haar hoofd. 'Dat heb je als je te vlug wilt zijn. Dan glijd je uit. Gelukkig is het niet meer dan een schram. Voor hetzelfde geld had je iets gebroken.'

Antje, die aan de andere kant zat, stak haar hoofd langs Dina heen. 'Ik vraag me af waarom je zo warm gekleed bent, Steffi? Je gaat me toch niet zeggen dat je het koud hebt in deze hitte?'

Hun nieuwsgierigheid begon Steffi een beetje te irriteren. 'Waarschijnlijk zal ik toch wel behoefte hebben aan wat warmere kledij, anders had ik het niet aangetrokken,' antwoordde ze harder dan de bedoeling was.

Antje had het echter gehoord en keek even schuldbewust. 'Je hebt gelijk,' zei ze ten slotte. 'Dat zijn mijn zaken niet.' Waarmee ze te kennen gaf dat ze het toch wel vreemd bleef vinden.

Sevelien, die aan Steffi's andere kant zat, probeerde de situatie te redden door haar armen uit te spreiden en de omgeving ermee te vatten. 'Kleding is een futiliteit als je het geheel bekijkt,' wees ze haar vriendinnen subtiel terecht. 'Er zijn zoveel dingen die belangrijker zijn. Gods schepping, bijvoorbeeld. Kijk toch eens wat een schilderachtig zicht! Het diepblauwe water is als een spiegel en weerkaatst alles wat er rondom zit met een helderheid die het echte evenaart: de bergen, de weiden, de bossen, de heuvels en rotsen, de cipressen, de olijfgaarden en de prachtig begroeide Rocchetta. En de haven is een pareltje met zijn jachten en de kleine bootjes die als gekleurde vlekken op het meer dobberen. Heb je ooit al zoiets moois gezien? Wat kan de wereld toch prachtig zijn.' Ze bleef even mijmerend zitten, nam ten slotte het fototoestel dat ze om haar hals had hangen en maakte een aantal foto's.

Steffi keek nu pas bewust om zich heen en zag wat Sevelien bedoelde. Ze was zo in de ban van haar angst geweest dat ze alles om haar heen niet meer echt opmerkte. Dat was niet de bedoeling. Dan had ze nog niets aan deze reis. Ze moest haar angst opzijzetten, hem laten zien dat ze niet bang voor hem was, al was het veel moeilijker dan ze dacht. Maar met Lorenzo's woorden in gedachten haalde ze diep adem en keek ze met andere ogen om zich heen om eindelijk de schoonheid te zien die haar omringde.

Op dat ogenblik stond Antje rechtop. 'Het is hier inderdaad prachtig en ik ben blij dat ik het met mijn eigen ogen gezien heb, maar nu zou ik naar een toilet willen. Ik moet dringend plassen.'

Dina grinnikte. 'Meer dan een bosje waarachter je kunt gaan zitten, kunnen wij je hier niet bieden, Antje.'

'Met al die toeristen in de buurt? Nee, bedankt. Ik ga niet graag met de billen bloot als iedereen het kan zien. Ik houd het wel even op tot we in Riva zijn. Daar zullen beslist drankgelegenheden genoeg zijn, mét toilet. Gaan jullie mee?'

Terwijl ze naar het lagergelegen Riva del Garda wandelden, zag Steffi dat Lorenzo en de twee bevriende echtparen achter hen aan slenterden. Ze voelde zich opgelucht om te weten dat hij achter haar was en dat hij alles in de gaten hield. Het hielp haar angst te onderdrukken, maar helemaal wegnemen was onmogelijk. Daarvoor had Lex haar te diep geraakt.

Het duurde niet lang voordat ze het drukbevolkte centrum van het stadje bereikten dat vol stond met knusse kleine winkeltjes waarin een sfeer van lang vervlogen tijden hing. Ze zagen de jongerengroep al op een terrasje zitten en ze sloten zich bij hen aan, zodat ze van een verfrissing konden genieten en Antje een toilet kon opzoeken, voordat ze zich op de gezellige winkeltjes zouden storten. Hier moesten de dames nog van genieten voordat ze Verona achter zich lieten.

7.

De volgende ochtend namen ze de trein naar Rome, waar ze pas rond de middag in hun hotel aankwamen. Rome was in één woord fantastisch. Achter elke hoek, in elke straat en in elk steegje was er weer een ander prachtig zicht op oude verweerde gebouwen, pittoreske huizen, kunstige fonteinen, beelden en imposante wereldvermaarde gebouwen te zien. Een mierennest aan toeristen bevolkte de straten, de pleinen en de terrasjes die versierd waren met geurende bloemen, felgekleurde parasols en pastelgetinte gevels.

Steffi keek haar ogen uit en zorgde er angstvallig voor dat ze steeds bij de drie dames of bij de jongerengroep bleef. Nu ze de schoonheid van Rome in zich opnam, was ze blij dat ze gebleven was. Ze zou het jammer gevonden hebben als ze dit had moeten missen. Toch bleef ze op haar hoede, keek voortdurend om haar heen en zorgde dat ze nooit ergens alleen bleef.

Nadat ze het Colosseum, het Romeinse Forum, het Pantheon, de Trevifontein, de Sint-Pietersbasiliek en daarnaast nog enkele museums hadden bezocht, lieten ze na twee dagen het prachtige Rome achter zich liggen en spoorden ze verder naar Firenze. Een rit van amper anderhalf uur. Lex had zich gedurende die dagen niet meer laten zien en er gebeurde niets waar hij enigszins spel in kon hebben. Dat maakte Steffi wat rustiger, al was ze zich er heel goed van bewust dat ze steeds op haar hoede moest blijven.

Lorenzo stond deze keer echter gespannen als een veer. Hij

kon haast niet wachten om zijn familie weer te zien. Zoals gebruikelijk werd de reizigers na de treinreis enkele uren rust gegund, zodat ze zich op hun gemak in hun hotelkamer konden installeren. Deze keer wilde Lorenzo voor zichzelf echter geen rust en wilde hij dadelijk de bus nemen om naar het huis van zijn moeder te gaan. Maar voor hij vertrok, ging hij nog even langs Steffi's kamer.

'Ik ga mama bezoeken en ik vroeg me af of je misschien zin had om mee te gaan?' vroeg hij toen ze de deur opendeed. 'Dan zou ik me veel geruster voelen omdat ik weet dat je te rusteloos bent om lang op je kamer te blijven. Ik kan je onderweg nog enkele mooie gebouwen tonen en ik weet zeker dat je mijn moeder aardig zult vinden. Mama woont in Settignano, een klein dorpje boven op een heuvel met een prachtig uitzicht over de stad. Michelangelo is er opgegroeid en er staan veel gebouwen en oude villa's die de moeite waard zijn om te bekijken. Je zal er je ogen uitkijken, Steffi.'

Steffi twijfelde. Ze vond het hier inderdaad maar saai in de kamer en zijn voorstel klonk aanlokkelijk, vooral omdat hij dan constant vlak bij haar bleef en ze haar angst veel beter van zich af kon zetten. Maar ze wilde hem niet voor de voeten lopen. 'Je ziet je familie al zo weinig, Renzo. Ik wil geen blok aan je been zijn in die korte fijne momenten die je met je moeder hebt.'

'Onzin! Mama zal in de wolken zijn als ze je ziet, daar ben ik van overtuigd. Bovendien zul je me een genoegen doen door me gezelschap te houden. Toe, zeg ja.'

Hij trok haar over de streep door eraan toe te voegen: 'Ik weet zeker dat je ervan zult genieten. Kom, laten we gaan. De bus komt er zo aan.'

Steffi was blij dat hij aandrong. Ze had inderdaad geen zin gehad om uren op haar bed door te brengen. Dat vond ze zonde van de tijd. Door haar angst voor Lex durfde ze ook niet alleen de straat op te gaan. Dit uitstapje met Lorenzo was dan ook zeer welkom. Ze was alleen bang dat ze in de weg zou lopen bij de hereniging met zijn familie.

Even later zaten ze in de bus die hen door hellende steegjes, langs de Ponte Vecchio en zonovergoten straten naar de rand van de stad voerde. Ondertussen wees Lorenzo haar op de torens van de kathedraal van Firenze, op de vele wereldvermaarde museums en de prachtige paleizen die ze tegenkwamen. Het stadscentrum week voor een heuvelachtig landschap met cipressen en boomgaarden vol met citroenbomen. De hitte van de zomerzon had het gras dor en stug gemaakt zodat er relatief weinig groen te zien was. Zelfs de blaadjes van de citroenbomen zagen er verlept en bruin uit.

Even verder stapten ze uit in een straat vol pastelkleurige huizen. 'We zijn er, Steffi. Daarginds woont mama.' Hij wees met een vinger naar een crèmekleurig geschilderd huis aan de linkerkant. 'Mama houdt van deze plaats. Settignano is maar een klein dorpje, maar het brengt haar rust zegt ze. Mijn zussen zijn allebei getrouwd en wonen dichter bij het stadscentrum. Hen ga ik deze avond bezoeken.'

Steffi keek even genietend om zich heen. Vlak naast haar stond een rij vijgenbomen, maar daarachter keek ze mijlenver over zacht glooiende heuvels vol met wijngaarden tot ze de stad in de verte beneden haar zag zinderen in de hete middagzon. Een hond lag lui en loom in de schaduw van een huis. Het was rustig in de straat en de luiken waren allemaal gesloten om de ergste hitte buiten te houden.

'Je hebt gelijk. Het is hier prachtig, Renzo,' zei ze naar waarheid.

Hij knikte. 'En dat is nog niet alles! Er zijn nog zoveel mooie dingen die dit dorp te bieden heeft. Kom! Ik kan haast niet wachten om mama te zien.' Hij nam haar bij de hand en trok haar zacht met zich mee in de richting die hij had aangewezen.

Bij het huis aangekomen ging hij zonder te kloppen naar binnen. Steffi's ogen moesten een ogenblik wennen aan de duisternis die binnen heerste, maar in tegenstelling tot buiten was het hier heerlijk koel. Toen haar ogen zich hadden aangepast, zag ze een gezellig interieur in een brandschone kamer waarin niemand te zien was.

'Mama?' riep Lorenzo door de leegte. Hij keek Steffi even aan. 'Waarschijnlijk houdt ze haar siësta.'

Op dat ogenblik werd achteraan een deur geopend en kwam een vrouw de kamer in. Door haar donkere haren, die ze in een knotje achter haar hoofd had vastgezet, waren enkele grijze streepjes geweven, maar haar gezicht was nog gaaf en mooi, haast zonder rimpeltjes. Ze droeg een lichtgele jurk die haar iets molliger figuur en haar gebruinde armen en benen goed deden uitkomen. Steffi zag dadelijk de gelijkenis met Lorenzo.

De ogen van de vrouw sperden zich open en ze stootte een verheugde kreet uit toen ze haar zoon zag staan. 'Renzo!' Even later lagen ze in elkaars armen en liepen de tranen over haar wangen.

Het duurde een poosje voordat Lorenzo zich losmaakte en zijn moeder aan Steffi voorstelde. 'Mama, dit is Steffi Staes, een van mijn vakantiereizigers. Steffi, dit is Maria Dolores Perez, mijn moeder.'

Maria Dolores keek met een nieuwsgierige blik naar de jonge vrouw in haar huis. Een van zijn vakantiereizigers? Hij zei het alsof hij altijd iemand meebracht, wat hij nooit deed, ook al hoopte ze daar altijd op. Het feit dat hij deze jonge vrouw bij zich had, deed haar hoop opflakkeren. 'Welkom, juffrouw. Ik ben blij om je te ontmoeten.'

'Steffi, alsjeblieft,' zei Steffi vlug.

Maria Dolores knikte goedkeurend. 'Dan ben ik Maria Dolores of gewoon Maria, dat is korter. Kom, laat ons iets fris drinken en dan wil ik alles van je horen, Renzo, vanaf de laatste keer dat je hier bent geweest.' Ze trok hem nog even dicht tegen zich aan, overstelpte hem met kussen en loodste hen ondertussen mee naar een koele keuken waar ze gezellig om de tafel gingen zitten. Steffi moest toegeven dat Maria Dolores inderdaad een lieve en gezellige vrouw was die haar accepteerde zoals ze was en die haar, net als haar zoon, in de watten legde.

De paar gestolen uurtjes waren echter al vlug om en voor ze het beseften, moesten ze terug. Lorenzo en zijn moeder namen uitvoerig afscheid van elkaar. Hij beloofde haar om morgen terug te komen. Ook Steffi werd onder knuffels bedolven en ze moest haar beloven om met hem mee te komen als hij terugkwam.

Antje, Dina en Sevelien zaten in de lounge en zagen hen gezamenlijk binnenkomen nadat de bus hen voor het hotel had afgezet. Steffi zag dat Dina met een veelbetekenende blik naar Sevelien keek en ze wist maar al te goed wat ze dachten en wat ze straks beslist te horen zou krijgen.

Na de siësta nam Lorenzo de groep mee via de Ponto Vecchio naar het Palazzo Vecchio waar de drie dames zich al vlug over Steffi ontfermden, nieuwsgierig als ze waren om te weten wat die twee hadden gedaan.

'Zijn jullie daarstraks samen iets gaan bezichtigen, Steffi?' vroeg Dina langs haar neus weg, terwijl de andere twee hun oren spitsten en haar verwachtingsvol aankeken.

Steffi schudde haar hoofd en gniffelde inwendig. De dames waren als een open boek, maar ze mochten het gerust weten. Het was immers geen geheim. 'Lorenzo is zijn moeder gaan bezoeken. Zij woont hier in Firenze,' zei ze naar waarheid.

'Wat leuk! En fijn voor hem dat deze stad op onze route ligt zodat hij haar kan opzoeken. Jij hebt haar dus ook ontmoet?'

'Ja, natuurlijk. Maria Dolores is een heel aardige en lieve vrouw. Renzo lijkt sterk op haar.'

'Je weet toch wat ze zeggen, meisje?' mengde Sevelien zich in het gesprek. 'Als een man je meeneemt naar zijn moeder, dan is dat om haar goedkeuring.'

'Goedkeuring?'

'Nou, ja, of je wel goed genoeg bent voor hem.'

Steffi moest er vrolijk om lachen. 'Nu maak je het toch wel al te bont, Sevelien.' Ze keek hen nu alle drie tegelijk aan en vervolgde: 'Jullie hoeven er heus niets achter te zoeken. Renzo wilde me gewoon een plezier doen door tijdens de rit nog wat over de stad te vertellen.'

De drie dames lieten er het zwijgen toe, maar hun blikken spraken boekdelen. Ze waren oud en ervaren genoeg om te zien wat ze moesten zien en ze zagen maar al te goed dat Lorenzo een oogje op Steffi had. En wie kon hem weerstaan? Het was slechts een kwestie van tijd voordat Steffi zou doorhebben dat ook zij haar hart aan hem verloor.

Net zoals in Rome en in Verona kwam ook Firenze pas 's avonds tot leven, als de hitte was verdwenen om plaats te maken voor de koelte van de nacht. Dat was bij uitstek de tijd voor de jonge mensen om uit te gaan en te genieten van muziek, drank en elkaar. De jongerengroep had al vlug een bestemming gevonden en Steffi besloot deze keer om met hen mee te gaan. Lorenzo had in de vroege avond laten weten dat hij zijn zussen ging bezoeken, maar voor hij vertrok had hij Steffi op het hart gedrukt om voorzichtig te zijn en altijd en overal bij de groep te blijven. Ze was vastbesloten om dat te doen, ze wilde Lex geen kans geven, maar ze wilde zich ook niet op haar kamer opsluiten in deze bruisende stad die 's nachts pas goed tot leven kwam.

De avond verliep zonder problemen. Het was gezellig en door de alcohol kwamen de tongen los en vlogen de grapjes in het rond. Maar ze zorgden er wel voor dat het niet de spuigaten uitliep en dat het allemaal nog netjes bleef. Steffi bleef bij de groep. Zelfs een toiletbezoek stelde ze uit tot Emy of Valerie eveneens moesten gaan. Valerie en Hugo vormden nu openlijk een koppel en ze waren voortdurend in elkaars nabijheid te vinden, waardoor Valerie haar vriendin schromelijk verwaarloosde en Emy zich meer aan Steffi begon te hechten.

Ze liepen dan ook naast elkaar toen ze uiteindelijk met z'n allen weer naar het hotel terugwandelden door de nachtelijke, koele, schaars verlichte straten van Firenze. Emy vertelde met overdreven handgebaren een anekdote die ze had meegemaakt aan de universiteit toen er plots, op een kruising tussen een bredere straat en een steegje, een zwarte schim zich uit de duisternis losmaakte en vliegensvlug tussen hen in liep om met een ruk Emy's handtas van haar schouder te grijpen en ermee weg te rennen. Pieter reageerde echter vliegensvlug. Hij had het allemaal zien gebeuren omdat hij samen met Wim en Dries achter hen aan liep. Hij holde de dief achterna en slaagde erin diens zwarte trui vast te grijpen. In het nauw gedreven sloeg de man met Emy's handtas op Pieter' hoofd. Daarop loste Pieter zijn greep op de trui en greep de handtas vast. De dief begreep dat hij het onderspit moest delven. Hij liet de handtas los en verdween zonder zijn buit in het donker. De vrouwen stonden nog steeds verschrikt en met open mond toe te kijken. Hugo en Valerie, die iets verder vooropliepen, kwamen terug toen ze zagen dat er iets aan de hand was. Ze wisten niet wat er achter hun rug was gebeurd.

Hijgend overhandigde Pieter Emy haar handtas. 'Alsjeblieft, Emy. Deze keer had de dief geen geluk.'

Emy klapte verrukt in haar handen. 'O, Pieter, wat knap van je!' Ze had nooit gedacht dat er zoveel moed en lef in die tengere, stille man zat. Terwijl de anderen Valerie en Hugo op de hoogte brachten van wat er gebeurd was, bedankte Emy hem uitvoerig. 'Dank je wel, Pieter. Zonder jou was mijn identiteitskaart weggeweest en dan zat ik helemaal in de puree. Je bent een held!'

Maar toen zijn vrienden hem bewonderend en waarderend op zijn schouders klopten, kon Steffi het niet laten om Lex hiervan te verdenken. Hij was best in staat om iemand om te kopen die voor hem de vuile zaakjes moest opknappen.

De volgende ochtend sliepen de jongeren hun roes uit en misten daardoor het ochtendprogramma met een bezoek aan de musea en galerijen. Steffi had niet goed geslapen. Voortdurend had Lex in haar dromen en gedachten rondgespookt. Pas tegen de ochtend was ze weggedommeld en het liep al tegen de middag voordat ze haar ogen weer opende. Ze schrok van het late uur, nam een lauwe douche om wakker te worden, kleedde zich aan en haastte zich naar het restaurant waar de anderen al aan het eten waren.

'Waar bleef je zo lang?' vroeg Valerie toen ze aan de tafel schoof.

'Verslapen. Het was ook zo laat gisteren,' antwoordde ze verontschuldigend.

'Je weet toch wel wat dat wil zeggen?' reageerde Emy daarop. 'Je bent het niet meer gewend om op stap te gaan.'

Steffi lachte uitbundig. 'Daar zeg je me wat, Emy.'

'Ik meen het! Voor je het weet ben je stokoud. Je moet er nu van profiteren, nu het nog kan.'

'Ik zal je wijze raad in acht nemen, mama.'

Valerie proestte het uit. 'Zie je nu wel dat je soms te veel bemoedert, Emy. Nu hoor je het ook eens van een ander.'

Emy keek haar even verwijtend aan. 'Ik wil alleen maar helpen,' zei ze geraakt.

'En dat doe je ook,' suste Steffi. 'Je deelt je zorgen alleen maar als je om iemand geeft. Zijn jullie van plan om na de siësta mee te gaan naar de kathedraal van Firenze?' Ze veranderde bewust van onderwerp.

De twee jonge vrouwen knikten. 'En daarna gaan we een plaatselijke markt in een straat vol met knusse winkeltjes bezoeken. Dat slaan we zeker niet af,' opperde Emy.

'Fijn! Ik kijk er ook naar uit.'

Na het middagmaal hield Lorenzo haar even tegen voordat ze naar haar kamer kon gaan. 'Het was gisteren nogal laat geworden na het bezoek aan mijn zussen, dus ik ga nu van een welverdiende en deugddoende siësta genieten. Ik hoop dat je ondertussen niet in je eentje gaat rondzwerven.'

Ze schudde glimlachend haar hoofd. 'Wees gerust, Renzo. Ik ben nog niet zo gek dat ik Lex een tweede kans zal geven om me te grazen te nemen. Hoe was het trouwens bij je zussen?'

Hij grijnsde verheerlijkt. 'Rosi en Nitta zijn schatten! Mama had hen al gewaarschuwd dat ik in het land was en ze stonden me op te wachten. Rosi's echtgenoot Juan en hun zoontje Dimiter vormen zo'n gezellig gezinnetje, en Nitta en haar vriend Jonathan verwelkomden me warm en hartelijk. Het deed me zo goed om hen terug te zien en ik sta er telkens verbaasd van hoe vlug Dimiter groot wordt. De jongen is net twee jaar geworden en ik herinner me nog goed toen ik hem voor het eerst als kleine baby zag. Het lijkt alsof het gisteren was.'

'Wat fijn voor je, Renzo. Het moet heerlijk zijn om na maanden eindelijk je familie weer te zien. Ook al zijn het maar korte bezoekjes, toch schept het een band.'

'Ze waren ook een beetje boos op me, Steffi. Mama had hun verteld dat ik je bij me had en ze hadden stiekem gehoopt dat zij ook met je kennis konden maken. Ik heb hun verteld dat ik je niets wil opdringen en dat ze er niets achter moeten zoeken. Ik moet je echter bekennen dat mama er echt op staat om je terug te zien. Ik ben haar deze ochtend in alle vroegte nog eens gaan opzoeken en ze heeft me laten beloven om deze avond terug te komen, samen met jou. Zo te zien heb je toch wel indruk op haar gemaakt. Ik heb haar gezegd dat de keus aan jou is en dat ik je niet kan dwingen.

Je hoeft het dus niet te doen als je niet wilt.'

Steffi glimlachte. 'Ik ga maar al te graag met je mee, Renzo. Het is zo gezellig bij je moeder.'

Hij keek haar even warm aan. 'Dank je, Steffi. Je woorden maken mij gelukkig.'

Na hun praatje gingen ze elk naar hun eigen kamer om van hun siësta te genieten.

Het bezoek aan de kathedraal en de plaatselijke markt verliep in een gezellige ontspannen sfeer. Lorenzo bleef constant in Steffi's buurt en hield de omgeving goed in de gaten, maar hij merkte niets verdachts op. Hij had echter van Emy gehoord over het voorval van de tassendief en sprak Steffi daarover aan toen ze 's avonds in de bus zaten op weg naar Lorenzo's moeder.

'Ik heb gehoord dat Emy gisternacht haar handtas bijna kwijt was?'

Steffi knikte. 'Een man in het zwart. Het leek wel alsof hij uit het niets verscheen. Ik kan het gevoel niet van me afzetten dat Lex er iets mee te maken heeft, Renzo. Ik weet het: het is vergezocht, maar hij heeft me zo angstig gemaakt dat ik hem van alles verdenk. Hij is er best toe in staat, weet je.'

'In dit geval zou ik me maar geen zorgen maken, Steffi. In elke stad vind je zakkenrollers en vechtersbazen, daar is geen ontkomen aan en een stel dronken toeristen zijn voor hen gemakkelijke prooien.'

'Het vervelende is dat ik het nooit zeker weet,' reageerde ze. 'Gelukkig heeft Pieter de handtas terug kunnen bemachtigen.'

'Dat was erg dapper van Pieter, toch heb ik hem aangeraden om dat de volgende keer niet meer te doen. Stel je voor dat die man een mes bij zich had of een vuurwapen? Zijn leven is belangrijker dan een handtas.'

Steffi keek hem geschrokken aan. Daar had ze nog niet bij stilgestaan. Hij zag het en keek haar even verontschuldigend aan. 'Ik wil je niet bang maken, Steffi en ik hoop dat je ondanks alles toch nog van de reis kunt genieten. Het moet beslist niet gemakkelijk voor je zijn.'

'Ik doe mijn best door zo min mogelijk aan hem te denken, Renzo. Dat lukt me niet altijd, maar ik red het wel. Het feit dat jij achter me staat, maakt dat ik me al wat geruster voel.'

'Dat is erg moedig van je.' Hij drukte zijn hand even op haar arm en liet het daarbij, omdat de bus in Settignano was aangekomen en ze moesten uitstappen.

Maria Dolores was haast nog vriendelijker dan de vorige dag en Steffi voelde zich al dadelijk thuis bij deze aardige vrouw die haar het gevoel gaf alsof ze hier al jaren vriend aan huis was. Ze zaten buiten in de koelte van de avond op het terras en genoten van een glas wijn met tapas. Maria Dolores vertelde, af en toe in het Italiaans ratelend, over Lorenzo's kindertijd en haar schaterlach klonk er geregeld tussendoor. Ook Lorenzo bleek een vlotte prater te zijn en ze slaagden er beiden met gemak in om ook Steffi over haar kindertijd te laten vertellen en over het gemis van haar vader die ze eigenlijk nooit echt had gekend. Steffi had er geen erg in. Het was zo gezellig, zo huiselijk en knus. Het was lang geleden dat ze zich nog zo zorgeloos gevoeld had en ze wilde dat ze dit gevoel kon blijven houden. Al haar angst leek hier wel weggespoeld.

Helaas konden ze niet blijven, ook al voelde Steffi zich hier thuis en probeerde Maria Dolores hun vertrek telkens weer uit te stellen. Het was al na middernacht toen ze uiteindelijk uitvoerig afscheid namen en de laatste bus weer opstapten. Gelukkig reden de bussen hier erg laat, omdat de meeste mensen van de koelte gebruikmaakten, maar ze waren beiden erg stil tijdens de terugrit. Lorenzo omdat hij zijn moeder en zussen nu weer voor lange tijd niet zou zien en Steffi omdat ze zich zo goed had gevoeld in het bijzijn van Maria Dolores en van Lorenzo. Ze keek even met een schuine blik naar zijn profiel en vond dat hij er mooi uitzag. Niet alleen qua uiterlijk, maar ook qua innerlijk. Toch liet ze haar gevoelens niet toe. Haar hart was nog te erg gekwetst.

8.

De volgende ochtend vertrokken ze al heel vroeg richting Milaan. Steffi was fris en monter, ondanks de korte nacht. De weinige uren die ze had geslapen waren diep en zorgeloos geweest en de herinnering aan de gezellige avond met Maria Dolores en Lorenzo maakte haar zelfs nu nog warm vanbinnen en gaf haar nog steeds een tevreden en zorgeloos gevoel waardoor ze deze reis met herwonnen moed wilde voortzetten. Het was ook niet aan Lorenzo te zien dat hij weinig had geslapen. Hij had voor iedereen een vriendelijk woord over en charmeerde waar hij kon. Het viel Steffi op dat hij dikwijls in haar richting keek en even haar blik vasthield voordat hij zich weer tot iemand anders wendde. Dan voelde ze zich warm en week worden en haar hart klopte hevig.

Ze kon niet ontkennen dat haar gevoelens voor hem groeiden, na gisteravond waren ze zelfs sterk toegenomen. Maar ze mocht niet alleen haar hart laten spreken. Deze keer moest ze ook met haar verstand rekening houden en ze hield zich voor dat ze hem nog niet goed genoeg kende om te weten wat ze echt aan hem had. Met Lex had ze de verkeerde keuze gemaakt, ook al had haar hart in het begin overgelopen van liefde voor hem. Dat wilde ze deze keer absoluut voorkomen. Ze dacht weer aan haar verblijf in Salzburg waar Lorenzo zijn arm om een jonge vrouw had geslagen en haar een vriendschappelijke kus had gegeven. En aan zijn hoffelijkheid bij elke vrouw die hij tegenkwam of waar hij mee te maken had. Ze was ervan overtuigd dat alle vrouwen voor zijn charmes vielen en dat hij maar te kiezen had. Deze keer wilde ze niet meer in de val lopen.

Zodra ze in Milaan waren aangekomen, de koffers in het hotel waren gezet en een korte rustpauze hadden gehouden, stond Lorenzo al te popelen om hen nog dezelfde dag de kathedraal, het Castello Sforzesco en natuurlijk het Laatste Avondmaal van Leonardo Da Vinci te laten zien. Dat laatste mocht zeker niet ontbreken. Tijdens hun tocht door de stad zag Steffi dat hij de omgeving voortdurend in de gaten hield en dat hij de groep goed bij elkaar hield. Ze wist dat hij dit deed om haar te beschermen en daar was ze hem vreselijk dankbaar voor.

Diezelfde avond voelde Steffi zich doodmoe. De te korte vorige nacht begon zich te wreken, maar ze kon nog niet naar bed. Eerst moest ze dringend naar Noor bellen. Ze had haar vriendin beloofd om terug te bellen om haar te laten weten wanneer ze zou aankomen en dat had ze nog niet gedaan. Noor zou beslist op het bericht zitten wachten. Ze hoefde gelukkig geen telefoontoestel te gaan zoeken, omdat alle kamers van dit moderne hotel van een persoonlijke telefoon voorzien waren.

'Stef? Eindelijk! Ik zit al dagen op je te wachten,' mopperde Noor dadelijk. 'Ik heb me zo'n zorgen om je gemaakt. Waar zit je?'

'In Milaan.'

'In Milaan? Ik vreesde al dat je als een gestrande reiziger ergens aan het einde van de wereld terechtgekomen zou zijn.'

'Het spijt me werkelijk, Noor, maar er waren zo weinig gelegenheden om te bellen. Ik heb echter besloten om niet naar huis te gaan en de reis gewoon voort te zetten. Ik laat me niet klein krijgen.'

'Hoera voor jou! Dat is geweldig, Stef. Ik ben blij dat je er zo over denkt. Bovendien veronderstel ik niet dat je Lex nog gezien hebt?'

'Nee. Gelukkig niet.'

'Dan kan je gerust zijn. Hij zit nog steeds veilig en wel in Griekenland, want Mattis heeft zijn oor eens te luisteren gelegd en hij heeft van een collega van je ex vernomen dat Lex voor drie weken op Kreta zit.'

Steffi schudde haar hoofd en het lag op het puntje van haar tong om haar vriendin te zeggen dat haar intuïtie haar zei dat hij nog steeds hier was, maar ze slikte haar woorden in. Noor zou haar niet willen geloven. Zeker nu ze ervan overtuigd was dat hij op Kreta zat.

'Ik ben blij dat je de draad weer hebt opgepakt,' ging Noor onverstoorbaar verder, zich niet bewust van Steffi's machteloosheid. 'Het zou zonde geweest zijn om je vakantie voor hem af te breken. Hoe is het met de rest van de bende? En wat heb je allemaal al gezien? Schijnt de zon? Hier is het flink aan het regenen geslagen en je weet dat het dan lang kan duren voor de zon weer tevoorschijn komt.'

Steffi beantwoordde al haar vragen zonder echt op de details in te gaan. Dat kwam later wel, als ze een avond bij elkaar doorbrachten. Dan had ze alle tijd om Noor, aan de hand van de vele foto's die ze had genomen, al haar vakantiebelevenissen uit de doeken te doen.

'Die Lorenzo lijkt me ook wel een stuk!' hoorde ze Noor zeggen.

Het verraste Steffi. Had ze zo veel over hem verteld dat het opviel? Ze was nochtans voorzichtig geweest.

'Als reisleider valt hij best wel mee,' antwoordde ze verzachtend. Ze mocht haar vriendin geen valse hoop geven.

'En voor de rest?'

'Nou... niets. Wat zou er voor de rest moeten zijn?'

'Je weet best wat ik bedoel, Stef. Sinds het uit is met Lex lijk je wel een ijspegel. Laat je toch eens gaan, meid. Hoe zit het met die jongeman? Hugo heette hij, geloof ik. Probeert hij je nog te versieren?'

Steffi grinnikte. 'Nee, hij heeft zijn pijlen op Valerie gericht en die twee vormen nu een innig stel. Ik ben blij voor hen.'

'Ondertussen heb jij wel een mooie kans voorbij laten gaan! Maak er wat van, Stef en geniet.'

Steffi beloofde het en informeerde even naar het werk en de collega's en vroeg ten slotte hoe het met Noor en Mattis ging. Nadat ze te horen had gekregen dat het bezoek aan Mattis ouders heel erg was meegevallen en ze heel de familiegeschiedenis had gehoord, verbrak ze even later de verbinding en bleef ze nog een poos op de rand van haar bed zitten om het gesprek even te laten bezinken. Ze was heel blij dat haar vriendin en Mattis elkaar gevonden hadden en dat hun liefde diep en oprecht was. Dat had ze Noor ook gezegd. Ze was echter ook een beetje bang om haar beste vriendin aan hem te verliezen.

De volgende dag brachten ze een bezoek aan de Galleria Vittorio Emanuele. Daar konden ze heerlijk shoppen in een eeuwenoud winkelcentrum waar lederwaren en prachtige kleding goedkoop aan de man gebracht werden. Net zoals de andere steden was Milaan een prachtige stad en was de tijd te kort om alle musea, galerijen en gebouwen te bekijken.

Iedereen had zijn plaats in de groep gevonden en genoot op zijn of haar manier van de bezienswaardigheden, van elkaar en van Lorenzo's uitleg. Het weer was stralend, de landschappen afwisselend en de treinritten verliepen gezellig en joviaal nu iedereen elkaar kende. Lorenzo zag dat het goed was en hij was blij dat Steffi's ex zich niet meer liet zien of voelen. Hij begon te geloven dat hij toch terug naar Kreta was gegaan.

Voor ze het goed en wel beseften, wuifden ze Milaan uit en spoorden ze richting Zwitserland waar ze in de stad Zürich uitstapten en hun koffers achter zich aan sleepten naar het volgende knusse hotel.

Vanaf het kleine balkon van haar hotelkamer had Steffi een fotogeniek zicht op een deel van het stadscentrum met op de achtergrond de bergen met hun besneeuwde toppen die majestueus oprezen tot aan het wolkendek. Ze ademde diep de lucht in en genoot van de schoonheid om haar heen.

Een klop op de deur deed haar omkijken. 'Wie is het?' vroeg ze waakzaam.

'Emy. Mag ik binnenkomen?'

Toen ze de deur opende, zag ze Emy staan.

'Jij bent ook wel voorzichtig, zeg. Wie zou het anders kunnen zijn dan iemand van onze groep?'

Steffi reageerde niet op haar vraag. In plaats daarvan zei ze: 'Kom binnen, Emy. Ik was net het landschap aan het bewonderen. Prachtig is het hier, vind je niet?'

Emy knikte terwijl ze door het openstaande raam naar buiten keek. 'Dat moet ik beamen. Geen enkel vergezicht kan hier tegenop.' Maar dan draaide ze haar gezicht weer naar Steffi toe. 'Ik moet even ergens over praten, Steffi. Zo kan het niet verder. Sinds die twee tortelduifjes elkaar gevonden hebben, ziet Valerie me niet meer staan en daar heb ik het eerlijk gezegd wel moeilijk mee. Wij hadden afgesproken om eventueel een vakantielief te zoeken en plezier te maken, niet om een serieuze relatie op te bouwen.'

'Denk je dat het met die twee menens is?'

Emy's hoofd knikte energiek. 'Zeker weten! Valerie is al toekomstplannen aan het maken.'

'Dan is het maar te hopen dat Hugo dezelfde toekomstplannen heeft.'

'Volgens Valerie wel en ze wil niets anders horen. Liefde maakt doof en blind, weet je wel.' Ze zuchtte diep en vervolgde: 'Met als gevolg dat ze mij in de steek laat en alleen maar oog heeft voor Hugo.' Ze keek Steffi nu smekend aan. 'Mag ik af en toe jouw gezelschap komen opzoeken, gewoon om wat te praten of om bij elkaar te zijn? Ik voel me maar alleen zonder haar en ik vind het sneu dat ze me in de steek laat. Maar aan de andere kant gun ik haar dit geluk wel. Het moet zalig zijn om zo verliefd te worden zodat je al de rest vergeet.'

'Natuurlijk mag je me gezelschap houden. Dat hoef je niet eens te vragen. Hoe zit het eigenlijk met jouw liefdesleven? Ik dacht dat je voor Wim of Dries wilde gaan?'

'Wim reageert maar koeltjes en Dries heeft thuis een lief en houdt de boot af. Nou, ja, eigenlijk wel goed zo. Ik houd hen liever als vriend dan als lovers. Het zijn echt wel geschikte kerels en ze verdienen beter dan een onenightstand of een kortstondige zomerromance, als je begrijpt wat ik bedoel.'

'En Pieter?'

Ze schudde haar hoofd. 'Pieter is best wel aardig, maar hij is er meestal met zijn hoofd niet bij, en Lorenzo is lang mijn favoriet geweest, maar hij is echt een koele kikker en dus geen optie. Alleen voor jou maakt hij graag een uitzondering. Het valt me op dat hij graag bij je is, net zoals Pieter én Hugo voor hij Valerie leerde kennen.' Ze grinnikte en keek Steffi even plagend aan. 'Kan je me zeggen wat je doet om hen voor je te winnen?'

Steffi keek haar verbaasd aan. 'Ik doe helemaal niets, Emy. Ik hoef ook niemand voor me te winnen.'

'Misschien is dat het geheim en doe ik te veel moeite. Nou, ja, in ieder geval heb ik er aan het eind een mooie vakantie aan overgehouden, met of zonder lief. Dat kunnen ze me in ieder geval niet meer afnemen.'

'Je maakt je te veel zorgen. Voor je het weet zul je de liefde van je leven ook tegenkomen. Zoiets kun je niet forceren.'

'Maar hoe weet je dat hij de ware is? Jij hebt een mislukte relatie achter de rug, Steffi. Het kan dus altijd verkeerd lopen, ook al zie je dat in het begin niet.'

Steffi beet op haar onderlip en dacht een ogenblik na voor ze hierop antwoordde. Noor had haar in het begin gewaarschuwd omdat zij toen al had gezien dat Lex niet was zoals hij zich voordeed. En ook haar moeder was niet zo erg van hem onder de indruk geweest, ook al had ze daar met geen woord over gesproken. Ze zag het gewoon aan haar. Maar ze was zo verliefd op Lex, dat ze zijn fouten niet wilde zien.

'Verliefd zijn maakt inderdaad soms blind en doof, waardoor we het nadien betreuren. Daaruit kunnen we alleen maar leren, Emy,' zei ze ten slotte om daarna luchtig verder te gaan: 'Hoor mij hier praten! Ik lijk je moeder wel!'

Emy grinnikte. 'Daar ben je net een beetje te jong voor, Steffi,' plaagde ze. 'Maar ik vind het fijn om met je te praten. Ga je straks mee naar de Fraumünster kijken? Volgens Lorenzo heeft de kerk prachtige ramen van Chagall. Dat mogen we niet missen.'

Steffi knikte. 'Alleen al het uitzicht op de bergen en het bekijken van het historisch stadscentrum tijdens de rit is de moeite waard. De eeuwenoude bezienswaardigheden maken het nog boeiender, zeker met Renzo's bezielende uitleg.'

Emy grinnikte. 'Misschien is hij daarom zo graag bij je. Jij bent zijn meest aandachtig luisterende toerist.'

'Dat laatste geef ik graag toe. Net als Renzo hou ik enorm van oude gebouwen en van de geschiedenis die erachter zit. Maar je moet toegeven dat hij het mooi weet te brengen en dat zijn verhalen nooit saai worden.'

'Daar heb je gelijk in. Hij is een uitstekende gids én een mooie man om naar te kijken.'

Steffi gaf haar een vriendschappelijk stomp. 'Jij bent onverbeterlijk, Emy.'

'Weet ik! Zullen we samen gaan? Valerie heeft toch geen oog voor me. Zij en Hugo gaan trouwens niet mee. Zij blijven liever hier. Het lijkt wel alsof de rest van de wereld hen gestolen kan worden.'

Even later verlieten ze samen Steffi's kamer en vertrok de groep, met Lorenzo op kop, naar de bus die voor het hotel geparkeerd stond. Onderweg was het zicht van de oude stad en de bergen op de achtergrond méér dan de moeite waard en ze keken allen hun ogen uit tot ze op hun bestemming aankwamen. Toen iedereen uit de bus was gestapt en Lorenzo de groep nog enkele aanwijzingen gaf, kwam een donkergrijze Nissan met grote snelheid de parkeerplaats op gereden en kwam regelrecht op hen af. Omdat Lorenzo er met zijn rug naartoe stond, zag hij de auto niet. Adriaan, die het dichtst bij Lorenzo stond, greep hem bij zijn arm en trok hem net op tijd weg terwijl de auto rakelings langs hem heen reed. Het gebeurde zo vlug en onverwachts dat iedereen met stomheid geslagen was. Lorenzo keek in de richting waarin het voertuig was verdwenen. 'Heeft iemand de nummerplaat kunnen lezen?' vroeg hij met opeengeklemde lippen van woede.

'De letters en cijfers waren verbleekt,' reageerde Dries ontdaan. 'Ik dacht een E te zien als tweede letter, maar het kon net zo goed een F zijn. Maar het merk en de kleur van de auto heb ik duidelijk kunnen zien.'

'Een moordenaar is het!' barstte Dina uit. 'Wat bezielde hem om met zo'n snelheid over een parkeerplaats te rijden. Dit wil ik aangeven en wel meteen.' Ze keek even met overtuiging om zich heen en vervolgde: 'En ik veronderstel dat er nog meer zullen zijn die willen verklaren wat ze gezien hebben. Wat een brutaliteit! Zulke mensen moesten ze hun rijbewijs afnemen.'

Sevelien en Antje knikten alvast heftig.

Lorenzo was blij dat niemand had gezien dat de autozijspiegel vluchtig zijn arm had geraakt, want dan zouden ze nog meer ontsteld zijn. Gelukkig was het gewoon een kneuzing en niets ernstigs, maar voor hetzelfde geld was het veel erger geweest. Stel dat Adriaan hem niet had weggetrokken? Hij voelde een huivering over zijn rug gaan. Dit kon hij inderdaad niet zo laten. Daar moest hij de politie van op de hoogte brengen.

Ze lieten Fraumünster even achter zich liggen tot ze een politiebureau hadden gevonden waar Lorenzo verslag uitbracht van het gebeuren. Iedereen verklaarde eenstemmig wat ze hadden gezien. Alles werd keurig genoteerd en de politieman verzekerde hun dat ze het nodige zouden doen. Daarna zocht Lorenzo een gezellig terras op, waar ze allemaal een verfrissing konden gebruiken om van de schrik te bekomen voordat ze weer richting Fraumünster zouden gaan. Pas daar keek Lorenzo Steffi even aandachtig aan en in haar blik kon hij lezen dat zij hetzelfde dacht als hij. De wetenschap dat Lex hier kon achter zitten was nooit ver weg.

Steffi stond inderdaad doodsangsten uit. Zij was ervan overtuigd dat Lex hier achter zat. Het feit dat hij de anderen wilde treffen om haar op die manier te raken, maakte haar vrees nog veel intenser.

Zodra ze Fraumünster hadden bezocht en Lorenzo er zijn eigen geschiedkundige toets aan had gegeven, kreeg iedereen nog de kans om op eigen houtje het eeuwenoude gebouw te bezichtigen. Dit was het moment waarop Steffi gewacht had. Emy was met de jongens meegegaan om naar de overblijfselen van een heilige te gaan kijken die in een glazen kist tentoongesteld werd, en ze zag dat Lorenzo even alleen was. Vlug ging ze naar hem toe. 'Dat was Lex' werk, Renzo,' viel ze met de deur in huis.

'Heb je de bestuurder gezien?' vroeg hij hoopvol, goed wetende dat ze het over de snelheidsduivel had.

'Nee, dat niet. Het ging allemaal te vlug om hem te kunnen zien. Maar ik weet zeker dat hij het was, ik voelde het gewoon. Hij heeft het niet langer op mij persoonlijk gemunt, maar op jou of op de groep. Hij wil me daardoor raken en dat is hem zo goed gelukt dat ik hier niet langer kan blijven. Ik wil niet dat jij of iemand anders gewond zal raken door mijn schuld. Dat kan ik niet verdragen. Ik wil naar huis, Renzo.'

Hij zag dat ze in paniek begon te geraken en dat haar ogen zwommen in de tranen die ze niet wilde laten zien. Zonder acht te slaan op zijn omgeving, sloeg hij zijn armen om haar heen en trok hij haar even geruststellend tegen zich aan. 'Het kan net zo goed een andere snelheidsduivel geweest zijn, Steffi,' probeerde hij haar te overtuigen. 'Laten we hopen dat de politie kan achterhalen van wie die auto is.'

Ze schudde echter haar hoofd tegen zijn schouder. 'Hij is verstandig genoeg om ervoor te zorgen dat ze hem niet kunnen vatten.'

'Als hij zo verstandig is, dan zal hij heus niets doen waardoor hij echt in de problemen kan komen. Hij wil je gewoon imponeren, je bang maken en macht over je hebben. Deze maniak nam risico's en daarom denk ik dat je ex er niets mee te maken heeft.'

Ze keek even naar hem op en schudde haar hoofd. 'Hij heeft me al eens eerder willen aanrijden. Hij deinst nergens voor terug.'

Hij schrok. Dat had ze hem nog niet verteld. 'Heb je hem toen kunnen aanwijzen?'

'Helaas niet. Dat maakt het zo frustrerend. Hij zorgt er altijd voor dat ik niets kan bewijzen, terwijl ik er zeker van ben dat hij erachter zit. Ook nu zegt mijn gevoel dat hij het was. Voor hetzelfde geld had hij je geraakt, Renzo. Stel je voor dat Adriaan je niet op tijd opzij getrokken had, dan was je misschien wel dood geweest.'

Ze maakte zich met een ruk los uit zijn omarming alsof ze nu pas besefte dat ze tegen hem aan lag en veegde de tranen op haar wangen weg met de rug van haar hand. 'Ik wil naar huis.'

'Het houdt niet op als je thuis bent, Steffi.'

Ze keek met betraande ogen naar hem op. 'Mijn leven heb ik nog in de hand, maar als hij een ander iets zou aandoen, zou ik het mezelf niet vergeven. De gedachte alleen al maakt me verschrikkelijk bang.'

Hij nam haar voorzichtig bij haar schouders en dwong haar naar hem op te kijken. 'Laten we eerst afwachten wat de politie te weten kan komen. Het is niet eens zeker dat Lex er deze keer achter zit, er zijn immers overal idioten die voor niets terugdeinzen. Maar als hij er schuld aan heeft, dan wil ik hem samen met jou recht in zijn ogen kijken en hem laten voelen dat hij ons niet klein krijgt. Geef het niet op, Steffi.'

Ze schudde echter haar hoofd. 'Wat heeft het voor zin. Ik zal nergens nog gerust zijn. Dan kan ik net zo goed nu al naar huis gaan. Daar hoef ik niet bang te zijn dat hij iemand anders kwetst.'

'Ben je daar zo zeker van? Het is voor hem alleen maar een verplaatsing van zijn speelterrein. Je mag het niet opgeven, Steffi. Hij moet voor eens en altijd stoppen met je bang te maken en je pijn te doen. Hier ben ik in staat om je te helpen, maar als je nu naar huis gaat, dan zal ik me voortdurend zorgen om je maken.'

Ze forceerde een flauwe glimlach. 'Je zult me al vlug vergeten zijn.'

Hij schudde echter zijn hoofd. 'Nee, Steffi. Jou niet.' Hij keerde zich wat van haar weg omdat hij een sterkte neiging voelde om zijn armen weer om haar heen te slaan en al haar angsten en zorgen weg te zoenen. Maar hij was bang om haar te overrompelen en hield zich in.

Steffi keek hem een ogenblik aan en was verrast door zijn laatste woorden. Ze waren zo intens uitgesproken dat ze ervan overtuigd was dat hij het meende. De gedachte dat hij bepaalde gevoelens voor haar koesterde, maakte haar warm vanbinnen. Ze verlangde ernaar – naar een begripvolle partner, naar een man op wie ze kon steunen en vertrouwen. Lorenzo geloofde haar zonder meer, hij hield rekening met haar gevoelens en angsten en daar had ze op dit ogenblik een enorme behoefte aan. Maar ze durfde nog altijd niet toe te geven aan deze gevoelens omdat ze bang was dat hij zich anders voordeed dan hij in werkelijkheid was. Deze keer zou ze niet blind en doof zijn. Deze keer zou ze de tijd nemen om Lorenzo door en door te kennen voordat ze haar verliefdheid toeliet. Maar als ze hem beter wilde leren kennen, dan had ze geen andere keus dan te blijven. En hij had gelijk. Thuis kon Lex net zo goed iemand die ze lief had sarren of kwetsen. Ze zou het probleem daardoor alleen maar verplaatsen. Maar ze was er helemaal niet gerust op en de angst vroeg weer het uiterste van haar zenuwen.

Toen ze de volgende ochtend het Zwitsers Nationaal Museum bezochten en Steffi's en Emy's aandacht door al de prachtige voorwerpen in beslag werd genomen, werd Steffi op een gegeven moment door Antje aangesproken. Dina en Sevelien waren er ook bij en zij keken Steffi geboeid aan terwijl Antje het woord nam. 'We hebben je gezien in Lorenzo's armen,' glunderde ze. 'Wat heerlijk dat jullie elkaar eindelijk gevonden hebben. Zie je wel! We hebben toch al langer gezegd dat hij de perfecte man voor je is?'

Steffi moest even nadenken om te begrijpen waarover ze het had. Maar toen dacht ze weer aan zijn troostende armen om haar heen. Waarschijnlijk hadden de drie dames dat gezien en hun conclusie al getrokken.

'Ik was nog helemaal onder de indruk van het incident, Antje. Ik moet toegeven dat Renzo's troost me goed heeft gedaan, al was het ook niet meer dan dat.' Ze wilde niet ontkennen dat ze Lorenzo aardig vond en dat ze inderdaad van zijn steun en troost genoot. Maar ze wilde Antje niet het gevoel geven dat er méér was.

'Echt? Dat zien wij wel anders,' ging Dina daarop in. 'Wij zijn ouder en dus wijs genoeg om een conclusie te trekken uit alles wat we gezien hebben.'

'Je moet wel toegeven dat Steffi gelijk had wat dat incident betreft,' ging Sevelien hierop in. 'Ik heb deze nacht ook niet kunnen slapen. Ik zag telkens die auto op Renzo afkomen. Ik hoop dat ze die snelheidsduivel vlug kunnen vatten en dat ze zonder pardon zijn rijbewijs zullen afnemen.'

'Dat neemt niet weg wat wij denken over die twee, Sevelien.' Terwijl ze tegen elkander bleven bakkeleien, gingen ze al verder naar het volgende deel van het museum. Emy keek het drietal even verbaasd na en draaide haar hoofd daarna langzaam naar Steffi toe. 'Jij en Renzo?' vroeg ze helemaal ontdaan.

'Het zijn lieverds,' reageerde Steffi. 'Maar ze denken soms dat ze de wereld naar hun hand kunnen zetten en daarmee kunnen ze nog bedrogen uitkomen.'

'Wat bedoel je daarmee? Wil je zeggen dat ze het mis hebben en dat je niets voor hem voelt?'

'Ik vind hem aardig en attent, Emy, maar verder gaat het echt niet.'

'Begrijp me niet verkeerd, Steffi. Ik gun het je van harte, ook al stik ik van jaloezie. Die mooie koele kikker heeft dan toch gevoelens en jij bent de gelukkige voor wie hij zijn hart openzet.'

'Nu reageer jij al net zoals de drie dames, Emy. Renzo en ik zijn gewoon vrienden.'

'Hoe verklaar je Antjes woorden dan? Je gaat niet in elkaars armen liggen als er niets is tussen jullie.'

Steffi was niet van plan om Emy over Lex' slinkse intimidatie op de hoogte te brengen en het feit dat ze dankbaar was voor Lorenzo's hulp hierin. In de eerste plaats was ze bang dat het meisje haar niet zou geloven en ten tweede wilde ze haar geen angst aanjagen met de gedachte dat een gewelddadige man hen achtervolgde.

Ze zuchtte even. 'Ik kan niet ontkennen dat ik Renzo aardig vind, Emy, en ik heb het gevoel dat hij me ook graag mag. Maar het is nog veel te vroeg om verder te gaan dan vriendschap. Ik ken hem nog niet goed genoeg en bovendien ben ik erg wantrouwig geworden.'

'Ik zou het wel weten als ik in je schoenen stond! Ik hoop voor jou dat je er toch uit komt, Steffi. Het zou jammer zijn als je een man als Renzo laat schieten. Hij is het einde!' Ze keek haar even met pretlichtjes in haar ogen aan en vervolgde: 'Maar aan de andere kant wil ik hem graag van je overnemen, als je hem echt niet geschikt vindt. Voor mij is hij altijd goed, en zeker voor een vakantieflirtje.'

Steffi lachte. 'Ik vind hem nét te aardig om hem in jouw handen achter te laten, Emy. Ach, hij is een lieverd en ik mag hem heus wel, maar ik voel dat mijn gekwetste hart er nog niet helemaal klaar voor is.'

'Je kent hem ook nog niet zo erg lang en ik begrijp best dat je meer tijd nodig hebt.'

'Ik heb al wel zijn moeder ontmoet,' gaf Steffi haar mee. Ze kon het Emy maar beter zeggen voordat zij dit ook van de drie dames te horen zou krijgen.

Emy keek haar met grote ogen aan. 'Dat méén je niet. Wanneer dan?'

'In Firenze. Zijn moeder en zusters wonen daar. Renzo had me meegevraagd en ik moet je bekennen dat zijn moeder een heel aardige en knappe vrouw is.'

'O, ramp der rampen! Nu ben ik hem helemaal kwijt. Dat bewijst dat Renzo je maar al te graag ziet en dat hij zijn keuze al gemaakt heeft.'

'Het was gewoon een samenloop van omstandigheden, Emy. Ik had op dat moment niets te doen en hij wilde me tijdens de busreis naar zijn moeders woonplaats een deel van de stad laten zien.'

'Geloof je heus dat hij je mee naar zijn moeder zou nemen als hij je niet méér dan aardig vond? Hij houdt van je, begrijp je dat dan niet?'

'Nu overdrijf je toch. Renzo gaat met iedereen vriendschappelijk om en hij kan aan elke vinger een vrouw krijgen. Wie zegt me dat hij geen man is die op elke reis een verovering op zijn erelijst wil zetten? Als er iets is wat het verleden me geleerd heeft, dan is het wel om op mijn hoede te zijn.'

'Ik ben dan wel een stuk jonger dan jij, Steffi, maar ik heb een inwendige radar wat mannen betreft en ik zeg je dat Renzo geen man is die van hier naar daar flirt. Ik heb je toch al vaker gezegd dat hij een koele kikker is? Maar niet voor jou. Voor jou staat hij in vuur en vlam. Ga ervoor. Leer hem beter kennen en sta toe dat hij je liefheeft, stel je hart voor hem open. Daarna kun je pas je conclusies trekken.'

Hun gesprek werd onderbroken door Wim, Dries en Pieter die naar hen toe kwamen geslenterd. 'Is daar iets te bekijken?' vroeg Dries en de jongemannen gingen om hen heen staan om naar de eeuwenoude voorwerpen achter glas te kijken die daar geëtaleerd lagen. Emy wierp haar nog vlug een veelbetekenende blik toe voordat ze tegen de mannen over de kunstvoorwerpen begon te praten, waarna ze samen verder het museum door gingen.

Diezelfde avond lag Steffi in haar bed te piekeren over Emy's woorden. Ze zou maar al te graag toegeven aan haar gevoelens voor Lorenzo, maar stel dat ze het mis had en dat hij haar na deze vakantie nooit meer wilde zien, dat het voor hem niet meer was dan een vakantieflirt? Ze was bang en onzeker, maar aan de andere kant voelde ze zich ook gesteund en gesterkt door zijn vriendschap en zijn vertrouwen. Zonder hem was ze al lang weer thuis geweest.

Maar was dat geen illusie? Na deze reis stond ze er immers toch weer alleen voor. Dan was Lorenzo er niet om haar te beschermen, dan zou ze hem waarschijnlijk nooit meer zien. Thuis wist ze echter wel hoe ze de dag, en de dagen erna zou doorbrengen. Haar werk en de regelmaat gaven het een speciale cadans en ook al wist ze dat ze na haar werk altijd wel een van Lex pesterijen kon verwachten, toch had hij daarvoor niet zoveel kans als hier. Hier zat ze niet de ganse dag achter haar bureau, hier zag hij dat ze zich heel de dag amuseerde en dat ze genoot van de bezienswaardigheden en van de mensen om haar heen. Ze begreep dat het hem woedend moest maken en dat hij elke kans zou benutten om het haar betaald te zetten. Dat maakte haar angst veel groter. Niemand geloofde dat hij hier nog was, maar ze kon gewoonweg niet uit haar gedachten zetten dat hij ergens in de buurt moest zijn. Wist ze maar met zekerheid waar hij was, dat zou haar al wat geruststellen. Ze fronste echter haar wenkbrauwen bij die gedachte. Zou ze dat? Zou ze geruster zijn als ze het wist? Ze zuchtte diep en bleef net zolang piekeren en woelen in haar bed tot ze uiteindelijk in een onrustige slaap wegdommelde.

In een andere kamer lag Lorenzo in het donker naar het plafond te staren. Hij dacht voortdurend aan Steffi en zag haar zitten op het terras in zijn moeders huis. Ze had er zo prachtig uitgezien, zo rustig en ontspannen. Zo had hij haar tijdens deze reis nog niet eerder gezien en hij besefte dat ze constant onder een grote druk moest staan. Hij wou dat hij haar angst kon wegnemen, dat hij een einde kon maken aan de terreur van haar ex. Hij liet haar woorden nog eens de revue passeren en begreep dat zij er echt in geloofde dat die handtasroof en de snelheidsduivel iets met haar ex te maken hadden. Zelf was hij ervan overtuigd van niet, al kon hij zich maar al te goed haar angst voorstellen en het feit dat die groot genoeg was om op den duur te geloven dat hij overal achter zat. De handtasdief had het trouwens niet eens op Steffi gemunt, maar op Emy. Hij kon haar mishandeling echter niet ontkennen. En de rat! Hij had de kneuzingen en de schrammen en de afschuwelijke angst in haar ogen gezien. Hij geloofde haar toen ze hem vertelde dat hij hier was geweest, hij had geen enkele reden om dat niet te doen. Bovendien had hij een glimp van die man opgevangen in het Belvedère museum. Dat was geen waanvoorstelling geweest. Hij was er inderdaad en volgens Steffi was dat haar ex.

Zou het kunnen dat hij hun volgde? Hij schudde zijn hoofd. Nee, volgens haar eigen woorden had haar vriendin het nagetrokken en zat hij op dit ogenblik in een hotel op Kreta. Hij kon niet op twee plaatsen tegelijk zijn. En toch hield ze vol dat haar ex nog hier was. Haar gevoel was dus sterker dan de harde feiten. Hij wilde dat hij haar kon helpen, dat hij haar angst kon wegnemen en haar ervan kon verzekeren dat haar ex ver weg zat.

Hij fronste plots zijn voorhoofd. Misschien kon hij dat laatste wel realiseren. Impulsief knipte hij het lampje naast het bed aan, zette zich op de rand neer, zocht een telefoonnummer op in zijn adressenboekje en belde op. Het duurde even voor het toestel aan de andere kant werd opgenomen. 'Met Kostas Nicopolidis,' hoorde hij een slaperige stem in het Grieks zeggen.

'Hallo Kostas, met Lorenzo Allard. Zou je me een dienst kunnen bewijzen?'

Zodra hij hoorde wie er aan de lijn was, schakelde Kostas met gemak over naar het Engels. 'Renzo, mijn vriend. Hoe is het met je? Er is toch niets ernstigs gebeurd omdat je me midden in de nacht wakker belt?'

Lorenzo keek even schuldbewust op zijn horloge. In zijn impulsiviteit was hij vergeten dat de meeste mensen nu heerlijk lagen te slapen. Maar nu Kostas toch wakker was, kon hij net zo goed doorgaan. 'Het spijt me dat ik je wakker heb gemaakt, Kostas en nee, er is niets ernstigs met me aan de hand. Ik wil je alleen maar vragen om iets voor me te doen. Het is nogal dringend.'

'Zeg het maar.'

'Zou je een foto voor me kunnen nemen van een man die in Het Atrion Hotel logeert? Zijn naam is Lex Walravens.' Hij spelde de naam zodat Kostas hem kon noteren. 'Hij zou daar, samen met zijn vriendin, een kamer geboekt hebben.'

'Moet ik hem aanspreken?'

'Nee, liefst niet. Hij hoeft het niet te weten. Ik wil alleen maar een foto van hem, een bewijs dat hij daar is.'

'Problemen met een van je reizigers?'

'Zo zou je het kunnen stellen. Kun je het voor elkaar krijgen?'

'Dat zal wel lukken. In ken toevallig de receptioniste van Het Atrion. Zij kan me de juiste mensen tonen. Wanneer moet je de foto hebben?'

'Zo snel als dat kan.'

'Ik kan er morgenochtend naartoe gaan en een foto van die man en eventueel zijn vriendin maken. Als ze nog in het hotel zijn en hun kamer willen uit komen, tenminste. Omdat ik zelf mijn foto's ontwikkel, is het een klein kunstje om de foto nog diezelfde dag klaar te hebben.'

'Fantastisch. Ik wist wel dat ik op je kon rekenen. Kun je hem opsturen? Op dit ogenblik zit ik in Zürich, maar morgen reizen we verder naar Lausanne en van daaruit naar Lyon. Ik stel voor om de foto naar het Ibis Styles Hotel, Rue de la Vilette 54 in Lyon te sturen.' Hij spelde het adres nog een keer voor Kostas. 'Op mijn naam. Dan ligt het er zeker klaar als we er aankomen.'

'Komt in orde, makker.'

Het gesprek ging nog wat over en weer over persoonlijke dingen en de hoop om elkaar weer vlug te kunnen ontmoeten. Daarna hing Lorenzo op en hij bleef even met een glimlach voor zich uit kijken naar het neonlicht van de reclameborden die vlak bij het hotel waren opgehangen en dat zwak door de gordijnen heen scheen. Dat was weer een voordeel dat deze reizen met zich meebracht. Hij had overal vrienden en hij wist dat hij op hen kon rekenen en dat was omgekeerd ook zo. Met een tevreden zucht ging hij weer liggen. Aan de hand van de foto kon hij Steffi tonen dat haar ex wel degelijk op Kreta zat. Hij hoopte dat dit visuele bewijs haar angst kon wegnemen. Met die gedachte viel hij uiteindelijk in een diepe vaste slaap.

9.

De trein bracht hen de volgende ochtend naar het Franstalige Lausanne, de vierde grootste stad van Zwitserland. De reis ernaartoe was adembenemend met diepe, groene, zonovergoten dalen, hoge spoorbruggen over glinsterende bergrivieren en langs bergruggen met diepe ravijnen aan de ene kant en steile bergwanden aan de andere.

Het hotel was kleinschalig, maar gezellig en Steffi stond al snel voor het raam, toen ze haar koffer in haar hotelkamer had neergezet, om van het mooie uitzicht te genieten. De majestueuze Alpen waren hier alom vertegenwoordigd en de stad zag er uitnodigend uit in de warme middagzon.

Na het diner nam Lorenzo de groep met zich mee naar de Place de la Palud in het oude centrum van Lausanne waar enkele historische gebouwen, een oude fontein, marktjes en veel winkels, waaronder een prachtige chocolaterie, te zien waren.

Toen de groep op een gezellig terrasje van een verfrissing genoot, kwam Hugo naast Steffi zitten. Het verwonderde haar om hem alleen te zien en ze keek om zich heen op zoek naar Valerie die ze een paar tafeltjes verderop in een druk gesprek met Emy zag. Hij zag het en knikte onbeholpen. 'Ik heb haar gevraagd om me wat meer vrijheid te geven, Steffi, en dat neemt ze me kwalijk. Ze begrijpt niet dat ik me verstikt voel door haar voortdurende nabijheid. Ik kreeg niet eens meer de kans om met mijn makkers op te trekken of om met jou te praten bijvoorbeeld. Ze moet toch ook begrijpen dat liefde ook loslaten betekent?'

'Heb je het uitgemaakt?'

'Nee, maar zo ziet zij het wel.'

'Je houdt dus nog van haar?'

Het bleef even stil. 'Eigenlijk wel,' zei hij ten slotte. 'Valerie is een lieve meid en ze houdt ontzettend veel van me, maar ze moet me leren vertrouwen en me de nodige vrijheid geven, anders heb ik het gevoel dat ik stik.'

'Heb je haar dit allemaal gezegd?'

Hij knikte. 'Niet met zoveel woorden, want ze begon al dadelijk te huilen en te zeggen dat ik niet langer van haar hield. Daarna is ze naar Emy gelopen en sindsdien heb ik haar niet meer gesproken. Ik vrees zelfs dat ik mijn kansen nog verkleind heb door hier bij jou te komen zitten. Dat is nog zo'n punt. Ze wil niet inzien dat je ook zonder bijbedoelingen met een vrouw kunt praten en dat is erg jammer. Ook al hou ik nog van haar, toch zie ik dit niet als mijn toekomstbeeld.'

Hugo boog zwaarmoedig zijn hoofd en veegde in gedachten met zijn duimen de condens van zijn bierglas.

'Helaas kan ik je hier moeilijk bij helpen, Hugo.'

'Dat begrijp ik maar al te goed, Steffi. In zekere zin heb je me al geholpen, alleen al door te luisteren. Mijn vrienden zijn kanjers, maar op dit gebied heb ik weinig aan hen. Zij willen niet inzien dat ik meer in Valerie zie dan gewoon een vakantieliefje en ze zeggen me dat ik blij moet zijn om van haar af te zijn zodat we weer met z'n vieren voluit lol kunnen maken. Maar dat kan ik niet zomaar, daarvoor gaat mijn hart nog te veel naar haar uit.'

'Het siert je dat je voor je liefde uitkomt, Hugo. Maar als je haar niet wilt verliezen, dan zul je toch een mogelijkheid moeten zoeken om er met haar over te praten. Wacht niet te lang en geef haar geen kans om jaloers en wrokkig te worden. En je hebt gelijk wat je vrijheid in een relatie betreft. Ze mag je niet verstikken, dat zal ze moeten inzien.'

Hij knikte en staarde naar het tafeltje waar Emy en Valerie zaten. De blikken die deze laatste op hem richtte, waren niet al te vriendelijk en hij was bang dat ze niet voor rede vatbaar zou zijn.

Steffi liet er het zwijgen toe. Hierin kon zij geen hulp bieden. Dit was iets wat ze zelf moesten oplossen. Maar het gaf nogmaals aan dat het niet zo gemakkelijk was om verliefd te worden op de juiste persoon.

Na het bezoek aan het oude stadscentrum stond het bezichtigen van de twaalfde-eeuwse gotische kathedraal Notre Dame le Lausanne op het programma. Hugo had het gezelschap van zijn makkers opgezocht en Steffi had zich aangesloten bij de drie dames omdat Emy niet van Valeries zijde week en de jonge mannen meed.

'Wat is er aan de hand met die twee?' vroeg Sevelien zachtjes toen ze door de machtige, gewelfde kathedraal liep waarin de geur van wierook en oude vochtige stenen typerend waren. 'Ik zie dat Hugo en Valerie niet meer hand in hand lopen en de blikken die Valerie voortdurend in zijn richting werpt, voorspellen niet veel goeds.'

Dina, die ondanks de fluistering toch alles gehoord had, knikte. 'Volgens mij is er iets loos tussen die twee. Heb jij er iets van gehoord, Steffi?'

Steffi haalde haar schouders op. Ze was niet van plan om de dames iets wijzer te maken. Dat moesten ze zelf maar uitvissen. 'Ik vrees dat je dat aan een van hen moet vragen, Dina.' Daarna ging ze verder met het bekijken van de prachtige schilderwerken die er hingen, de dames overlatend aan hun nieuwsgierigheid. Ergens moest ze toegeven dat ze opgelucht was dat hun aandacht nu op iemand anders was gericht.

De volgende ochtend was er een einde gekomen aan het zonnige zomerweer. Zodra Steffi de gordijnen openschoof, zag ze een grijs wolkendek zonder één spoortje blauw. Ze opende het raam en stak haar hoofd naar buiten om de lucht te inspecteren. Het regende gelukkig nog niet, maar het was heel wat frisser dan de vorige dagen en het zag ernaar uit dat de regen elk ogenblik naar beneden kon storten. Ze huiverde in haar dunne pyjama, ging weer naar binnen en opende haar koffer om haar truien en het sportjasje met capuchon tevoorschijn te halen. Ze pakte een warme trui en het jasje zodat ze beschermd was tegen kou en regen. Dat zou ze, zo te zien aan de lucht, wel nodig hebben want ze trokken vandaag naar het meer van Genève waar ze met een boot het water op gingen.

De schoonheid van het meer liet Steffi al vlug het sombere weer vergeten. De machtige Alpen weerspiegelden zich in het water als een weerkaatsing op een staalblauwe plaat. Het liet haar zien hoe klein en nietig een mens was en hoe prachtig en groots de natuur om haar heen. Boten dobberden aan een aantal steigers, en de drukke straten in de buurt stonden vol winkels en terrasjes waar toeristen hartelijk onthaald werden. Ondanks het dreigende weer waren er veel toeristen op de aanlegsteigers, instappend of wachtend op de komst van een volgende boot. Het was aanschuiven geblazen en bij elke nieuwe boot dromde iedereen naar voren om zo vlug mogelijk een plaatsje te bemachtigen.

Het gedrom werd nog erger toen het uiteindelijk begon te regenen. Geen fijne motregen als waarschuwing, maar al dadelijk een gestage stroom neervallende regendruppels. Paraplu's werden open geklikt en capuchons opgezet. Iedereen poogde zo vlug mogelijk in een volgende boot te komen waar een overkapping hen uit de regen kon houden. Steffi werd door de massa mee naar de boot geduwd. Ze probeerde zoveel mogelijk bij de groep te blijven, maar het lukte een aantal mensen toch om zich tussen haar en de rest van de groep in te dringen. Steffi richtte haar ogen strak op Dina's rug om haar niet uit het oog te verliezen.

Tot overmaat van ramp begon het harder te regenen. Ze trok de capuchon van haar jas verder over haar hoofd en probeerde langs een aantal mensen heen te komen om weer dichter bij de groep aan te kunnen sluiten, maar een man in een zwarte jas met een capuchon diep over zijn hoofd getrokken probeerde al even vastbesloten om zo vlug mogelijk in de boot te geraken, zodat hij haar de weg versperde en haar daardoor haast naar de zijkant van de steiger dwong. Ze had haar ogen zo op de groep voor haar gefixeerd dat ze het pas in de gaten kreeg toen ze het water tegen de houten balken zag klotsen. Gelukkig was er een balustrade om valpartijen te voorkomen. Aan het einde van de steiger was de balustrade echter verdwenen en moesten de mensen daar in een smallere rij op de loopplank naar de boot stappen. Toen ze daar waren aangekomen, belette de man in het zwart haar nog altijd om zich meer naar het midden te kunnen begeven. Plots werd de man met kracht opzijgeduwd, haar arm werd stevig vastgegrepen en ze werd met een ruk van de kant weggetrokken. Voor ze van de schok bekomen was, zag ze Lorenzo speurend om zich heen kijken.

'Ben je gek geworden, Renzo? Waarom trek je zo aan me?' vroeg ze verbaasd, zich van geen kwaad bewust.

Hij richtte zijn blik nu op haar en glimlachte verontschuldigend. 'Ik was bang dat je in het water zou vallen, Steffi. Je stond zo dicht bij de rand. Kom, laten we naar de boot gaan. De anderen zitten waarschijnlijk al op ons te wachten.'

Hij pakte haar hand stevig vast terwijl hij haar meenam tussen de mensen door. Ondertussen keek hij aandachtig om zich heen, maar hij zag de man in het zwart nergens meer. Het leek wel alsof hij in rook was opgegaan. Hij zou durven zweren dat het die man te doen was om Steffi naar de waterkant te dwingen. Omdat hij niet dadelijk naar haar toe kon gaan door de stuwende menigte tussen hen in, had hij Steffi van een afstand in de gaten gehouden.

In het begin had hij er geen erg in gehad. Iedereen was gehaast om in de boot te geraken nu de regen gestaag naar beneden kwam. Het viel hem echter op dat de man in het zwart Steffi naar de kant leek te dirigeren. Bewust of onbewust, daar had hij het raden naar. Zodra hij dat besefte, had hij zich haast met geweld een weg door de menigte gebaand om het zekere voor het onzekere te nemen en niet af te wachten tot ze het water in geduwd zou worden. Hij kon zich vergist hebben, maar het feit dat die man niet boos of geschokt gereageerd had op zijn duw en omdat hij nergens meer te zien was, maakte de zaak toch verdacht. Hij had ook zijn gezicht niet duidelijk kunnen zien door de overhangende capuchon van zijn jas.

Zou Steffi toch gelijk hebben en was het haar ex die haar in het water wilde duwen? Of was het gewoon een samenloop van omstandigheden? In ieder geval was ze veilig en hij was niet van plan om zijn vermoedens aan haar kenbaar te maken. Er was gelukkig niets gebeurd en hij moest haar niet nog angstiger maken dan ze al was.

De boottocht naar Montreux met het daaraan gekoppelde bezoek aan het kasteel van Chillon was meer dan de moeite waard, ondanks de regen die gedurende de rest van de dag niet meer was opgehouden.

Diezelfde avond belde Steffi naar haar moeder om haar te zeggen dat alles prima verliep en om te horen dat het tussen Lutgarde en George nog altijd even stevig was. Zo stevig zelfs dat ze van plan waren om na de reis bij elkaar te gaan wonen. Bij haar thuis of bij hem, daar moesten ze nog uit komen, maar ze wilden de rest van hun leven bij elkaar zijn.

Steffi was blij voor haar moeder en gunde het haar met veel plezier, al begreep ze dat het een hele aanpassing zou worden. Ze hadden altijd met z'n tweetjes gewoond en waren als het ware op elkaar aangewezen. Met George erbij zou daar nu wel verandering in komen. Misschien werd het tijd dat ze voor zichzelf een flatje ging zoeken, net zoals Noor. Ze kon immers niet altijd op hotel mama blijven rekenen.

10.

Het regende nog steeds toen ze de volgende ochtend hun koffers pakten om naar Frankrijk te vertrekken. Vandaag en morgen stond de stad Lyon op het programma. In de trein zocht Steffi een rustig plaatsje in de buurt van de twee bevriende koppels. Ze wist dat deze mensen voldoende hadden aan elkaar en dat ze steeds vriendelijk waren, maar niet te veel aanstalten zouden maken om constant een gesprek met haar te beginnen. Zo was ze niet alleen en had ze toch voldoende rust om in haar boek verder te kunnen lezen. Ze had zich echter nog maar net comfortabel geïnstalleerd en haar boek opengeslagen toen Emy en Valerie de wagon binnenkwamen en opgelucht keken toen ze haar zagen zitten.

'Ha, hier ben je. Mogen we bij je komen zitten?' vroeg Emy opgewekt.

Ze wachtte niet op een bevestiging, maar liet zich tegenover Steffi op de vrije bank neerploffen. Valerie zei niets, zette zich nors naast haar vriendin en keek Steffi vanonder haar neergeslagen oogleden wantrouwend aan. Emy keek haar echter recht aan.

'Nou? Vraag het haar. Nu heb je de kans en dan hoor je het ook uit haar eigen mond. Ik heb je niet zomaar iets wijsgemaakt.'

Steffi had haar boek al weggelegd en keek vragend naar Valerie die haar nu met een aarzelende blik aankeek.

'Is het waar dat jij iets hebt met Lorenzo?' kwam het er ten slotte uit.

Emy haalde machteloos haar schouders op en kwam er verontschuldigend tussen. 'Ik moest het haar wel vertellen, Steffi. Zij dacht dat Hugo het uit wilde maken, omdat hij liever bij jou wilde zijn en toen heb ik haar gezegd dat ze er helemaal naast zat, omdat je een verhouding hebt met Renzo. Ze wilde me niet geloven en daarom heb ik haar voorgesteld om het je zelf te vragen.'

Valerie knikte. Ze was blij dat Emy het voor haar verwoordde en keek afwachtend naar Steffi.

Steffi keek de twee jonge vrouwen voor haar even perplex aan. 'Ik vind het niet leuk dat je mijn persoonlijke leven te grabbel hebt gegooid, Emy, en bovendien heb ik geen relatie met Renzo. En jou kan ik geruststellen, Valerie. Ik heb geen interesse in Hugo. Toch niet op de manier die jij denkt. Ik wil best bevriend met hem zijn, zoals met de rest van de groep, maar verder gaat het niet.'

'Maar zo te zien zit het toch goed tussen jou en Renzo en zal er beslist nog een vervolg op komen,' kon Emy niet laten om op te merken.

'Jij bent al net zo erg als de drie dames, Emy. Jullie lijken meer te zien dan er is.' Ze verzette haar blik naar Valerie. 'Je hoeft niet bang te zijn dat ik Hugo van je af zal pakken, Valerie. Hij houdt van jou.'

'Waarom ging hij dan meteen zijn hart bij jou uitstorten?'

'Omdat hij erover wilde praten, veronderstel ik. Hij houdt nog steeds van je, Valerie. Luister naar wat hij je te zeggen heeft, geef hem een kans. Ik hoop voor jullie dat het allemaal weer goed komt.'

Valerie knikte aarzelend, enigszins gerustgesteld omdat ze geen rivaal in Steffi hoefde te zien.

'Zie je wel,' grinnikte Emy. 'Waarom geloofde je mij niet? Ik ben je beste vriendin, nota bene.'

'Omdat je soms dingen zegt om me op te vrolijken, maar die nadien toch niet waar blijken te zijn.'

'In dit geval heb ik je niets dan de waarheid gezegd. Zelfs wat Renzo en Steffi betreft. Die arme man loopt over van liefde voor haar, maar zij wil het niet zien.'

'Ik ga Hugo zoeken,' zei Valerie plots alsof ze Emy's laatste woorden niet eens gehoord had. 'Ik wil met hem praten. Ga je mee?'

Emy knipoogde even naar Steffi en vormde geluidloos de woorden 'dank je', voordat ze haar vriendin de wagon uit volgde.

Steffi nam haar boek weer op, maar in plaats van het open te slaan keek ze door het raam, waarop de regendruppels door de snelheid van de trein naar de zijkant werden gedrukt. De lucht zag nog altijd even grijs en het landschap raasde nat en mistroostig voorbij. Het leven was veel mooier als de zon scheen, ging het door haar heen, terwijl het juist de regen is die het leven geeft. In ieder geval hoopte ze dat het vlug zou ophouden met regenen en dat het droog bleef zodat ze ten volle kon genieten van de bezienswaardigheden die haar nog te wachten stonden.

Emy's woorden gleden haar gedachten binnen. Zou Lorenzo echt van haar houden, of had ze dat alleen maar gezegd om Valerie te sussen? Hij had nog niets in die richting laten blijken. Ze moest toegeven dat ze er zelf nog niet voor openstond en dat ze hem op die manier waarschijnlijk tegenhield. Zou ze van hem kunnen houden? Haar hart sloeg een slag over. Ja, ze dacht van wel. Maar hij was een man die alle vrouwenharten beroerde met zijn charisma en warme attenties. Was ze een van de vele of was ze meer dan dat? Die eeuwige twijfel van haar ook! Misschien moest ze Noors woorden gewoon in acht nemen en profiteren van elke gelegenheid die zich voordeed. Ze genoot van Lorenzo's aanwezigheid, ze voelde zich goed bij hem en volgens de dames en de jonge meiden had hij ook een oogje op haar, alhoewel hij dat haar nog niet zelf bekend had gemaakt. Moest ze ervoor gaan? Maar wat als ze haar hart echt aan hem verloor, als ze echt met hart en ziel op hem verliefd zou worden en hij haar na deze vakantie niet meer wilde zien? Dan brak haar hart en had ze naast Lex' pesterijen ook nog een gebroken hart te verzorgen.

Het geluid van de schuifdeur onderbrak haar gepieker en toen ze die richting uitkeek zag ze de persoon uit haar gedachten de wagon doorkijken tot zijn blik opgelucht op haar bleef hangen. Met vlugge stappen kwam hij naar haar toe en ging tegenover haar zitten. 'Ik kwam net Valerie en Emy tegen en zij wisten me te zeggen waar ik je kon vinden. Ik maakte me al ongerust omdat ik je nergens zag, niet bij de mannen en ook niet bij de drie dames.'

Steffi glimlachte gemoedelijk. 'Ik heb een rustig plaatsje opgezocht om te kunnen lezen.'

'Let goed op dat je niet alleen bent, Steffi. Ik zou niet willen dat je iets overkomt.'

'Kato, Vic, Anne en Joachim zitten twee rijen achter me, ik ben dus niet alleen.'

Hij knikte, maar was niet helemaal gerustgesteld. Hij zat nog altijd met het voorval van gisteren in zijn hoofd en kon het niet van zich afzetten dat die man in het zwart haar bewust die kant op loodste. Was het haar ex? Was hij inderdaad nog hier zoals Steffi vermoedde? In ieder geval hoopte hij dat de brief van zijn vriend Kostas hem straks in het hotel meer zekerheid kon geven.

'In dat geval zal ik je maar met rust laten. Anders kom je nooit aan je boek toe.'

Hij wilde weer opstaan, maar Steffi hield hem tegen. 'Als je geen andere verplichtingen hebt, kan je net zo goed blijven, Renzo. Een goed gesprek is nog altijd beter dan een boek.'

Lorenzo knikte en glimlachte opgelucht. Het feit dat ze hem vroeg te blijven, was meer dan hij durfde te hopen. Was dat een goed teken? Betekende dat dat ze haar hart weer openstelde? Hij zou het voorzichtig aanpakken en niets forceren.

Hij praatte over Maria Dolores en over zijn zussen, en vroeg Steffi hoe het met haar moeder en vriend was. Het viel Steffi op hoe gemakkelijk ze met hem kon praten en hoe goed het haar deed om zo vertrouwelijk met iemand om te gaan. Maar telkens kwam het duiveltje weer op haar schouder zitten dat haar aanmaande om voorzichtig te zijn. De dames hadden haar er al voor gewaarschuwd dat hij van iedereen alles te weten kwam door zijn uitstraling en manier van aanpak. Waren de anderen ook op de hoogte van zijn verleden? Ze dacht het niet. Zij was ook de enige van de groep die met zijn moeder had kennisgemaakt. Moest ze dat als blijk van vertrouwen zien, als een teken dat hij echt om haar gaf? Of was het gewoon een tactische zet om haar vertrouwen te winnen? In ieder geval kon praten en het feit dat ze zich bij hem goed voelde geen kwaad, en ze was vastbesloten om daarvan te genieten.

Ze leken veel te vlug in Lyon aan te komen. Steffi had het gevoel dat ze nog uren kon doorrijden zonder zich bij Lorenzo te vervelen. Ze hadden dan ook een gezamenlijk stokpaardje met hun liefde voor oude gebouwen en hun historie.

De koffers werden uitgeladen en ze waren doorweekt van de regen voordat ze hun nieuwe hotel bereikten, ook al lag het niet ver van het station vandaan. De kamers werden geïnspecteerd en het benodigde werd uit de koffers gehaald. Steffi jubelde toen ze zag dat haar badkamer voorzien was van een bad in plaats van de meest voorkomende douche. Ze aarzelde geen seconde en liet het bad vollopen met dampend water waaraan ze een scheutje badschuim toevoegde. Even later liet ze zich in het water zakken tot haar lichaam tot aan haar hals helemaal onder de schuimlaag verdwenen was. Ze liet haar hoofd tegen de rand leunen en sloot genietend haar ogen terwijl de warmte alle kou uit haar wegtrok.

Terwijl Steffi van haar bad genoot, had Lorenzo zijn koffer in zijn kamer gezet en was hij terug naar de receptie gegaan. De oudere vrouw achter de balie keek hem met een brede glimlach aan. Ze kende Lorenzo omdat ze hem elke keer zag als hij als gids meereisde tijdens deze Interrailreizen door Europa. Ze was zoals altijd weer gecharmeerd door zijn verschijning en zijn vriendelijkheid.

'Welkom, Lorenzo,' zei ze met een innemende glimlach. 'Blij om je terug te zien. Is alles naar wens?'

'Zeker, madame Sabot. Alles ziet er prima uit. Mag ik opmerken dat u jonger lijkt te worden, telkens als ik u terugzie. U ziet er stralend uit.'

De mollige vrouw bloosde door zijn lovende woorden en liet een kirrend lachje horen. 'Je bent een vleier, Lorenzo. Helaas bewijst de pijn in mijn gewrichten het tegendeel.'

Lorenzo wist dat er nu een heel verhaal over pijnlijke toestanden en operaties zou volgen als hij haar nu geen halt toeriep. Daarom vroeg hij vlug: 'Is er post voor me, madame? Ik verwacht namelijk een brief die ik naar dit adres heb laten sturen.'

De oudere dame trok een wenkbrauw op en was op slag haar gewrichten vergeten terwijl ze op het houten blad van de balie keek om te zien of er ergens een brief lag. 'Niet dat ik weet, maar misschien heeft mijn dochter Lisette hem aangenomen. Wacht, ik zal eens in de postvakjes van de hotelkamers kijken. Omdat je altijd dezelfde kamer neemt, zal ze het waarschijnlijk daarin gestopt hebben.'

Even later was ze terug met een bruine enveloppe waarop hij Kostas' handschrift en de Griekse postzegel herkende. Hij nam de brief aan, bedankte haar en was alweer op weg naar de trap voordat ze het gesprek met hem kon hervatten. Haar ziekteverloop moest nog maar even wachten. Hij was nieuwsgierig om te zien wat er in de enveloppe zat. Eenmaal in zijn kamer aangekomen zette hij zich neer op de rand van zijn bed en scheurde de enveloppe voorzichtig open. Hij keek erin en haalde er een vergrote zwart-witfoto en een briefje met een korte notitie uit. Op de foto was de beeltenis te zien van een jonge man en een jonge vrouw die gearmd een hotel verlieten. Op het briefje stond in grote hanenpoten: *Missie geslaagd. Meneer Walravens en zijn vriendin op de foto voor hun hotel. Tot ziens. Kostas.*

Lorenzo bekeek de foto nog eens goed. Een tamelijk grote blonde jongeman in short en shirt vergezeld door een aantrekkelijke jonge vrouw in een kort strandjurkje. Hij moest eerlijk toegeven dat hij geen foto had verwacht omdat Steffi's ex hier zou zijn. Of alleen een foto van zijn vriendin. Hij had gedacht dat die gozer het hotel had geboekt om de politie te misleiden. De foto's bewezen echter het tegendeel. Haar ex kon onmogelijk op twee plaatsen tegelijk zijn.

Het viel hem zwaar dat hij Steffi's intuïtie moest bestrijden. Al geloofde hij nog steeds in haar persoonlijke ontmoeting met dat stuk onbenul aan de oevers van de Adige. Het kon echter niet anders dan dat hij daarna weer terug naar Kreta was gevlogen en het leek hem onwaarschijnlijk dat hij om de zoveel tijd terug was gekomen om haar te jennen. Hij kon nu met zekerheid zeggen dat die roekeloze chauffeur en de man in het zwart niets met hem te maken hadden. Het waren gewoon stomme idioten geweest die geen rekening hielden met anderen.

Hij bekeek het gezicht van de man op de foto nog eens aandachtig en probeerde dat te vergelijken met het gezicht dat hij in een glimp in het museum had gezien. Volgens hem was het dezelfde man. Goed uitziend, blond, groot en gladgeschoren. Uit niets kon hij opmaken dat achter dat uiterlijk een gewelddadige man schuilging. Geen wonder dat Steffi wantrouwig is om een nieuwe relatie aan te gaan, ging het door hem heen. Hij zal geduld met haar moeten hebben en haar laten zien dat niet iedere man iets achter een façade te verbergen heeft.

Hij was van plan geweest om haar met deze foto te confronteren, om haar ervan de overtuigen dat haar ex hier onmogelijk kon zijn, maar bij nader inzien was hij bang dat hij daardoor haar vertrouwen in hem zou ondermijnen. Ze zou het hem misschien kwalijk nemen omdat hij haar niet blindelings wilde geloven. Hij stopte de foto en de notitie terug in de enveloppe en stak het in zijn koffer. Hij zou wel zien wat hij ermee ging doen. Hij was nu in ieder geval overtuigd dat ze niets van haar ex te vrezen had. Als het echt nodig was, kon hij haar de foto alsnog laten zien.

Lyon ligt op een plaats waar de Rhône en de Saône samenvloeien, wat resulteert in prachtige bruggen die leiden naar het oude centrum met eeuwenoude paleizen, een prachtige kathedraal en weelderige parken.

De eerste dag bezocht de groep het oude centrum met het Place Bellecour en de Notre-Dame de Fourvière die op een heuvel gebouwd was en een prachtig vergezicht opleverde, wat die dag echter door een mistig regengordijn teniet werd gedaan. De volgende dag bezochten ze het Parc de la Tête d'Or; een enorm stuk natuur, kunstig aangelegd met buxus en rozenstruiken, afgewisseld met bos en struikgewas waartussen een spiegelend meer verborgen lag. De lucht was nog steeds bewolkt, maar af en toe kwam de zon er even door wat hen hoop gaf op verbetering.

Ze eindigden hun bezoek aan Lyon feestelijk met een plaatselijk gebruik ter ere van de heilige Dorothea waarbij prachtig versierde bloemenpraalwagens door de straten reden en de stoepen vol stonden met de plaatselijke bevolking en toeristen die niets van al dit moois wilden missen. Steffi was voortdurend dicht bij Emy en Valerie gebleven en ze had van deze dagen genoten, maar tijdens het avondlijke bloemenfeest en de drukte die er heerste voelde ze zich helemaal niet veilig en keek ze voortdurend om zich heen. Lorenzo, die de vorige dagen niet ver van haar zijde week en de omgeving mee in de gaten hield, kon ze nu nergens vinden. Door het gebrek van zijn aanwezigheid en het gevoel van veiligheid dat hij haar gaf, voelde ze de angst weer bovenkomen. Haar schichtige blik ging de mensenmassa langs. Door het voortdurend om zich heen kijken verloor ze ten slotte ook Emy en Valerie uit het oog, die nietsvermoedend een winkeltje waren binnengegaan zonder dat Steffi het merkte. Het was hier zo druk dat men haast over de koppen kon lopen. Steffi voelde de paniek opkomen. Ze verwachtte dat ze elk moment Lex zou zien. Ze haalde diep adem en probeerde zich te vermannen bij de gedachte dat veel mensen ook veel getuigen met zich meebrachten en dat hij zich daarom wel koest zou houden. Maar de wetenschap dat hij dan ook weer vlug kon verdwijnen in de anonimiteit van de massa veegde deze geruststelling weer van tafel. Als een schuwe kat blikte ze voortdurend over haar schouders. Ten slotte drukte ze haar rug tegen de gevel van een huis en bleef ze haast als verstijft staan, terwijl ze om zich heen keek en de mensen als schaduwen langs haar heen liepen.

Lorenzo zag haar bleek en angstig tegen de muur gedrukt staan. Hij liep aan de overkant van de straat en was op zoek naar haar, nadat hij haar in de drukte uit het oog was verloren. Hij stak vlug de straat over tussen twee praalwagens door en ging naar haar toe. Ze keek juist de andere kant uit en had hem niet zien aankomen toen hij haar arm aanraakte. Ze schrok en uitte een angstige kreet.

'Rustig maar, Steffi. Ik ben het.'

De ontlading was zo groot dat ze spontaan haar armen om zijn hals sloeg en zich rillend tegen hem aandrukte. 'O, Renzo, ik was zo bang dat Lex plots voor mijn neus zou staan, en toen verloor ik Emy en Valerie ook nog uit het oog.'

Lorenzo was blij dat ze de veiligheid van zijn armen opzocht, maar het feit dat ze haast in paniek was geraakt, was absurd. 'Je hoeft helemaal niet bang te zijn, Steffi,' zei hij zacht, terwijl hij haar troostend over haar rug wreef. Haar angst was zo groot dat hij haar toch best kon confronteren met de foto. Als hij daarmee aan vertrouwen moest inboeten, dan was het maar zo. Haar gemoedstoestand was op dit ogenblik belangrijker. 'Je hebt echt niets meer van hem te vrezen. Ik kan je een bewijs laten zien dat hij hier niet meer kan zijn.'

'Bewijs? Wat bedoel je?'

'Straks, Steffi. Nu moeten we zorgen dat we de rest van de groep terug kunnen vinden voordat iedereen de weg is kwijtgeraakt.'

Steffi liet er het zwijgen toe. Ze was allang blij dat Lorenzo dicht bij haar was en haar hand stevig vasthield terwijl hij haar meetrok tussen de menigte door op zoek naar de anderen.

Na de avondlijke bloemenstoet genoot het gezelschap van een gezellige tijd op een overdekt terras waar ze nog een aantal uren bleven hangen, terwijl buiten de regen weer mistroostig tegen de ramen begon te tikken. Nu het rustiger was en ze omringd werd door vrienden, genoot Steffi met volle teugen en kon ze haar angst voor Lex voor even van zich afzetten. Het was vrij laat toen ze eindelijk weer in het hotel aankwamen. Iedereen verlangde naar een goed bed. Ook Lorenzo en Steffi. Aan het bewijs werd niet meer gedacht.

11.

De volgende ochtend stond de trein al op hen te wachten om hen naar het Zuiden van Frankrijk te brengen, naar Montpellier, de parel aan de Middellandse Zee, een ongeveer drie uur durende rit vanuit Lyon. Deze keer zaten ze weer met z'n allen in dezelfde wagon, wat de treinreis aanzienlijk gezelliger maakte voor hen die van een goed gesprek hielden, maar niet zo ideaal was voor diegenen die graag rustig en ongestoord van het landschap of van een goed boek wilden genieten. Steffi zat samen met Emy en Valerie op de bank. De drie oudere dames zaten naast hen met het gangpad tussen hen in. Voor hen zaten de vier jongemannen die voortdurend hun hoofden boven de leuningen uitstaken om een praatje te maken. De oudere koppels zaten achter hen en achter de drie dames zaten meneer en mevrouw Boomer en Lorenzo. De eeuwige eenzaat Adriaan, die liever niet gestoord wilde worden, zat helemaal alleen in het hoekje van de wagon, met een koptelefoon op naar buiten te staren.

Valerie straalde en keek Steffi met pretlichtjes in haar ogen aan. 'Het is weer goed tussen Hugo en mij,' fluisterde ze dolgelukkig. 'Ik heb beloofd hem wat meer vrijheid te geven zodat hij vaker bij zijn vrienden kan zijn.'

'En ik bij jou,' kwam Emy ertussen.

'Wat fijn, Valerie. Ik wens het jullie van harte.'

'Dank je, Steffi. Ik hoop dat jij en Renzo ook het geluk zullen vinden.'

Steffi glimlachte, maar antwoordde er niet op. Lorenzo's naam deed haar weer terugblikken naar de woorden van de vorige dag toen hij had gezegd een bewijs te hebben dat Lex hier niet kon zijn. Helaas had ze dezelfde avond geen kans meer gezien om het hem te vragen, omdat ze allemaal direct naar hun eigen kamer waren gegaan. Ze had gehoopt om hem er deze ochtend aan te herinneren, maar daar was de tijd te kort voor geweest en ze kon er moeilijk nu om vragen, want dan zou iedereen natuurlijk willen weten wat er aan de hand was. Ze moest dus nog even geduld hebben. Er zou beslist wel een moment komen dat ze hem alleen kon treffen, al kon ze zich niet voorstellen dat haar intuïtie haar in de steek had gelaten. Naar haar gevoel volgde Lex haar nog steeds. Lorenzo zou wel een erg doorslaggevend argument moeten hebben om haar van het tegendeel te bewijzen.

Ze voelde een warm gevoel door zich heen gaan toen ze in gedachten zijn troostende hand weer op haar rug voelde. Ze had zich veilig gevoeld en geborgen, alsof de buitenwereld haar niet meer kon raken. Ze besefte dat ze haar hart aan hem begon te verliezen en dat haar verweer en argumenten minder en minder van kracht waren.

Dina hing over de leuning van haar stoel, zodat haar bovenlichaam de helft van het gangpad benam en ze rukte Steffi met luide stem uit haar gedachten. 'Hebben jullie al gezien dat de zon weer is doorgebroken, lieverds? We gaan een stralende dag tegemoet. Wat fijn na die vreselijke regendagen.'

'Ja, heerlijk!' reageerde Emy. 'Montpellier ligt vlak bij de kust. Ik hoop dat een dagje strand en zee op het programma staat, anders zal Lorenzo het met jullie alleen moeten doen.'

'Nou, nou, wij kunnen ook van de zee genieten, hoor! Onze ogen zijn nog scherp genoeg om van een knappe gespierde man te genieten.'

Dries stak zijn hoofd voorbij de leuning. 'Dan zullen wij vier voor jullie komen poseren, dames. Wij hebben allemaal een mooi gestroomlijnd lichaam dat gezien mag worden.'

Een spottend gelach van de andere jongens gaf aan dat hij niet helemaal de waarheid sprak. 'Spreek voor jezelf,' hoonde Wim. 'Blijf jij dan maar bij de dames. Wij gaan wel door naar het strand, op zoek naar gestroomlijnde jonge vrouwen.'

'Wil dat zeggen dat wij niet goed genoeg meer zijn?' gekscheerde Dina gemaakt geraakt.

'Natuurlijk wel. Jullie zijn beelden van vrouwen. Maar als Dries zich met jullie bezighoudt, dan maken wij immers geen schijn van kans.' Het gelach van de anderen golfde weer door de wagon.

Hun vrolijkheid maakte de reis leuk, en voor ze het beseften waren ze al op hun volgende bestemming aangekomen. Het was goed te merken dat ze in het zuiden van Frankrijk zaten. De zon stond aan een strakblauwe lucht en de temperatuur liep hier behoorlijk op. Een warme zilte zeelucht kwam hen toegewaaid toen ze het station verlieten en op weg waren naar hun volgende hotel. Enkele meeuwen scheerden krijsend boven de huizen en glimlachende mensen in lichte, kleurige kleding slenterden langs de kleine pittoreske winkeltjes van deze eeuwenoude stad.

Het hotel was niet veel bijzonders, met sobere slaapkamers waaraan telkens een badkamertje grensde, maar het was netjes en het lag tussen zee en stad in zodat ze van beiden konden genieten. Lorenzo hield inderdaad rekening met hun wensen en gaf hun die dag de vrijheid om op eigen houtje van zee en strand te genieten of om de stad te gaan bezichtigen. Die keuze was voor de jonge mensen vlug gemaakt. Ze hadden hun zwemkleding aangetrokken en vertrokken met een strandlaken richting zee. Lorenzo was zo attent om Steffi te vragen wat ze het liefste wilde doen en toen ze zei dat ze naar het strand wilde gaan, was hij zo hoffelijk om met haar mee te gaan. Steffi was dolblij dat hij met haar en de rest van de jongerengroep meeging. Na haar paniekaanval van gisteren zou ze het niet aandurven om zich zonder hem in de drukte van het strand te begeven. Bovendien zouden de anderen uiteen zwermen en regelmatig de zee in duiken, en kon ze niet van hun nabijheid genieten, waardoor ze een gemakkelijke prooi zou vormen voor haar ex. Maar met Lorenzo aan haar zijde was ze al veel geruster. Ze had het gevoel dat ze op hem kon rekenen.

Lorenzo voelde sterk aan dat ze het moeilijk had en dat was, buiten het feit dat hij graag bij haar was, nog een reden geweest waarom hij gekozen had om mee naar het strand te gaan.

De zee, in zijn eindeloze uitgestrektheid, was als een gladde stalen plaat in de verte met hoge golven naar het strand toe en witte schuimkoppen die zich over het zand heen spoelden. Het was er druk en het strand lag bezaaid met zonnebadende toeristen en spelende kinderen. Ze verloren al vlug de anderen uit het oog, maar zolang Lorenzo bij haar was, gaf ze er niet om. Toen ze nog een leeg plaatsje hadden gevonden rolde Steffi haar strandlaken uit, trok haar zomerjurk over haar hoofd en legde zich in bikini op het strandlaken neer. Lorenzo keek met genoegen naar haar mooie lichaam en haar lange, slanke benen. Hij spreidde zijn eigen handdoek, kleedde zich vlug uit op zijn zwembroek na en liet zich naast haar neerzakken. Steffi keek eveneens waarderend naar zijn brede olijfkleurige borst waarop een bosje donkere, krullende borstharen te zien waren. Zijn benen waren gespierd en zijn heupen smal, zijn lichaam paste precies bij zijn zuiders gezicht. Het geheel was haast adembenemend en ze voelde een fladderend gevoel in haar buik.

'Je ziet er goed uit, Lorenzo,' zei ze dan ook naar waarheid.

'Dank je, Steffi. Al zou ik eerder opperen dat jij er stralend uitziet.'

Zijn compliment deed haar goed. 'Ik ben blij dat je bij me bent. Je geeft me een veilig gevoel en daarvoor kan ik je niet genoeg bedanken.'

'Je hoeft me niet te bedanken. Ik ben graag bij je.'

Ze keek hem even aarzelend aan. 'Weet je dat de anderen al toespelingen maken over ons? De drie dames vinden zelfs dat we voor elkaar geboren zijn.'

'Zou je dat erg vinden? Misschien zijn we wel voor elkaar geboren en hebben de dames gelijk?'

Zijn woorden en de intensiteit van zijn blik maakte haar erop attent dat hij diepere gevoelens voor haar koesterde. Zijn warme blik maakte haar weerloos en liet haar al haar weerstand vergeten.

Ze schudde traag haar hoofd. 'Nee, ik zou het niet erg vinden,' fluisterde ze schor, terwijl hun blikken zich in elkaar boorden en ze alles om hen heen leken te vergeten. Een plotse harde stomp in haar rug ontlokte haar een kreet van pijn en ze keek geschrokken achterom naar een groepje jonge tieners die voorbijliepen en haar in hun onstuimigheid geraakt hadden.

'Kijk uit waar jullie lopen!' wierp Lorenzo hen na voordat hij zich om Steffi bekommerde. 'Hebben ze je pijn gedaan?'

Ze schudde haar hoofd. 'Ik ben vooral geschrokken. Ik ben erg gevoelig voor dat soort dingen, vooral sinds Lex geen kans onbenut laat om me te kunnen treffen. Dat doet me eraan denken dat je een bewijs had waarmee je kon aantonen dat hij hier niet kon zijn. Wil je me zeggen wat het is?'

Lorenzo keek even naar de horizon van de zee. 'Een foto,' zei hij ten slotte. 'Ik heb een foto waarop je ex en zijn vriendin staan, bij hun hotel in Heraklion. Deze foto is vier dagen geleden genomen door een vriend van me. Ze waren allebei daar, Steffi, zowel je ex als zijn vriendin. Waarschijnlijk is hij, nadat je hem in Verona gezien hebt, weer naar Kreta teruggevlogen.'

Steffi schudde haar hoofd nog voor hij was uitgesproken. 'Ik kan het gevoel niet van me afzetten dat hij nog altijd hier is.'

'Altijd heen en weer reizen is zelfs voor hem niet doenbaar, Steffi. De foto bewijst het tegendeel. Als je wilt, dan laat ik hem straks zien. Hij ligt op mijn hotelkamer.'

Steffi reageerde niet en staarde stilzwijgend in de verte naar een groepje kinderen dat een zandkasteel aan het bouwen was. Het feit dat hij Lex had nagetrokken bewees dat hij haar, net als Noor, niet geloofde. Ze begreep wel dat het moeilijk was en dat een gevoel alleen niet voldoende was om anderen ervan te overtuigen, maar ze had gehoopt dat hij het wel zou doen. Het was een beetje een domper op haar groeiende gevoelens voor hem. Toch kon ze niet ontkennen dat hij het voor haar had gedaan, dat hij het gedaan had om haar gerust te stellen, om haar angst weg te nemen. En misschien had hij wel gelijk en zat zij er zelf vreselijk naast. Ze moest dat ook onder ogen zien en het niet ontkennen. Haar angst zat zo diep dat haar intuïtie, waarop ze normaal gezien altijd kon vertrouwen, haar uiteindelijk weleens in de steek kon laten. Noor had haar ook al in die richting gewezen. Misschien werd het tijd om aan te nemen dat zij en Lorenzo gelijk hadden.

Ze zuchtte diep en keek hem uiteindelijk weer aan. 'Als Lex en zijn vriendin op Kreta zitten, dan heb ik inderdaad niets meer van hem te vrezen. Dan kan ik gerust een baantje gaan zwemmen en genieten van het koele zeewater. Ga je mee?'

Hij glimlachte opgelucht en knikte met zijn hoofd naar hun kleding. 'Ga jij maar. Ik zal hier wel op onze spullen letten.'

Steffi keek hem dankbaar aan, stond op en stapte naar het water toe. Hij keek haar lange en lenige gestalte na toen ze door het zand en tussen de zonnebaders door naar de zee liep, zijn blik warm en genietend op haar gericht. Toen ze even later tussen de golven verdween, zag hij haar hoofd regelmatig verschijnen tussen de andere zwemmers, haar donkere, lange, natte haren glanzend in de zon. Hij hield zijn blik strak op haar gericht en genoot van elke aanblik van haar. Wanneer een golf haar even uit zijn zicht onttrok, wachtte hij tot hij haar hoofd weer zag opduiken. Hij hield van haar. Hij wist nu zeker dat hij van haar hield en dat zij ook bepaalde gevoelens voor hem koesterde. Dat had hij duidelijk in haar ogen gezien. Jammer dat een stel tieners dat magische ogenblik hadden verbroken. Hij was ervan overtuigd dat hij haar anders had gekust en dat ze zijn kus zou hebben beantwoord. De gedachte daaraan deed zijn hart sneller kloppen. Hij hoopte dat hij weer vlug een kans kreeg om haar zijn liefde kenbaar te maken.

Plots werd zijn aandacht getrokken door een van de zwemmers die vlak bij Steffi te zien was. Hij of zij droeg een duikbril en de persoon spartelde met zijn armen alsof hij in de problemen zat. Toen zag hij tot zijn ontsteltenis dat de persoon Steffi in paniek vastgreep en haar daardoor onder duwde. Hij verwenste de golf die haar even uit zijn zicht onttrok, maar toen hij daarna alleen maar gespartel zag op de plaats waar hij haar hoofd verwachtte te zien, werd het koud om zijn hart en een onwerkelijk gevoel van angst nam bezit van hem. Hij sprong overeind en rende als een gek over het strand en ging het ondiepe water in, zijn blik strak gericht op de plaats waar Steffi en de drenkeling verwoede pogingen deden om boven water te blijven.

In een mum van tijd dook hij in de golven en zijn krachtige armen brachten hem al vlug tot waar hij moest zijn. Hij greep de persoon die Steffi in paniek had vastgegrepen in een nekgreep en trok hem met geweld van haar weg. Steffi kwam naar adem snakkend weer boven water, maar door de paniek van de ademnood verdween ze weer toen een volgende golf haar overspoelde. De drenkeling verweerde zich heftig en wist zich met een gerichte duw los te rukken. Lorenzo keek niet meer naar hem om. Hij moest Steffi redden. Verwoed keek hij om zich heen en zag haar hoofd even verderop bovenkomen om daarna weer onder water te verdwijnen. Met enkele gerichte slagen was hij op de plaats waar hij haar zag spartelen, wanhopig vechtend om wat lucht in haar longen te krijgen. In haar paniek greep ze hem beet en ze zou hem mee onder water getrokken hebben als hij in zijn jongere jaren niet voor reddingszwemmer had getraind. Hij wist haar zo te keren dat hij haar met zich mee kon nemen. Even verweerde ze zich nog zwak, maar al snel hing ze slap in zijn armen. Hij zwom als een gek tot hij de bodem onder zijn voeten voelde. Daar nam hij haar als een lappenpop in zijn armen en ploeterde zo vlug hij kon door het ondiepe water naar het strand.

Eenmaal op het droge legde hij haar voorzichtig neer. Steffi had haar ogen gesloten en bewoog zich niet. In doodsangst voelde hij naar een hartslag. Hij voelde haar hart kloppen, maar zo zacht dat het nauwelijks voelbaar was. Ze ademde echter niet. Instinctief legde hij haar op haar rug met haar armen boven haar hoofd, hij tilde haar hals wat omhoog zodat haar bleke lippen uit elkaar weken en blies de leven gevende zuurstof in haar longen. Het duurde niet lang voordat ze begon te kokhalzen. Hij draaide haar op haar zij zodat het zeewater uit haar maag kon stromen en drukte daarna zijn lippen op haar wang terwijl zijn tranen zich mengden met het zeewater dat uit zijn natte haar droop.

'Geef het niet op, liefje,' smeekte hij. 'Blijf ademen.'

Hij zag niet dat er een massa mensen om hen heen stonden, zonaanbidders en baders die het hadden zien gebeuren en nu nieuwsgierig op hen neerkeken. Een oudere man in zwembroek wurmde zich door de menigte en bukte zich naast Lorenzo neer. 'Ik ben dokter. Hoe is het met haar?' Hij voelde ondertussen naar haar hartslag.

'Ze ademt weer, maar ze komt niet bij bewustzijn,' zei Lorenzo haast in paniek.

'De ziekenwagen zal zo hier zijn. Ik heb de kustwacht gewaarschuwd die op hun beurt een ziekenwagen hebben opgeroepen.'

Lorenzo kon echter niets anders doen dan in paniek zijn hoofd schudden en met tranende ogen op haar levenloze lichaam en haar doodsbleke gezicht neerkijken.

Even later lag Steffi in een bed in een ziekenhuis in Montpellier. Ze was bijgekomen toen ze in de ziekenwagen werd geladen en had verbaasd om zich heen gekeken tot ze Lorenzo's gezicht zag. Hij zat vlak naast haar, had haar eindeloos zacht over haar wang gestreeld, haar gerustgesteld en haar verteld dat ze bijna verdronken was en nu naar het ziekenhuis moest.

Een dokter had haar onderzocht en had verteld dat ze van geluk mocht spreken en dat ze blij mocht zijn dat haar vriend haar tijdig uit het water had gehaald en haar zo vlug beademd had. Zonder zijn heldhaftig optreden zou ze het niet gehaald hebben. Omdat ze zoveel zeewater had binnengekregen, lag ze aan een infuus met een antibioticum om haar van een longontsteking te vrijwaren en de dokter wilde haar een dag ter observatie houden om te zien of alles goed verliep. Maar hij was van mening dat ze spoedig zou herstellen.

Nu keek ze naar Lorenzo die in zijn zwembroek naast haar bed zat. In zijn haast om Steffi te redden had hij niet meer aan hun kleding gedacht. Gelukkig had hij Pieter nog gezien vlak voor hij de ziekenwagen instapte. Pieter was nieuwsgierig geworden toen hij de menigte en de ziekenwagen zag en was gaan kijken wat er gaande was. Hij schrok toen hij Lorenzo zag en was nog erger geschrokken toen deze in het kort vertelde wat er was gebeurd. Lorenzo had hem aangewezen waar ze hun kleding en strandhanddoeken hadden achtergelaten en had Pieter gevraagd om hun kleren naar het ziekenhuis te brengen. Hij wilde Steffi niet alleen laten en was mee ingestapt om haar hand vast te houden, bang als hij was om haar te verliezen.

Gelukkig was alles in orde gekomen en ze lag nu veilig en wel in het bed en er was weer wat kleur op haar wangen verschenen. Wat op het strand normaal was, leek hier in het ziekenhuis misplaatst en Lorenzo sloeg de dunne deken van het lege bed ernaast over zijn blote borst om zijn naaktheid te verbergen. Er zat niets anders op dan in zijn zwembroek te wachten tot Pieter zou langskomen. Hij gaf er echter niet om. Hij was maar al te blij dat Steffi het gehaald had.

Ze stak haar hand naar hem uit en hij omsloot haar vingers en kneep er zachtjes in.

'Bedankt, Renzo. Zonder jouw hulp was ik nu dood geweest.' Haar stem klonk schor van vermoeidheid en van de doorstane ademnood. 'Ik weet niet eens wat er gebeurd is. Die zwemmer klemde zich plots aan me vast.'

'Waarschijnlijk iemand die in paniek was geraakt. De angst om te verdrinken maakt soms dat mensen rare dingen doen en zich vastklampen zonder te beseffen dat ze daardoor ook anderen in gevaar brengen. Gelukkig is het goed afgelopen. Probeer er maar niet aan te denken, liefje. Je hebt je rust meer dan nodig.'

'Ik kan het moeilijk van me afzetten, Renzo. Het is afschuwelijk om geen lucht meer te kunnen krijgen.' De tranen liepen nu over haar wangen. Het was de ontlading van al het doorstane leed.

Hij stond op zonder haar hand los te laten, zette zich naast haar neer op de rand van het bed en trok haar met zijn vrije hand voorzichtig tegen zich aan om haar zo de troost en de steun te bieden die ze op dit moment zo hard nodig had.

Op dat ogenblik werd er zacht op de deur geklopt en Pieter kwam met een stapeltje kleding de kamer binnen. Geschokt en ontdaan keek hij naar de twee gestalten op het bed.

Het kon Lorenzo geen barst schelen dat Pieter hem in Steffi's bed aantrof, maar Steffi veegde vlug haar tranen weg alsof ze zich ervoor schaamde. Ze maakte zich los uit Lorenzo's armen en keek verrast naar de binnenkomende jongeman. Lorenzo vond het jammer dat dit intieme moment onderbroken werd, maar hij hield rekening met haar onwennigheid, stond weer op en ging naar Pieter toe die nog steeds zwijgzaam bij de deur stond.

'De hemel zij dank dat je zo vlug naar hier kon komen, Pieter. Ik voel me hier zo naakt in mijn zwembroek.' Hij klopte Pieter even vriendschappelijk en dankbaar op zijn schouder, hing Steffi's jurk over de leuning van een stoel, zette haar strandslippers op de zitting, legde de stranddoeken op het tafeltje dat tegen een muur aan stond en trok zijn broek, shirt en sandalen aan.

Pieter had zich intussen over de schok heen gezet. Hij liep dichter naar het bed toe en keek op Steffi neer. 'Ik ben blij om te zien dat je weer wat kleur op je wangen hebt, Steffi. Toen ze je de ziekenwagen in droegen, leek je meer dood dan levend. Hoe gaat het met je? Iedereen is doodongerust. Ik heb hun verteld wat er gebeurd is en nu zitten ze met z'n allen hoopvol te wachten op positief nieuws.'

'Zoals je ziet gaat het prima met me, Pieter. Dankzij Renzo. Hij heeft me van de verdrinkingsdood gered. Volgens de dokters moet ik even in het ziekenhuis blijven zodat ze me kunnen controleren, maar verder stel ik het goed. Zeg maar tegen de anderen dat ze zich geen zorgen hoeven te maken. Ik ben hier in heel goede handen.'

Pieter blikte even naar Lorenzo. Dat zal wel, ging het door hem heen. Hij begreep maar al te goed waarom Steffi voor Lorenzo had gekozen en niet voor hem. Hij zag er maar gewoontjes uit, terwijl Lorenzo's uiterlijk voor vrouwen hetzelfde was als een honingpot voor de bijen. Maar dat betekende ook dat Lorenzo keus genoeg had en waarschijnlijk profiteerde van haar onschuld om haar daarna te dumpen voor een ander. Hij zou haar eigenlijk moeten waarschuwen voor ze zich helemaal in het ongeluk stortte. Maar daar was het nu niet het geschikte moment voor.

'Dan laat ik je nu maar rusten. Ik zal de anderen van je toestand op de hoogte brengen. Ze zullen blij zijn om te vernemen dat alles goed gaat.'

'Ik ga met je mee, Pieter. Als reisleider kan ik me niet veroorloven om de groep lang in de steek te laten.' Hij liep naar het bed en streek met zijn vingers even zacht over Steffi's wang. 'Probeer maar wat te slapen, Steffi. Ik kom straks nog eens langs.'

Op dit ogenblik verwenste hij het feit dat hij zich verantwoordelijk stelde voor het welzijn van zijn reizigers. Hij zou liever de hele dag bij haar gebleven zijn. Hij was echter nuchter genoeg om te weten dat ze haar rust erg nodig had en dat ze dat het best kon doen als niemand haar rust verstoorde, ook hij niet. Hij glimlachte haar nog even bemoedigend toe voordat hij met Pieter door de deur verdween.

Steffi keek lang naar de gesloten deur voordat ze haar ogen sloot en diep zuchtte. Ze had Lorenzo niet durven zeggen wat ze vermoedde. Volgens zijn eigen woorden was het immers bewezen dat Lex hier niet kon zijn. Ze moest haar angst van zich afzetten en inzien dat er inderdaad zwemmers in nood konden verkeren zonder dat ze iets met Lex te maken hadden. Haar paranoia speelde haar parten. Toch kon ze niet tot rust komen. Ze bleef maar piekeren en woelen tot een verpleegster haar een rustgevend middel toediende wat haar even later in een diepe, allesvergetende en helende slaap deed vallen.

Toen Lorenzo haar 's avonds weer kwam bezoeken, sliep ze nog steeds. Volgens de verpleegster van dienst was het een goed teken en was het beter dat hij haar liet slapen zodat haar geest en lichaam konden helen. Hij had rekening gehouden met Steffi's noden en was terug naar zijn hotelkamer gegaan waar hij nu met zijn rug op het bed naar het plafond lag te staren. Er spookten voortdurend dingen door zijn hoofd die niet in evenredigheid waren met wat hij wist. Toen de drenkeling zich met geweld had losgerukt had hij verder geen aandacht meer aan hem besteed, omdat Steffi in nood verkeerde. Het was pas in het ziekenhuis, nadat hij er zeker van was dat alles met Steffi in orde ging komen, dat hij weer aan de drenkeling dacht. Toen hij met Pieter het ziekenhuis had verlaten had hij eerst contact opgenomen met de kustwacht, maar zij hadden niets over een andere zwemmer in nood gehoord. Ze vroegen hoe het met Steffi ging en waren blij dat ze het goed maakte. Ze prezen Lorenzo voor zijn vlugge optreden en het redden van, wat in hun ogen, zijn vriendin was, maar verder konden ze hem niet helpen. Hij was daarna naar het plaatselijke politiebureau gegaan, maar ook zij waren niet op de hoogte gebracht van een vermissing of van een drenkeling.

Hoe meer Lorenzo hierover nadacht, hoe ingewikkelder de zaak voor hem werd. Hij probeerde het voorval voor de zoveelste maal in zijn gedachten weer voor te stellen en telkens leek het hem dat de drenkeling gewoon was weggezwommen nadat hij zich van hem had losgerukt, alsof hij helemaal niet in nood verkeerde. De kracht die de persoon had gebruikt en het weinige wat hij had kunnen zien op dat moment, deed hem besluiten dat het een man moest geweest zijn. Maar hij was niet helemaal zeker, in alle consternatie kon zijn geheugen weleens falen.

Toch kon hij het gevoel niet van zich afzetten dat er iets niet klopte, dat het weleens geen drenkeling kon zijn geweest, maar opgezet spel. Zou Steffi gelijk hebben en zat haar ex erachter? Was hij weer van Kreta naar hier gevlogen om haar iets aan te doen? In dit geval dodelijk? Of had hij iemand omgekocht die de vuile karweitjes voor hem moest opknappen? Net als bij Steffi begon de twijfel ook bij hem binnen te sluipen. Er gebeurden deze reis te veel dingen die toeval genoemd konden worden en ze namen steeds extremere vormen aan. Hij begon bang te worden en voor het eerst besefte hij echt en intens wat er door haar heen moest gaan. Hoe ze elke dag weer angstig wachtte op een represaille, hoe ze elk moment weer bang afwachtte tot hij weer toe zou slaan.

Hij kreunde diep en pijnlijk.

De volgende ochtend ging Lorenzo nog voor het ontbijt naar het ziekenhuis. Vandaag stond immers de Place de la Comédie op het programma en Musée Fabre, met onderweg een korte stop aan de Triomfboog en tegen de avond de kathedraal van Montpellier. Een gevuld programma en meer dan genoeg om een dag mee te vullen. Het zou dan ook pas tegen de avond lopen voor hij weer naar Steffi toe kon gaan, dus profiteerde hij nu van de tijd die hij had voordat zijn reisgezelschap wakker werd en ontbeten had.

Zodra hij de kamer binnenkwam, zag hij dat ze rechtop zat en dat de bleke kleur van gisteren uit haar gezicht verdwenen was. Hij keek haar opgelucht aan, blij dat ze zo goed herstelde. 'Hoe voel jij je vandaag, Steffi?'

Steffi glimlachte terug en was verheugd om hem te zien. 'Prima, Renzo. Ik ben weer zo goed als nieuw. Ik heb van gisterennamiddag tot deze ochtend zonder onderbreking geslapen. De verpleegster van dienst zei me dat je gisteravond nog langs bent geweest en weer weg bent gegaan zonder me wakker te maken. Het was lief van je om me te komen bezoeken.'

'Als het aan mij ligt, dan zou ik heel de dag naast je willen komen zitten, Steffi. Ik voel me pas gerust als ik bij je ben.' Hij was niet van plan om haar te vertellen wat hij dacht in verband met haar ex. Hij wilde haar geen angst aanjagen als het niet nodig was.

'Dat kan ik niet van je verlangen, Renzo. Iedereen rekent op je en ze zouden het me beslist kwalijk nemen als ik je voor mij alleen zou opeisen.'

Hij grinnikte en keek even op zijn horloge om zijn volgende woorden kracht bij te zetten. 'Op dit ogenblik ligt iedereen nog te slapen. Tegen de tijd dat ze allemaal hun ontbijt achter de kiezen hebben, is het twee uur later. Dus gedurende deze tijd sta ik volledig tot je dienst.'

Steffi glimlachte en keek op in zijn zachte bruine ogen die haar zo vertrouwd voorkwamen. Het feit dat hij haar van verdrinking gered had, maakte haar gevoelens voor hem nog dieper en intenser. Ze kon niet anders dan toegeven dat ze van hem hield. Ze klopte op de rand van het bed en hij was maar al te bereid om naast haar plaats te nemen. Hij kon zijn ogen moeilijk van haar afwenden. Ze zag er zo mooi uit met haar donkere haren los over haar schouders en haar opvallend blauwe ogen floers en afwachtend op hem gericht. In deze fase hadden ze weinig woorden nodig. Hun blikken vertelden elkaar genoeg.

'Ik kan het niet langer verborgen houden, Steffi. Ik moet het je zeggen, ook al weet ik dat je er misschien nog niet toe in staat bent... Ik heb mijn hart aan jou verloren. Ik hou van je,' zei hij zacht en schor. Ze knikte zonder zijn blik los te laten.

'Ik weet het,' zei ze haast fluisterend, haar ogen smachtend in de zijne gericht. 'Ik denk... nee, ik weet zeker dat ik hetzelfde voel.' Ze lapte al haar vooroordelen en voorzichtigheid aan haar laars. Het kon haar niet meer schelen. Ze was verliefd en dat voelde verrukkelijk. Die zalige intensiteit wilde ze niet verliezen, die wilde ze houden en koesteren en voor altijd laten duren.

Met zijn vingertoppen tilde hij zacht haar kin omhoog, bracht zijn gezicht langzaam naar haar toe en drukte zijn warme lippen teder op haar mond. Steffi smolt. Ze sloot haar ogen, sloeg haar armen om zijn hals en beantwoordde zijn kus vol overgave. Ze voelde zijn harde spieren onder zijn shirt, het kloppen van zijn hart, de warmte van zijn huid en heel haar wezen voelde op dit ogenblik dat ze met hart en ziel van hem hield. Ze voelde zich weer in staat om lief te hebben.

Lorenzo op zijn beurt voelde zijn hart jubelen. Hij wist niet dat echte liefde zo zoet kon zijn. Hij kon er maar niet genoeg van krijgen en drukte haar vol genegenheid tegen zich aan. Hij kon niet ontkennen dat hij al eerdere kortstondige relaties had gehad, maar er was geen één vrouw bij die dit gevoel in hem teweeg had gebracht. Zijn liefde voor haar was puur en stevig en hij zou haar voor altijd bij zich willen houden en nooit meer los willen laten.

Hun innig samenzijn werd echter al vlug verstoord toen een verpleegster binnenkwam, gevolgd door de dokter die haar had behandeld.

'Zo te zien verloopt alles naar wens, juffrouw Staes,' knipoogde de dokter die genoeg had gezien toen hij binnenkwam. 'Ik kom u straks nog even onderzoeken, maar als alles in orde is, mag u deze namiddag het ziekenhuis verlaten. Hou het nog wat rustig de komende dagen en dan komt alles weer helemaal in orde.'

Na deze woorden verdween hij weer met de verpleegster in zijn kielzog. Lorenzo keek haar met een brede glimlach aan. 'Net op tijd om mee naar Parijs te kunnen, liefje. De stad van de liefde. Ik kijk er zo naar uit om dat samen met jou te delen.'

Steffi deelde zijn blijheid, ook al voelde ze zich op dit ogenblik nog te moe om inspannende dingen te doen. Toch vond ze het sneu dat ze hier in Montpellier zoveel dingen moest missen.

'Jammer dat hier alles aan me voorbij is gegaan zonder dat ik er iets van heb gezien,' zei ze dan ook somber.

Hij pakte een stoel en plaatste deze naast het bed voordat hij erop ging zitten. Hij pakte haar hand vast, drukte zacht een zoen op de rug ervan en keek haar daarna met een warme blik aan. 'Als je wilt, zal ik je vertellen waar we naartoe gaan. Zo heb je toch het gevoel dat je iets van Montpellier gezien hebt.'

Steffi klapte even enthousiast in haar handen en liet zich in een gemakkelijke houding tegen haar kussen aanleunen. 'Graag, Renzo.'

Ze sloot haar ogen en luisterde geboeid naar Lorenzo die haar met veel bravoure en plastische beschrijvingen de gebouwen, hun uitzicht en de inhoud beschreef. Hij deed het met zoveel oog voor detail dat Steffi het in gedachten al voor zich zag. Toen hij klaar was met zijn relaas, opende ze haar ogen en zuchtte ze van genoegen. 'Wat kan je dat toch geweldig, Renzo. Ik zag het allemaal zo voor me.'

Hij grinnikte. 'Het genoegen was aan mijn kant, liefje. Ik heb nog nooit zo van het uitzicht genoten als nu.'

Steffi bloosde onder zijn compliment, sloeg de deken wat weg en nodigde hem op deze manier uit om naast haar te komen zitten. Toen hij goed en wel zat, sloeg ze haar armen om zijn hals en zoende hem dankbaar. Daarna legde ze haar hoofd tegen zijn schouder en bleef genietend zitten. Lorenzo sloeg een arm om haar schouders en drukte haar nog wat dichter tegen zich aan terwijl hij enkele kleine kusjes op de kruin van haar hoofd drukte. Nu ze eenmaal hun liefde voor elkaar kenbaar hadden gemaakt, leken ze er maar niet genoeg van te krijgen en het kostte Lorenzo al zijn wilskracht om haar weer achter te laten. Maar hij moest terug naar het hotel waar de anderen op hem wachtten. Na nog een laatste hartstochtelijke kus vertrok hij weer naar het hotel met de belofte om haar straks op te halen.

Met een gelukzalige glimlach keek Steffi naar de deur waarachter hij verdwenen was. De liefde deed haar stralen en ze had zich nog nooit zo heerlijk gevoeld. Ze kon de hele wereld aan en ze voelde zich sterker dan ooit. Ergens ver weg in haar achterhoofd bleef de waarschuwing zinderen dat dit maar voor even kon zijn, maar ze verwierp deze gedachte meteen. Zelfs voor even was dit geluk beter dan niets, al hoopte ze met heel haar hart op meer. Intens gelukkig sloot ze haar ogen. Ze was zo in gedachten bij Lorenzo dat ze de deur niet eens had horen opengaan tot een stem haar plots deed opschrikken.

'Je ziet er goed uit, Steffi.'

Ze hoorde dadelijk aan de stem wie het was en ze keek dan ook heftig verschrikt op naar een grote gespierde man in short en shirt met een baseballpet op zijn donkere, kortgeknipte haar en een zonnebril op zijn neus. Heel even was ze in verwarring omdat ze zag dat de haren onder de pet zwart waren en niet blond zoals ze verwachtte. Hij zag haar verwarring, grijnsde en deed zijn pet even af.

'Wat denk je van mijn nieuwe haarkleur. Staat me beter, niet?' Hij zette zijn pet weer op en keek haar daarna met een koele blik aan. 'Maar mijn haarkleur is niet de reden waarom ik hier ben. Ik vind het vervelend om je voortdurend erop te moeten wijzen dat je niet met mij mag spotten, Steffi. Ik heb die bruingebakken gids net met een kwijlende blik je kamer zien verlaten. Waarom leer jij niet van je fouten? Waarom daag je me uit en breng je me tot het uiterste? Denk je dat ik niet weet dat je aanpapt met die kerel? En dan is het nog de vraag of je het bij hem gehouden hebt.'

Steffi bekwam langzaam van de schok en blikte met kloppend hart naar de rode knop boven haar bed waarmee ze een verpleegster kon roepen in geval van nood. In een vlugge beweging schoot haar hand naar de knop, maar voordat ze erop kon drukken had Lex haar pols in een ijzeren greep en hij kneep er venijnig in. Hij bracht zijn hoofd dicht naar haar toe en siste spinnijdig zacht: 'Laat dat, Steffi, voordat je me echt nijdig maakt! Dat kleffe gedoe met die mannen moet eindelijk maar eens gedaan zijn. Als je niet met mij verder wil, dan ook niet met iemand anders. En neem van mij aan dat ik het meen! Een ongeluk is gauw gebeurd, dat heb je nu wel ondervonden. Wil je dat, Steffi? Wil je dat je vakantievriend ook in het ziekenhuis belandt? Voor mij een koud kunstje, en deze keer niet enkel een waarschuwing! Deze keer zal ik zorgen dat hij er niet goed vanaf komt.' Omdat ze niet dadelijk reageerde, kneep hij nog wat harder. 'Wil je dat?' Ze schudde met een pijnlijk verwrongen gezicht haar hoofd. Grijnzend loste hij zijn greep een beetje zonder haar arm los te laten. 'Mooi zo! We begrijpen elkaar. Je weet dus wat je te doen staat. Ik wil niet dat er nog een man naar je omkijkt en als je niet naar me luistert, dan komen er geheid ongelukken van.'

'Ik hoop dat de politie je vat voordat het zover komt,' stiet Steffi plots boos uit. 'Je bent doorslecht en ik ben blij dat ik bij je weg ben. Denk maar niet dat ik nog langer bang voor je ben.' Met Lorenzo's woorden indachtig om haar angst niet te laten merken vond ze de kracht om het hem toe te werpen. Maar haar hart klopte wild in haar keel en ze voelde zich allesbehalve rustig. Ze bevonden zich hier wel niet op een afgelegen plek, maar ze durfde niet om hulp te schreeuwen uit angst dat hij zijn hand op haar mond zou drukken om het haar te beletten.

Haar woorden maakten hem echter razend. Hij kneep haar pols tot moes tot ze het uitgilde van de pijn en siste vlak bij haar oor: 'Dat zou ik wel zijn als ik van jou was, Steffi. Je vriend gaat eraan!'

Na deze woorden liet hij haar pols abrupt los en liep hij de kamer uit waarbij hij de drie dames aan de andere kant van de deur bijna omverliep. Dina keek hem even na. 'Nou, zeg, die had een haast,' mompelde ze, terwijl ze even klopte en de kamer binnenging met Antje en Sevelien achter haar aan.

Steffi was nog steeds in shock. Ze zag zo wit als een doek en ze was niet in staat om te reageren toen de drie dames haar kamer binnenkwamen.

'Volgens mij zie je er toch nog niet zo denderend uit als Lorenzo ons heeft meegedeeld,' zei Antje dan ook bij Steffi's aanblik.

'Nee, je ziet er maar pips uit,' viel Sevelien haar bij. 'Voel jij je wel goed genoeg om bezoek te ontvangen?'

Sevelien, Antje en Dina schaarden zich rond het bed en keken Steffi met een keurende en bezorgde blik aan.

Steffi haalde diep adem en verborg haar angst. Deze lieve dames konden het ook niet helpen dat ze met een vreselijke ex zat opgescheept. Zij hoefden daar niet onder te lijden.

'Ik voel me prima en ik ben zo blij om jullie te zien,' wist ze uit te brengen. 'Ik had verwacht dat jullie allemaal op stap waren.'

Sevelien knikte heftig. 'Dat was ook de bedoeling, maar we kozen ervoor om jou te bezoeken, Steffi.'

'Wat lief van jullie, maar daardoor missen jullie heel wat moois.'

'Jij bent nu eenmaal belangrijker dan wat oude gebouwen. Hoe gaat het trouwens met je?' vroeg Dina.

'Ik voel me goed, dankzij Lorenzo. Als hij er niet was geweest, dan had ik het niet meer kunnen navertellen.'

'We hebben ervan gehoord,' ging Dina verder. 'Voor ons is hij nu niet alleen de crème de la crème van een man, maar ook een held. Lorenzo is het toppunt van charme en gevoeligheid, heel wat anders dan die bruut die ons daarnet bijna omverliep. Wie was dat trouwens?' Dina's nieuwsgierigheid was gewekt.

'Niemand in het bijzonder,' zei Steffi vlug.

'Echt? Hij was nochtans niet mis. Groot en atletisch. Jammer dat we zijn gezicht niet goed hebben kunnen zien met die pet en zonnebril.'

Steffi's moed zonk in haar schoenen. Weer had Lex ervoor gezorgd dat hij onherkenbaar was. Hij was haar altijd te slim af en ze had niets waaraan zij haar eigen verhaal kon staven.

Antje zag haar moedeloosheid als een teken dat ze aan rust toe was. Haar bleke gezicht en de doffe blik in haar ogen benadrukten dit nog. 'Ik ben bang dat wij je nog te veel vermoeien, schat. Je hebt blijkbaar je rust nog meer dan nodig. Volgens Lorenzo mag je deze namiddag het ziekenhuis verlaten en ik hoop dat het je lukt om nog een beetje van deze reis te kunnen genieten. Gelukkig zijn we bijna rond en liggen alleen Parijs en Brussel nog op ons te wachten.'

'Maar we laten je niet in de steek, hoor,' ging Sevelien daarop in. 'Als de verdere reis je nog te erg zou vermoeien, dan stoppen we je desnoods in een rolstoel en duwen we je overal mee naartoe.' De twee anderen knikten instemmend.

Haar woorden brachten een glimlach op Steffi's gezicht. 'Jullie zijn schatten en ik ben zo blij dat ik jullie heb leren kennen. Het lijkt net alsof ik drie oma's tegelijk heb gekregen en dat voelt als een zegen.'

'Dat is wederzijds,' zei Antje. 'Maar nu laten we je weer rusten zodat je straks in staat bent om het ziekenhuis te verlaten.'

Dina knikte. 'We zullen allemaal blij zijn als je terug bent, Steffi. Vooral Lorenzo! Hij was gisteren heel stil en gesloten, helemaal uit zijn normale doen. Ik denk dat hij je mist.' Ze knipoogde en probeerde een reactie uit te lokken, maar Steffi reageerde niet en er was niets aan haar wat erop kon wijzen dat er meer was tussen die twee. Ze vroeg zich af of die vreemde jongeman van daarnet de oorzaak was van haar terughoudendheid. Dina wist natuurlijk niet dat hun liefde al bezegeld was en Steffi had nu reden genoeg om het haar niet te vertellen.

Toen de drie dames weer vertrokken waren, zat Steffi een hele poos voor zich uit te staren. Haar gedachten draaiden op volle toeren. Als ze aan Lex' woorden dacht, begon haar hart weer angstig te kloppen en brak het zweet haar uit. Ze wist dat hij elk woord meende en dat hij in staat was om te doen wat hij zei. Ze mocht Lorenzo niet in gevaar brengen. Nu ze uiteindelijk had toegegeven aan haar liefde voor hem was ze nog nooit zo gelukkig geweest, zelfs niet op haar gelukkigste dagen met Lex. Ze was niet langer bang geweest om de verkeerde keuze te maken. Lorenzo werd omgeven door een verrukkelijk samenspel van passie, mysterie en hartstocht die ze had gemist in haar eerste relatie en die haar nu overdonderd had. Haar hart kromp in elkaar bij de gedachte dat ze dit alles moest achterlaten. Ze wenste even dat ze hem niet had gekust, dat ze hem niet had leren kennen, dat ze deze reis niet had geboekt. Ze wilde dat ze zijn hart niet hoefde te breken.

Ze haalde diep adem en maakte zichzelf wijs dat ze na deze reis sowieso afscheid moest nemen. Lorenzo was te mooi en te lief om waar te kunnen zijn. Ze hield zich krampachtig vast aan de gedachte dat ze slechts zijn zoveelste overwinning was. Ze had er geen spijt van, ze had genoten van elk moment met hem en alleen het feit dat ze oprecht van hem hield, rechtvaardigde hetgeen ze nu ging doen. Maar ze moest. Er was geen andere weg als ze niet wilde dat hem iets overkwam.

12.

Lorenzo had een bos rode pioenrozen gekocht en liep met een brede glimlach het ziekenhuis binnen. Hij kon haast niet wachten om Steffi te zien en om haar weer in zijn armen te nemen. Hij, die altijd bang was om een vaste relatie te beginnen uit angst voor een teleurstelling, was al vanaf de eerste blik als een blok voor haar gevallen. Hij begreep niet hoe het mogelijk was, maar het voelde zo sterk aan dat het goed zat tussen hen. Het besef dat Steffi ook van hem hield, had hem vleugels gegeven en deed hem nu zweven van geluk.

Met een gelukzalige grijns opende hij de deur van haar kamer om tot zijn ontsteltenis een leeg bed aan te treffen. Het bed was keurig opgemaakt alsof er niemand in had gelegen. Verward en ongerust draaide hij zich weer om. Was er iets gebeurd? Waren er complicaties en bevond Steffi zich in het operatiekwartier? Hij klampte de eerste de beste verpleegster aan die hij kon vinden en vroeg haar met een snel kloppend hart wat er gebeurd was met de patiënte in kamer 154.

'Die is enkele uren geleden vertrokken. Ze wilde niet langer wachten op de goedkeuring van de dokter.'

Lorenzo stond perplex. 'Vreemd. Ze zou hier op me wachten.'

De verpleegster haalde haar schouders op, maar keek opgelucht toen ze een andere verpleegster een kamer uit zag komen. 'Vraag het even aan haar. Zij was erbij.'

Lorenzo haastte zich naar de iets oudere vrouw en keek haar

gespannen aan. 'Wat is er gebeurd met de patiënte van kamer 154? Waar is ze naartoe gegaan?' vroeg hij wanhopig.

De verpleegster schudde haar hoofd. 'Ze heeft me niet verteld waar ze naartoe ging. Ze zei dat ze niet langer kon blijven. Ik heb haar nog aangeraden om te wachten tot de dokter haar onderzocht had, maar ze wilde niet luisteren.'

Lorenzo vroeg zich af waarom ze vervroegd en in haar eentje terug naar het hotel was gegaan. Dat veronderstelde hij tenminste. Was ze tot inzicht gekomen dat ze een relatie met hem toch niet zag zitten, dat ze een vergissing had gemaakt? Zijn hart kromp samen bij die gedachte. Hij mompelde een bedankje en ging met hangende schouders weer de gang door.

De verpleegster keek hem na. Zij zou het wel weten als zij die jonge vrouw uit kamer 154 was geweest. Voor een man als hij, en dan nog met een onweerstaanbaar accent, zou elke vrouw zwichten. Ze zuchtte echter diep. Ach, het waren nu eenmaal haar zaken niet en het leven was zo al ingewikkeld genoeg zonder dat ze zich illusies maakte. En toch... het wás een aantrekkelijke man, dat kon ze niet ontkennen. Met een brede glimlach op haar gezicht verdween ze ten slotte in een kamer.

Bij de ingang van het ziekenhuis legde Lorenzo de bos bloemen achteloos op een bijzettafeltje. Hij had een akelig gevoel dat hij ze niet langer nodig had. Hij kon het maar niet van zich afzetten dat het te maken had met hun pas uitgekomen liefde. Het feit dat Steffi niet op hem had gewacht, gaf hem een sterk vermoeden dat ze zich toch had bedacht. Maar waarom had ze hem dan niet gewaarschuwd, toen ze eenmaal terug in het hotel was gekomen? Waarom had ze hem in de waan gelaten dat ze nog steeds in het ziekenhuis was? Had ze zich in haar kamer opgesloten en wilde ze niets meer met hem te maken hebben? Hij schudde traag zijn hoofd. Hij kon het niet geloven. In ieder geval wilde hij een verklaring en hij zou net zolang bij haar deur blijven wachten tot ze hem binnenliet.

Terug in het hotel liep hij naar Steffi's kamer en zag dat de deur op een kier stond. Een van de poetsvrouwen haalde de lakens van het bed af. Lorenzo duwde de deur wat verder open en zag dat niets wees op de bewoonster ervan. De ruimte leek smetteloos leeg, buiten het meubilair. Met ontstelde blik keek hij de kamer rond en een sterk gevoel van onbehagen steeg langs zijn borst omhoog en bleef in zijn keel steken. Ze was weg. Ze was helemaal weg! In paniek stormde hij terug naar beneden en liep naar de receptie.

'Heeft er iemand van mijn groep het hotel verlaten, François?' vroeg hij aan de man achter de balie.

François knikte. 'Een jonge vrouw. Ze had haar koffers bij zich en is haar sleutel komen afgeven. Ze zei dat ze onverwachts naar huis moest.'

Lorenzo kreunde. Wat was er gebeurd? Was ze tot de conclusie gekomen dat ze toch niet van hem hield? Of was ze bang om met een nieuwe liefde geconfronteerd te worden? Hij kon niets anders bedenken. Maar waarom had ze er niet met hem over gesproken? Verslagen liet hij zijn hoofd hangen. Hij begreep het niet. Hij keek even verweesd en helemaal ontdaan voor zich uit.

Nu moest hij ook de anderen gaan teleurstellen. Ze hadden afgesproken om allemaal in de lounge samen te komen om Steffi te verwelkomen en om samen met haar een glaasje champagne te drinken op haar behouden terugkomst. Iedereen was begaan met haar en hij zou het een bijzondere gelegenheid gevonden hebben om daar hun liefde officieel kenbaar te maken. Hij verwachtte wel dat Pieter het al aan de jongeren had verklapt, maar hij vond dat iedereen het mocht weten en in hun geluk mocht delen. De wetenschap dat het nu helemaal anders zou lopen, deed zijn schouders omlaag zakken. Waarom? Wat had haar ertoe aangezet om niet langer meer om hem te geven? Hij kon op dat moment geen andere oorzaak vinden.

Totaal ontredderd ging hij naar de lounge. Hij wenste dat hij dit niet moest doen, maar hij kon hen niet eeuwig laten wachten. Met opeengeklemde kaken stapte hij de gezellig ingerichte ruimte binnen waar de drie dames al enthousiast begonnen te applaudisseren, maar toen ze niemand zagen volgen, hielden ze abrupt hun handen stil en keken ze Lorenzo met een vragende blik aan. Ook de anderen staarden naar de leegte achter hem in vragende verwachting.

In een hulpeloos gebaar stak Lorenzo zijn handen omhoog. 'Ze was weg,' stamelde hij. 'Toen ik in het ziekenhuis aankwam, was ze weg. Volgens François is ze hier haar koffers komen pakken en is ze vertrokken zonder ons iets te vertellen.'

'Weg? Waar is ze dan naartoe gegaan?' vroeg Dina luid en duidelijk.

'Naar huis. François zei dat onverwachte zaken haar genoodzaakt hadden om halsoverkop te vertrekken. Ik... Ik ben er ook helemaal van ontdaan.'

'Ik schrik er helemaal niet van,' zei Pieter met een boze blik op Lorenzo gericht. 'Waarschijnlijk heeft haar gezond verstand haar aangezet om te vertrekken en dat is allemaal jouw schuld, Lorenzo. Jij hebt haar het hoofd op hol gebracht. Het is uiteindelijk tot haar doorgedrongen dat het gewoon een spelletje van je is en dat je haar nadien weer voor een ander inruilt. Om dat te voorkomen koos ze er liever voor om weg te zijn.' Hij keek met een beschuldigende blik naar Lorenzo. Hij had de anderen niets gezegd van wat hij had gezien. Hij had het vertikt om er ook maar iets over te zeggen en hij was blij dat Steffi haar vergissing op tijd had ingezien. De anderen luisterden met verstomming en begrepen niet direct waarover Pieter het had.

Lorenzo begreep het echter maar al te goed. Het was juist deze jaloezie die hem had doen besluiten om nooit met een vrouw van zijn groep iets te beginnen en hij was die belofte trouw gebleven tot hij Steffi had ontmoet. 'Je vergist je, Pieter. Ik hou echt van Steffi en ik was ervan overtuigd dat zij ook van mij hield. Ik begrijp niet wat haar tot andere gedachten heeft gebracht.'

'Renzo heeft gelijk, Pieter,' kwam Emy ertussen. 'Steffi heeft me zelf verteld dat ze hem erg aardig vindt.'

'Dat is geen nieuws,' zei Dina. 'Dat weten wij al eeuwen! Het feit dat die twee elkaar graag zien is echter geen reden om weg te lopen.'

Emy schudde haar hoofd. 'En zeker niet zonder iemand van ons te verwittigen. Ik vraag me af wat haar ertoe aangezet heeft?'

'Misschien heeft die jongeman er iets mee te maken?' zei Sevelien met een zachte stem.

Lorenzo keek haar verwonderd aan. 'Welke jongeman?'

'Die vreemde man die we gisteren in allerijl haar kamer zagen verlaten. Hij liep ons haast omver.' Dina en Antje knikten nu ook heftig.

'Een verpleger of een dokter?'

Dina nam het gesprek van Sevelien over. 'Nee, een gewone jongeman in short en shirt, met een baseballpet en een zonnebril. Mijn ogen zijn nog goed genoeg om het verschil te kunnen zien.'

Lorenzo trok bleek weg. 'O nee!' Hij wist maar al te goed wat dat betekende en zijn voorgevoel zei hem dat het goed fout zat. Welke jongeman zou haar hier komen opzoeken buiten Lex? Het kon niet anders dan dat hij het was. Wat was er gebeurd? Wat had hij haar verteld of aangedaan dat ze halsoverkop was vertrokken? Hij moest haar achterna! Hij kon haar niet in de steek laten. Maar hij had hier ook zijn verplichtingen en als hij die verplichtingen van zich afschoof, wat hij voor Steffi maar al te graag deed, dan moesten de anderen wel weten wat er aan de hand was. Dat was het minste wat hij kon doen om zijn werkverzuim te verklaren.

Hij schraapte zijn keel en begon vlug en in grote lijnen te vertellen wat Steffi had doorstaan, hoe haar ex haar was gevolgd op deze reis en dat de meeste vreemde gebeurtenissen die op hun reis waren voorgevallen aan hem te wijten waren. Hij besloot met de woorden dat de man die de drie dames hadden gezien niemand anders dan haar ex geweest kon zijn en dat hij door middel van dreigementen er naar alle waarschijnlijkheid voor gezorgd had dat ze haar koffers had gepakt. Waarom wist hij niet, maar hij was vastbesloten om erachter te komen. Hij hield te veel van haar om haar aan haar lot over te laten en hij hoopte dat niemand het hem kwalijk nam dat hij nu achter haar aan ging.

'Natuurlijk nemen we het je niet kwalijk,' bromde Dina. 'Gaan met die banaan en haal Steffi terug. We redden ons hier wel. Desnoods zwalken we de stad maar wat rond.'

Adriaan, de kale gezette eenzaat, kwam naar voor. 'Als je wilt zal ik het wel even van je overnemen, Renzo. Ik ben al een paar keer in Montpellier en in Parijs geweest en ik weet ondertussen al wel wat af van bepaalde gebouwen en musea.'

Lorenzo keek de man voor hem met een dankbare blik aan. Hij was ervan overtuigd dat alles goed zou verlopen als Adriaan de leiding nam.

Hugo stapte nu ook naar voor. 'Terwijl jij Adriaan wegwijs maakt, zal ik naar het station telefoneren om te horen of Steffi daar heeft ingecheckt. Met een beetje geluk is haar trein nog niet vertrokken.' Na deze woorden liep hij dadelijk naar het telefoonhokje.

'Ik hoop dat je nog op tijd bent, Renzo,' wierp Emy zich ook in de strijd.

Antje drukte haar handen tegen haar borst. 'O, ik hoop zo dat alles goed komt. Hadden we geweten wie die man was, dan hadden we hem met onze handtassen bewerkt, zeker weten!'

Sevelien en Dina knikten instemmend.

Even later kwam Hugo terug. 'Vanwege haar privacy wilden ze me niet zeggen of Steffi een ticket heeft gekocht of niet, maar we hebben geluk. Vandaag is er maar één sneltrein met een rechtstreekse verbinding naar Brussel en hij vertrekt binnen een kwartier op spoor vier. Er waren deze namiddag nog wel twee andere treinen die die richting uitgingen en die helaas al vertrokken zijn. Maar ik veronderstel dat Steffi de rechtstreekse zal nemen in plaats van een boemeltrein waardoor ze in veel stations zal moeten overstappen.'

Lorenzo keek op zijn horloge. Van Montpellier naar Brussel was een treinrit van meer dan zeven uur. Als hij haar miste, dan zou het moeilijk zijn om haar terug te vinden. Hij hoopte dat Hugo gelijk had en dat hij nog op tijd zou zijn om haar tegen te houden.

Hij keek even naar de mensen die hij nu in de steek moest laten, maar Adriaan gaf hem een vriendschappelijke por. 'Ga, Lorenzo. Wij lossen het hier wel op. Met wat geluk sta je hier trouwens binnen een uur weer, en is dat niet het geval dan rooien we het wel net zolang je nodig hebt.'

'Zeg haar dat je van haar houdt, en dat we met z'n allen hopen om haar vlug terug te zien,' deed Dina er nog een schep bovenop.

Lorenzo zag de anderen instemmend knikken. Hij keek hen allen dankbaar aan, draaide zich toen met een ruk om en rende naar het station.

Daar aangekomen liep hij met twee treden tegelijk het perron van spoor vier op. De trein stond er al, klaar om te vertrekken. Hij keek met een hoopvolle blik naar de mensen die op de banken naast het spoor zaten en naar de personen die met koffers naar de trein zeulden, maar hij zag nergens haar bekende gestalte. Zat ze er al in? Of was ze toch eerder vertrokken met een andere trein? Nadat hij overtuigd was dat ze niet op het perron stond, glipte hij de trein in en zocht gejaagd de wagons af. Een stem door de luidsprekers vertelde dat de trein ging vertrekken. Met kloppend hart stapte hij de voorlaatste wagon binnen in de hoop haar te vinden. Een fluitsignaal weerklonk en hij wist dat hij nu uit de trein moest stappen of dat hij gedwongen was om mee te rijden tot de volgende halte, wat volgens zijn weten Toulouse moest zijn. Hij kon echter niet weg, niet voordat hij zekerheid had. De trein zette zich in beweging en hij keek gespannen naar elke passagier in de hoop haar te zien. De teleurstelling was echter op zijn gezicht af te lezen toen hij ook de deur van deze wagon achter zich dichttrok en de laatste binnenging. De vrees dat Steffi een vroegere trein had genomen, werd steeds groter. In de laatste wagon zaten veel gezinnen met kinderen, waardoor het er heel druk was. Enkele kleine jongens liepen door het gangpad heen en weer. Hij richtte zijn ogen op de mensen die er zaten en bad haast in zijn binnenste dat ze hier zou zijn. Maar zijn gebeden werden niet verhoord. Steffi was nergens te zien. Hij zette zich neer op de enige lege plaats die er nog was en staarde wanhopig en geheel ontredderd door het raam. Hij had sterk het gevoel dat hij gefaald had. Hij had gefaald om haar te beschermen, hij had gefaald om haar te geloven en hij had gefaald om haar te vinden. Hij drukte zijn voorhoofd tegen het koele glas en zuchtte diep en pijnlijk.

13.

Steffi kwam terug van het toilet en begaf zich naar haar plaats. Daar staarde ze nietsziende door het raam naar het voorbijglijdende landschap dat baadde in de zon. Velden met gele zonnebloemen afgewisseld met glooiende hellingen vol paarsblauwe lavendel vormden prachtige, natuurlijke schilderijen en waren een lust voor het oog. Maar Steffi merkte de schoonheid niet eens op. Ze was langer op het toilet gebleven dan nodig, zodat ze haar tranen daar even de vrije loop kon laten. Pas toen de trein zich al een tijdje in beweging had gezet, had ze haar rood behuilde ogen met wat water opgefrist en was ze weer naar haar plaats gegaan.

Maar ze kon hem niet van zich afzetten. Haar gedachten waren bij Lorenzo en haar hart deed pijn. Ze hield van hem, maar het was juist deze liefde die haar deed besluiten om weg te gaan. Hun liefde was nog pril, ze zou er zo overheen zijn en Lorenzo zou al vlug iemand anders gevonden hebben, maakte ze zichzelf wijs. Maar de gedachte daaraan deed haar kreunen. Het was voorbij. Even had ze mogen proeven van het geluk en nu moest ze verder met haar leven. Ze was op weg naar huis en ze was ervan overtuigd dat Lex haar zou volgen. Lorenzo was veilig en dat was haar grootste betrachting. De angst en vrees dat Lex hem iets zou aandoen, maakte dat ze niet langer kon blijven. Ze moest gaan, ze wilde het risico niet nemen. Maar het viel haar zwaar, heel zwaar. Niet alleen omdat ze Lorenzo en haar vrienden moest achterlaten, maar ook omdat Lex haar zo in zijn macht had. Hield het dan nooit op?

Ze voelde de tranen weer achter haar ogen prikken. Ze was blij dat ze alleen zat en dat ze niet gedwongen werd om een gesprek te beginnen. Haar gevoel stond er niet naar. Haar koffer, die ze rechtopstaand tussen de twee banken in had gezet, belette andere mensen om op de lege plaatsen plaats te nemen zodat ze de ruimte voor zich alleen had. Zolang er plaatsen vrij waren, liet de conducteur het oogluikend toe en hoefde ze het zware ding niet boven haar hoofd te tillen om het in het bagagerek te plaatsen. Nu stond het echter in de weg om haar benen goed te kunnen plaatsen en ze zocht een goede houding toen plots een gestalte zich naast haar neer liet vallen en haar met een grijns op zijn gezicht aankeek.

Steffi's hart leek stil te staan van de schrik.

'Ik ben blij dat je naar me geluisterd hebt, Steffi. Zodra je in de trein gestapt was, ben ik je achternagegaan, maar niet voor ik in het station nog vlug enkele donuts heb gehaald om het te vieren.' Hij grijnsde en hield haar een papieren zak voor. 'Jij ook een?'

Steffi was even de kluts kwijt. Ze had hem hier helemaal niet verwacht tussen al die mensen in de trein en zeker niet in zo'n goede bui. De aanwezigheid van anderen stelde Steffi enigszins gerust. Met zoveel getuigen durfde hij niets tegen haar te beginnen zonder opgemerkt te worden. Jammer dat hij weer zijn zonnebril en baseballpet droeg.

'Ik hoef niets van je, Lex. Je hebt nu je zin door me te dwingen naar huis terug te keren en ik wil dat je me verder met rust laat,' declareerde ze moedig.

'Je bent een groot meisje, Steffi. Jij hebt zelf besloten om naar huis te gaan.'

Ze keek hem met een stekende blik aan, maar was te verbouwereerd om hem een antwoord te kunnen geven. Hoe kon hij in vredesnaam denken dat hij geen schuld had? Maar zijn volgende woorden onthutsten haar nog meer.

'Waarom kunnen wij niet opnieuw beginnen, Steffi? Ik hou zo van je en ik kan niet zonder jou. Wij horen bij elkaar en daar kan niemand tussenkomen.'

'Ben je gek geworden? Ik wil helemaal niet naar je terugkomen! Geen haar op mijn hoofd denkt eraan om me weer te laten mishandelen.'

Hij keek haar met smekende puppyogen aan. 'Ik zal je met geen vinger meer aanraken, liefje. Dat beloof ik je.'

'O? En het pesten dan? Je bent nooit gestopt met me te kwetsen, Lex. Zelfs nu doe je me pijn.'

'Het spijt me, Steffi. Maar je moet toch begrijpen dat ik niet zonder je kan en dat het niet erg netjes van je was om me zonder meer aan de kant te zetten voor iemand anders?'

Het was lang geleden dat ze hem nog zo lief had horen praten. Ze besefte dat hij zich niet eens realiseerde wat hij kapot had gemaakt.

'Wat jij hebt stukgemaakt, kan niet meer gelijmd worden, Lex. Ik heb van je gehouden. Ooit. Maar die liefde is voor altijd weg. Ik wil dat je voor eens en voor altijd beseft dat ik nooit naar je terugkom en dat jij voorgoed tot het verleden behoort.'

Haar tegenspraak begon hem te irriteren. 'Waarom moet je altijd alles weer verknallen! Denk maar niet dat ik toelaat dat je ooit van iemand anders kunt houden. Je kunt kiezen tussen een hemel bij mij of een hel ergens anders.'

'Afgeranseld worden noem ik niet bepaald een hemel, Lex. Je kan mij niet de schuld geven, dat moet je bij jezelf gaan zoeken.' Steffi was nu niet bang om hem van antwoord te dienen. Hij zou zich wel inhouden met al die reizigers om hen heen.

Lex probeerde het nog een laatste maal. 'Vergeef het me, alsjeblieft? Ik zal je echt met geen vinger meer aanraken. Ik ben nooit gestopt om van je te houden, Steffi. Toe, laten we opnieuw beginnen. Geef me nog één kans en je zal zien dat ik alles weer goedmaak. Eén kans.'

Ze hoorde zowaar een snik door zijn woorden en het leek alsof hij het echt meende. Maar Steffi was nuchter genoeg om te beseffen dat dit maar loze woorden waren. Ze had hem in het verleden al zoveel kansen gegeven en telkens weer verviel hij in hetzelfde patroon. Voor haar was het definitief voorbij. Haar liefde was eerder omgedraaid naar haat door alles wat hij haar had aangedaan. Ze kon het dan ook niet laten om hem weer op zijn plaats te zetten.

'Denk je dat ik zomaar kan vergeten wat jij me hebt aangedaan? Niet alleen tijdens ons samenwonen, maar ook daarna? Ik kon haast geen oog meer dichtdoen omdat ik telkens weer een pesterij van je verwachtte en bovendien was je nog te laf om toe te geven dat jij erachter zat.'

'Nu maak je het toch te bont, liefje. Je mag me niets in de schoenen schuiven waar ik niets mee te maken heb. Dat is niet eerlijk.'

'Het is ook niet eerlijk om te doen alsof je neus bloedt! Of wil je ontkennen dat je me heel deze reis hebt gevolgd, ook al zit je zogezegd in een hotel op Kreta?'

Hij lachte honend. 'Het gaat om de bewijzen, Steffi. De politie is al meerdere keren bij me geweest omdat jij het niet kon laten om een klacht tegen me in te dienen, maar ze hebben nooit iets kunnen bewijzen. Ook nu niet. Ze zullen op den duur denken dat je aan paranoia lijdt en dat wil je toch zelf niet? Kom bij me terug, Steffi. Dat is de enige manier om je leven draaglijk te maken. Ik beloof je dat ik je goed zal behandelen. Ik heb mijn lesje nu wel geleerd.'

'En ik dat van mij. Ik laat me niet meer door jou imponeren, Lex. Ga nu alsjeblieft weg. Ik wil je nooit meer zien.'

Haar krachtig uitgesproken woorden vertelden hem dat ze bij haar standpunt bleef en hij kreeg het gevoel alsof ze hem voor een tweede keer afwees. Een onbeheerste woede nam bezit van hem. Ze zag dat zijn gezicht rood begon aan te lopen en dat hij zich heel sterk moest inhouden om zijn woede niet tot uiting te brengen. Gelukkig voelde ze zich hier betrekkelijk veilig. Als hij haar pijn deed, kon ze gillen en ze rekende erop dat er altijd wel iemand was die haar wilde helpen.

Maar ze had er niet op gerekend dat hij geslepen was. Hij greep zijn kans toen de conducteur aan het andere eind de wagon binnenkwam om de tickets te controleren. Iedereen ging druk op zoek in zijn handbagage of broekzakken om het ticket boven te halen zodat ze even waren afgeleid en ze weinig om zich heen opmerkten. Hij greep haar arm vast en trok haar met een ruk achter zich aan het korte stukje gangpad door. Voor ze van de verbazing en schrik bekomen was, bevonden ze zich al in het tussenstuk tussen twee wagons. Hij siste vrijwel meteen in haar oor: 'Als je durft te gillen, dan kus ik je om het geluid te smoren en breek ik ondertussen je arm.' Zijn ogen vlamden en Steffi wist dat hij het meende en dat hij daartoe in staat was. Gelukkig bestonden de schuifdeuren uit glas, zodat hij haar hier niet kon slaan zonder opgemerkt te worden.

'Laat me los, Lex,' probeerde ze zwak. Maar ze wist dat het geen zin had. Op dit ogenblik wilde hij zijn macht maar al te graag aan haar tonen. Ze zat in de val. Ze zat als een rat in de val en ze wist dat hij op het punt stond om zijn woede op haar uit te leven. En ze wist in een flits ook waar hij dat van plan was te doen. Op de enige plaats waar ze ongestoord zouden zijn in deze drukbezette trein.

Hij trok haar arm in een ijzeren greep achter haar rug, ging vlak achter haar staan zonder haar los te laten, sloeg zijn andere arm bezittelijk over haar borst, zette zijn mooiste glimlach op, opende de schuifdeur en dwong haar het gangpad door naar het einde van de volgende wagon. Af en toe zoende hij haar liefkozend op haar wang. De reizigers die aan beide kanten naar hen opkeken, zagen alleen maar een verliefd paartje en stonden er verder niet bij stil. Het duurde dan ook niet lang voordat ze het tussenstuk bereikten waar het toilet zich bevond. Lex vloekte toen hij zag dat de ruimte bezet was. Hij kon dus niets anders dan wachten.

Steffi jammerde zacht en probeerde wanhopig om hem op andere gedachten te brengen. 'Waarom, Lex? Waarom doe je me dit aan?'

'Het is je eigen fout, Steffi! Een slet verdient niet beter dan gestraft te worden. Maar eerst wil ik nog even van je genieten. Je bent nog altijd van mij, dus heb ik daar recht op en het lijkt me wel lekker spannend in een trein,' fluisterde hij in haar oor.

'Je kan hier niet weg, Lex. Iedereen zal weten wat jij hebt gedaan.'

'Bewijs het maar. Tegen de tijd dat ik met je klaar ben, zijn we op het volgende station en verdwijn ik met stille trom. En nu stil! Ik wil niets meer van je horen.' Hij kneep nog wat harder in haar arm zodat de tranen in haar ogen sprongen en ze een korte gil slaakte. Maar hij smoorde het geluid met een harde kus en keek met genoegen naar de angst en de pijn die haar ogen weergaven.

De klik in de deur gaf aan dat het toilet dadelijk vrij zou zijn.

In de wagon ernaast keek Lorenzo nog steeds moedeloos voor zich uit. Omdat een van de kinderen graag door het raam keek, was hij van plaats veranderd en hij zat nu langs het gangpad. Normaal gesproken zou hij een gesprek aangegaan zijn met de jongen naast hem, maar nu waren zijn gedachten zwaar en mistroostig en hield hij het kort, zonder zijn gebruikelijke enthousiasme. Het feit dat hij Steffi niet had kunnen helpen woog zwaar. Nu restte hem niets anders dan bij de volgende halte uit te stappen en terug naar Montpellier te gaan. Hij voelde zich schuldig en tekortgeschoten.

Zuchtend liet hij zijn hoofd tegen de rugleuning zakken en keek nietsziende door de gang voor zich uit. Een beweging achter de glazen schuifdeur trok zijn aandacht. De jongen naast hem was net naar het toilet gegaan en hij zag dat er anderen stonden te wachten. Afwezig staarde hij naar de gestalten achter de deur die niet duidelijk te zien waren door de reflectie van het interieur op het glas. Het leek een man met een pet en zonnebril met naast hem een iets kleinere gestalte van een vrouw of een tiener. Van de laatste kon hij nog minder zien omdat de man ervoor stond. Toen de kleinere gestalte zich wat meer naar voren bewoog, rechtte hij plots zijn rug. Steffi? Hij dacht dat hij zich vergist moest hebben, maar nu hij nog wat beter keek leek ze er toch wel sterk op.

Net op het moment dat hij opstond en naar de tussenruimte liep om er zeker van te zijn dat zij het was, ging de toiletdeur open. De jongen kwam eruit en hij zag dat de man de vrouw erin duwde en haar achternaging terwijl hij de deur achter zich wilde sluiten. Lorenzo liep in zijn haast de jongen bijna omver en was nog net op tijd om de toiletdeur vast te grijpen voordat Lex hem helemaal dicht kon doen. Met al zijn kracht rukte hij de deur weer open. Lex, die geen tegenstand had verwacht, werd daardoor weer naar buiten getrokken. In één ogenblik zag Lorenzo Steffi bleek en in elkaar gedoken tegen de wand staan, in het volgende steeg zijn woede naar onbekende hoogte. Alleen al bij het zien van haar angst wist hij wat er gaande was. Zonder ook maar één ogenblik te aarzelen, gaf hij Lex een stevige rechtse tegen zijn kaak, zodat hij tegen de wand van de trein aanbotste en zijn zonnebril op de grond viel. Lex wreef met zijn hand over zijn pijnlijke kaak. In alle consternatie had hij nog niet dadelijk gezien wie er voor hem stond. 'Wat bezielt je, man?'

Lorenzo ging dreigend voor hem staan. 'Als je nog één vinger naar Steffi uitsteekt, dan zul je maar al te goed weten wat ik beziel. Dan stopt het niet met één vuistslag, wees daar maar zeker van!'

Lex ogen werden groot nu hij zag wie hij voor zich had. Hoe kon die kerel hier zijn? Hij had iedereen de trein in zien gaan.

Hij stond op, nog altijd over zijn wang wrijvend, en probeerde te grijnzen, wat hem niet goed lukte. 'Waarom denk je dat wij samen in de trein zitten? Steffi is uit vrije wil met me meegegaan. Ze wil niets meer met jou te maken hebben.'

Deze woorden sloegen Lorenzo even met verstomming. Verbaasd keek hij naar Steffi die als in shock naar het tafereel staarde.

'Kom hier, Steffi,' commandeerde Lex. 'Laat die woesteling hier weten dat je bij mij hoort. Je weet toch wat we hebben afgesproken?' Zijn ogen keken haar indringend en dreigend aan om haar eraan te herinneren dat Lorenzo zou boeten als zij niet naar hem luisterde.

Steffi kwam als in trance het toilet uit en ging naar hem toe. Maar ze bleef iets voor hem staan en schudde traag haar hoofd. 'Je hebt verloren, Lex. Renzo heeft je nu ook herkend. Deze keer ontkom je er niet aan.'

'Nou, en? Ik mag deze trein nemen zoveel ik wil en ik heb niemand kwaad gedaan. Dat kan van deze imbeciel niet gezegd worden. Ik zal ervoor zorgen dat ze hem bij het volgende station oppakken voor slagen en verwondingen aan onschuldige treinreizigers.' Hij keek Lorenzo met een hatelijke blik aan.

'Doe dat!' reageerde Lorenzo. 'Ondertussen kan ik de politie een bewijs laten zien dat je onder valse voorwendselen een hotel hebt geboekt op Kreta en daar onder jouw naam iemand anders hebt laten logeren. Het feit dat ik eveneens kan getuigen dat ik je gedurende deze reis verschillende keren heb gezien, zal dat bewijs alleen maar staven en je de das omdoen. Je kan geen kant meer op en je zult eindelijk gestraft worden voor alles wat je Steffi hebt aangedaan.'

Vanaf het ogenblik dat hij Lex zonder zonnebril zag, was het hem opgevallen dat dit niet dezelfde man was als op de foto die Kostas hem had toegestuurd. Hij begreep dadelijk hoe de vork in de steel zat. Steffi had al die tijd gelijk gehad. Hij was haar heel de reis gevolgd en nooit op Kreta geweest. Maar nu was zijn spelletje uit.

Lex keek hem met een woedend en verwrongen gezicht aan. Zijn zorgvuldig opgezette plannetje leek in duigen te vallen. Dat kon hij niet zomaar laten gebeuren. In een fractie van een seconde greep hij Steffi vast, trok haar met een ruk naar zich toe, klemde zijn arm vast om haar hals en hield haar als een schild tegen zich aan. Hij was geen held als het erop aankwam om zich te verdedigen tegen een gelijke. Hij hield het liever bij iemand die zwakker was dan hij. Hij wist dat het nu niet zo lang meer zou duren voordat ze bij het eerstvolgende station aan zouden komen. Hij zou zijn kans afwachten en als eerste naar buiten springen om in alle anonimiteit tussen de mensen op het perron te verdwijnen. Hij was niet van plan om Steffi los te laten. Helemaal niet. Zij hoorde bij hem en bij niemand anders.

'Durf niet dichterbij te komen of ik knijp haar keel nog wat verder dicht!' gromde hij gevaarlijk.

'Laat haar los, idioot,' eiste Lorenzo woedend. Hij keek naar het bleke, angstige gezicht van Steffi en besefte wat er door haar heen moest gaan. 'Wat denk je daarmee te bereiken? Je kunt geen kant meer op. Maak het nu niet erger dan het al is.'

Lex keek hem met een giftige blik aan. 'Ik méén het!' Om zijn woorden kracht bij te zetten rukte hij Steffi's onderarm zo krachtig op haar rug naar boven dat ze een kreet van pijn slaakte. 'Als je wilt dat haar niets overkomt, dan laat je ons met rust!'

Lorenzo stond machteloos. Hij begreep maar al te goed dat deze man niet zou aarzelen om te doen wat hij zei.

Steffi had tot hiertoe nog geen woord gezegd, maar ze voelde dat haar krachten het gingen begeven. Haar lichaam was nog niet helemaal hersteld van haar strijd in het water en het trauma van een verdrinkingsdood, en nu kwam dit er nog eens bovenop. De druk van zijn arm om haar keel gaf haar weer het gevoel dat ze zou stikken. Ze probeerde wanhopig met haar vrije hand zijn arm los te wrikken, maar dan trok hij haar andere arm wat hoger zodat de pijn haar deed stoppen. Bovendien was ze zo bang voor hem dat ze geen woord over haar lippen kreeg. De angst verlamde haar. Haar knieën begonnen te knikken. Ze probeerde tevergeefs om de duizelingen tegen te gaan die steeds heviger opkwamen. Maar ten slotte moest ze haar weerstand laten varen. Het was te veel voor haar verzwakte lichaam. Ze voelde hoe ze langzaam wegzakte tot de duizelingen aan elkaar sloten en ze uiteindelijk weggleed in een alles vergetende zwarte stilte.

Nu haar lichaam plots slap in zijn armen hing, werd Lex even van de wijs gebracht en had hij al zijn kracht nodig om haar tegen zich aangedrukt te houden. Lorenzo profiteerde van dit ogenblik. Nu Steffi's hoofd schuin naar beneden hing en Lex zijn evenwicht nog niet geheel had hervonden, zag hij een kans om hem vol te raken. Woedend haalde hij uit en trof Lex met een doffe klap op zijn linker onderkaak, haast meteen gevolgd door een licht krakend geluid. Verrast en met een kreet van pijn liet hij Steffi los terwijl hij achterover tegen de wand van de trein botste en daar in elkaar zakte.

Steffi zou als een lappenpop op de grond gevallen zijn als Lorenzo haar niet had opgevangen en haar beschermend tegen zich aandrukte. Hij hield haar slappe lichaam stevig in zijn armen en keek woedend neer op de bloedende man tegen de wand. Lex' lip was gescheurd en een straaltje bloed liep over zijn kin en drupte op zijn shirt. Gezien zijn hangende wang was ook het kaakbot gebroken. Hij lag half tegen de wand aan en gilde als een speenvarken. Lorenzo's knokkels waren opengehaald door de slag en zijn hand deed behoorlijk pijn, maar hij negeerde het. Hij maakte zich vooral zorgen om Steffi. Het feit dat ze was flauwgevallen deed het ergste vermoeden. Enkele reizigers, die het gevecht en het gegil door de glazen deur hadden gezien en gehoord, waren de conducteur gaan waarschuwen. Hij kwam nu, samen met een potige veiligheidsman, het tussenstuk binnen en keek verbaasd naar de gewonde man op de vloer en de bewusteloze vrouw in Lorenzo's armen.

'Wat is hier aan de hand?' vroeg hij bars en duidelijk.

'Hij heeft me geslagen!' jammerde Lex zo goed als hij kon met zijn gewonde kaak.

De conducteur keek naar de bewusteloze Steffi en vermoedde dat het om de vrouw ging. 'Is ze eveneens gewond?'

Lorenzo knikte. 'Ze heeft een dokter nodig. Gelukkig heb ik erger kunnen voorkomen. Als ik er niet net op tijd bij was geweest, dan had hij haar verrot geslagen zoals hij in het verleden altijd al graag heeft gedaan.'

'Hij liegt! Het is mijn vrouw. Hij wil haar van me stelen.'

'Dat zullen jullie dan toch aan de politie moeten uitleggen. Ik zal hen verwittigen zodat ze jullie in Toulouse kunnen oppikken. En een ambulance is zo te zien ook wel wenselijk. Ondertussen zal ik even navragen of er iemand is die eerste hulp kan geven.' Na deze woorden verdween hij weer en bleef de potige man alleen achter, zich hullend in een imponerend stilzwijgen.

Toen de conducteur terugkwam, had hij niet alleen iemand bij zich die een verpleegster bleek te zijn en die zich bereid voelde om met hem mee te komen, maar ook een paar dekens om de gewonden te bedekken. Het stiet Lorenzo tegen de borst dat de verpleegster eerst naar Lex toe ging om hem de eerste zorgen toe te dienen. In zijn ogen verdiende hij het niet.

'Deze man moet naar het ziekenhuis,' zei ze na een eerste vaststelling. 'De snee op zijn lip moet gehecht worden en zo te zien is het kaakbot gebroken.' Ze keek even met een vernietigende blik naar Lorenzo alsof ze hem schuldig achtte voor alles wat hier gebeurd was. Pas daarna bekommerde ze zich om Steffi en probeerde ze haar bij te brengen door haar zachtjes tegen haar wang te tikken. Het viel haar op dat haar hals en armen rood waren door de druk van Lex' vingers en dat er hier en daar al een blauwe waas doorschemerde. Ze keek weer met een boze blik naar Lorenzo en wees naar Steffi's armen. 'Heb jij dat gedaan?'

Lorenzo wees met zijn hoofd naar Lex' gestalte. 'Vraag dat maar aan hem. Hij schept er blijkbaar een waar genoegen in om vrouwen in elkaar te slaan.'

'Spreek voor jezelf, man,' wauwelde Lex.

De verpleegster, een vrouw van middelbare leeftijd die in haar leven al heel wat leed had gezien, wist maar al te goed waartoe mensen in staat waren. In dit geval leek het erop dat ze elkaar beschuldigden. Nou ja, het was niet haar taak om te bepalen wie waaraan schuldig was. Dat liet ze graag aan de politie over.

Het duurde even voor ze erin slaagde om Steffi weer bij te brengen en ze zag dat de jonge vrouw pas rustiger werd toen Lorenzo zich naast haar neerzette en haar geruststellend tegen zich aantrok. Nadat de verpleegster ook Steffi had onderworpen aan een oppervlakkig onderzoek en ze geen andere verwondingen zag dan haar gekneusde hals en armen, ging ze weer naar haar eigen plaats toe. De conducteur verwittigde de reizigers van de aansluitende wagons dat ze naar een andere uitgang moesten uitkijken indien ze in Toulouse wilden uitstappen, omdat deze ruimte moest worden vrijgehouden voor de gewonden en de hulpdiensten. Hij verdween even later, waarschijnlijk om de politie en ambulance op de hoogte te brengen van wat de verpleegster had vastgesteld.

De veiligheidsman bleef bij hen en hield alles goed in de gaten. Hij hoefde echter niet bang te zijn dat er nog een schermutseling zou plaatsvinden. Die ene man lag uitgeteld en kermend tegen de wand en de andere man was niet bij de vrouw weg te slaan.

Even later minderde de trein vaart, wat betekende dat ze Toulouse naderden. De man met de spierballen ging bij de deur staan en wachtte geduldig tot de trein op het station stopte. Toen de deuren opengingen, stapte de man het perron op, om zich heen kijkend om te zien waar de hulpdiensten zich bevonden zodat hij hen een teken kon geven waar ze moesten zijn.

Lorenzo keerde Lex zijn rug toe en hielp Steffi voorzichtig omhoog. Daardoor zag hij niet dat Lex eveneens opstond. Hij was gedurende al die tijd kermend blijven liggen, jammerend zijn kaak vasthoudend en amper in beweging, zodat iedereen dacht dat hij niet meer in staat zou zijn om op te staan. De angst dat hij zich er deze keer niet onderuit kon praten en dat er weleens een gevangenisstraf aan vast kon zitten, gaf Lex vleugels. Hij verbeet de pijn in zijn gehavende kaak en voordat Lorenzo of de veiligheidsman het in de gaten had, glipte hij vliegensvlug naar buiten. Door de drukte op het perron was hij weldra tussen de menigte reizigers verdwenen, zijn hand tegen zijn wang gedrukt in een poging om de pijn wat te minderen en om het bloed voor de mensen te verstoppen.

De veiligheidsman stak juist zijn arm op om de politie attent te maken op de juiste wagon, toen een beweging zijn hoofd weer deed keren. Hij zag nog net hoe Lex tussen de mensenmassa verdween. In een impuls wilde hij hem achterna hollen, maar hij bedacht zich, omdat hij daardoor ook Lorenzo en het meisje de kans zou geven om te ontsnappen. Hij zag dat de hulpdiensten al zijn kant uitkwamen, de ziekenwagen met de sirene aan zodat de mensen plaatsmaakten om het voertuig door te laten. Vlug gaf hij wat aanwijzingen aan de politie en een paar van hen liepen dezelfde richting uit die Lex genomen had. Steffi werd op een draagbaar gelegd en even later verdween de ambulance naar het dichtstbijzijnde ziekenhuis. Lorenzo kon niet dadelijk met haar mee. Hij werd door de politie meegenomen en moest eerst zijn verhaal doen op het politiebureau. Omdat Lex verdwenen was en geen klacht tegen Lorenzo had ingediend, kreeg hij alleen maar een boete voor het verstoren van de rust en de veiligheid in de trein en mocht hij na het vertellen van zijn eigen verhaal vertrekken.

Steffi zat al die tijd in angst en spanning op Lorenzo te wachten. De behandelende dokter kon haar niet vertellen waarom hij was opgepakt en bovendien was ze bang dat Lex hem iets zou aandoen. Nu hij gevlucht was, kwam de angst nog heftiger naar boven dan voordien.

Toen Lorenzo haar kamer uiteindelijk binnenkwam, trof hij haar dan ook met een angstige blik aan, maar de glimlach van opluchting die meteen daarna op haar bleke gezicht verscheen maakte veel goed. Hij ging naast haar op de rand van het bed zitten, zoende haar zacht op haar wang en pakte haar hand vast. 'Het spijt me dat ik niet eerder bij je kon zijn, liefje. De politie heeft me even opgehouden. Ze moesten natuurlijk weten wat er was gebeurd. Hoe gaat het met je?'

'Het gaat wel. Waarschijnlijk ben ik gewoon flauwgevallen omdat de spanningen me wat te veel werden. Volgens de dokter ben ik in staat om verder te reizen, mits ik me verder rustig en kalm houd.'

'Verder reizen? Ik dacht dat je door hem gedwongen werd om weer naar huis te gaan, maar nu hij weg is hoef je toch niets meer te vrezen?'

'Ben je al vergeten dat hij daar buiten nog ergens rondloopt, Renzo?'

'Wees maar niet bang, lieverd. Hij is gevlucht omdat hij weet dat ik een bewijs heb waardoor hij opgepakt kan worden. Volgens mij gaan we hem niet meer te zien krijgen.'

'Was het die foto? Wat is er dan op te zien?'

'De vraag is meer wat er niet op te zien is. Nu ik zijn gezicht heb gezien, kan ik met alle zekerheid stellen dat de man op de foto je ex helemaal niet is. Hij heeft iemand anders onder zijn naam in het hotel laten verblijven. Eveneens groot en blond, zoals jij hem beschreven hebt, maar met een ander gezicht. Deze foto bewijst dat hij niet op Kreta was en dus kunnen we stellen dat hij je gevolgd is vanaf het moment dat hij wist waar je naartoe was. Je hebt al die tijd gelijk gehad, liefje. Je intuïtie heeft je niet in de steek gelaten.'

'Toch ben ik er niet gerust op. Hij zal zich misschien wel even gedeisd houden tot hij hersteld is, maar hij is enorm wraakzuchtig.'

'En bang om klappen te krijgen! Ik ken mannen van zijn soort, Steffi. Ze zijn laf en ze meten zich niet graag met mannen die even sterk zijn. Ze nemen liever een gewillig slachtoffer dat ze kunnen bewerken zonder zelf een klap te krijgen.'

Steffi schudde echter kordaat haar hoofd. 'Ik ga naar huis, Renzo. Ik neem liever geen risico's.'

Hij zuchtte diep in de wetenschap dat hij haar dit keer moeilijk tot andere gedachten kon brengen. Het verwonderde hem niet na al wat ze de laatste dagen had meegemaakt. Haar zenuwen moesten tot het uiterste gespannen zijn.

'Dan zul je niet alleen mij, maar ook de anderen teleurstellen, Steffi. Ze zitten allemaal te wachten tot ik met je terugkom.'

'Zeg hen dat het me spijt, maar dat ik niet anders kan. En bedank hen voor hun vriendschap en gezelligheid. Ik zal hen nooit vergeten.'

'Hoe zit het dan met ons, Steffi? Betekent dat dan niets voor je? Ik wil je niet verliezen.'

Ze glimlachte wrang. 'Ik hoop dat je ooit gelukkig wordt, Renzo.'

Ze kon hem niet zeggen dat ze van hem hield. Dat zou geen oplossing bieden. Ze moest hem laten voelen dat ze een relatie met hem niet zag zitten. Alleen op deze manier kon ze instaan voor zijn veiligheid. Ze wilde hem niet zeggen dat ze hem nooit zou vergeten. Dat wist ze zo ook wel. Dat voelde ze tot in het diepste van haar hart. Maar ze wist ook waartoe Lex in staat was.

'De dokters houden me een nacht hier om me over de shock

heen te helpen. Ik heb al een taxi besteld om me morgen terug naar het station te brengen. Ze houden mijn bagage daar zolang in bewaring. Alles is al geregeld. Het gaat je goed, Renzo.' Na deze woorden draaide ze haar gezicht van hem weg, omdat ze bang was dat hij de tranen zag die haar ogen vulden.

Er drukte een steen op Lorenzo's maag nu hij begreep dat dit het keerpunt was. Nu hij eindelijk een vrouw had gevonden waar zijn hart naar hunkerde, moest hij lijdzaam toezien dat dit niet voor hem was weggelegd. Hij schudde zijn hoofd in onmacht. Hij voelde de neiging om haar schouders beet te pakken en haar toe te schreeuwen dat hij van haar hield. Maar hij kon haar niet dwingen om ook van hem te houden. Omdat ze verder zweeg en haar gezicht van hem afgewend hield, begreep hij maar al te goed dat ze wilde dat hij wegging. Met hangende schouders liet hij haar hand los, stond op en verliet als een gebroken man de kamer. Steffi keek hem niet na, maar de tranen stroomden over haar wangen.

14.

Lutgarde keek met een bezorgde blik naar haar dochter die voor het raam stond en nietsziende naar de tuin staarde waar een miezerige regen alles natmaakte. Steffi was zichzelf niet. Dat was nu al twee weken zo en er leek geen verandering in te komen. Zelfs Noor kon haar niet opgepept krijgen. Ze bleef stil en in zichzelf opgesloten. Lutgarde maakte zich zorgen. Steffi had haar verteld dat haar vakantie niet zo rooskleurig was verlopen als ze had laten blijken. Volgens haar eigen woorden was Lex haar gevolgd en had hij haar het leven zuur gemaakt. Daarom was ze vervroegd teruggekeerd. Ginds had ze er toch niets meer aan. Steffi was niet in detail gegaan en wilde verder niet veel kwijt, maar het kwam erop neer dat ze zelfs op reis niet van hem af kon komen.

Lutgarde voelde een felle woede in zich opkomen. Bah! Ze zou Lex wel eigenhandig willen wurgen! Waarom kon hij haar dochter niet met rust laten? Had ze nog niet genoeg moeten meemaken? De reis was in de eerste plaats bedoeld geweest om Steffi's gedachten te verzetten, om eindelijk even van hem verlost te zijn. Wat was er misgegaan? Hoe had hij haar kunnen vinden? Volgens Noor, die ze telefonisch had gesproken zonder dat Steffi ervan op de hoogte was, had Steffi heel deze reis het gevoel gehad dat Lex haar volgde en haar kwaad wilde doen, maar dat kon, toen, volgens Noor niet omdat ze heel zeker wist dat hij op hetzelfde moment een vakantie op Kreta had geboekt. Het bleek nadien toch waar te zijn en hij had geen kans onbenut gelaten om haar te treffen.

Ze had zo met haar meisje te doen. Het leek wel alsof hij haar nu voorgoed had gebroken, alsof hij alle energie uit haar weg gepest had. Kon ze maar iets doen om haar te helpen, maar ze had al zo dikwijls bij de politie haar beklag gedaan en hen haast gesmeekt om hem op te pakken. Helaas konden ze niets doen zonder duidelijke bewijzen en volgens Steffi had hij zich overal voldoende ingedekt om uit handen van de politie te blijven.

Het feit dat haar kind de deur haast niet meer uit kwam en er helemaal verloren bij liep, was echter niet normaal en maakte dat ze zich steeds meer zorgen ging maken. Was er iets gebeurd wat ze haar niet had verteld? Of was er nog iets anders wat meespeelde en had het niet alleen met Lex te maken?

Zelf was ze een paar dagen voor Steffi's thuiskomst van een heerlijke reis teruggekomen die ze samen met George had doorgebracht. Nadien was hij bij haar gebleven en leek voor haar gevoel de reis nog verder te gaan. Ze had nooit gedacht dat ze op haar leeftijd nog als een puber verliefd kon worden, met vlinders in haar buik en een allesoverheersend geluksgevoel. Toch was het zo en ze waren beiden vastbesloten om elkaar niet meer los te laten. Maar nu Steffi haar nodig had en George aanvoelde dat Lutgarde er voor haar dochter moest zijn, had hij discreet afscheid genomen en was hij weer naar zijn eigen huis vertrokken met de woorden dat ze elkaar weer heel snel zouden zien. Lutgarde kon haast niet wachten tot hij terug zou komen, maar Steffi was op dit ogenblik belangrijker en ze was blij dat George dat inzag. Ze realiseerde zich plots dat haar dochter weleens geschokt kon zijn door hun openlijke liefde voor elkaar, al kon ze zich niet inbeelden dat ze het haar dan niet gezegd zou hebben. Maar misschien speelde het mee in Steffi's somberheid. Ze drukte haar hand bemoedigend op haar dochters schouder. 'Vind je het vervelend dat George en ik van elkaar houden, Steffi?' vroeg ze dan ook zacht.

Steffi wendde haar hoofd van de doorweekte tuin af, forceerde een glimlach en schudde beslist haar hoofd. 'Natuurlijk niet, mam. Je straalt! Hoe zou ik jou je geluk kunnen ontzeggen? En dat van George? Bovendien vind ik George een aardige man.'

Lutgarde slaakte een zucht van opluchting. 'Vertel me wat er is, lieverd? Heeft het echt alleen met Lex te maken? Gelukkig heeft hij zich deze weken niet laten horen of zien. Ik zou willen dat ik je kon helpen en dat ik hem achter slot en grendel kon zetten zodat je voor altijd van hem verlost bent. Ik vind het zo vreselijk wat hij jou heeft aangedaan. De politie had hem toen veel strenger moeten aanpakken.'

Haar hart kromp nog steeds samen bij de gedachte aan die eerste aanblik van haar dochter in het ziekenhuis nadat hij haar in elkaar had geslagen. Als ze daaraan dacht, als ze haar meisje weer met opgezwollen hoofd, bont en blauw geslagen tussen de lakens zag liggen, dan zou ze hem eigenhandig willen vermoorden.

Ze slikte haar woede in en vervolgde: 'George leeft ook met je mee. Hij heeft me gezegd dat hij die gestoorde vent weleens op zijn donder zal geven als hij hem te zien krijgt. Lik op stuk! Hij zal dan wel twee keer nadenken om je nog last te bezorgen.'

Steffi wist wel beter. Dan zou hij gewoon zijn wonden likken en wachten tot hij weer hersteld was om met nog méér haat en woede verder te gaan. Net zoals nu. Hij hield zich koest tot zijn kaak hersteld was, maar ze verwachtte dat hij daarna al het mogelijke zou doen om haar te raken waar hij kon. Hij zou ongenadig toeslaan, het zou een ongeluk lijken of een toevalligheid, maar haar intuïtie zou haar vertellen dat hij het was. Ze hoopte dat zijn woede nu zou afkoelen en dat hij Lorenzo met rust liet. Daarom was ze ook vroegtijdig naar huis gekomen. Als hij te weten kwam dat ze Lorenzo niet meer zag, zou hij ongetwijfeld zijn vroegere leven hervatten en hier zijn kwelling voortzetten. Daarvoor kende ze hem te goed.

Ze had haar moeder niet alles verteld wat er tijdens de reis was gebeurd. Het ergste had ze voor zich gehouden. Ook Noor was niet op de hoogte van haar bijna-verdrinking en het feit dat hij haar in de trein had gemolesteerd. Ze had immers geen bewijzen. Wel dat hij in de trein zat natuurlijk, omdat er meerdere getuigen waren die hem hadden gezien. Maar ze had erover gezwegen omdat ze anders over Lorenzo moest praten en het waarom van zijn aanwezigheid. Dan zouden haar gevoelens voor Lorenzo ook aan het licht komen en dat kon ze beter voor zich houden. Wat voor zin had het om Noor en haar moeder van haar liefde voor hem op de hoogte te brengen als ze hem nooit meer zou zien? Maar het deed pijn, en de liefde tussen haar moeder en George maakte haar steeds weer attent op wat ze moest achterlaten.

Steffi verborg haar verdriet en keek haar moeder dankbaar aan. 'Ik weet dat jullie achter me staan, mam, en daar ben ik jullie dankbaar voor. George is een prima man en jullie horen echt bij elkaar. Daarom heb ik er eens over nagedacht en ben ik tot de conclusie gekomen dat het tijd wordt dat ik een leuk flatje voor mezelf ga zoeken, dan hebben jij en George de ruimte om ongeremd bij elkaar te zijn.'

'Ach, meisje toch. Maak je daar maar geen zorgen over. George beseft maar al te goed dat dit je ouderlijk huis is en dat jij het volste recht hebt om hier te zijn. Ik kan bovendien altijd naar hem toe.'

Op dat ogenblik ging de bel. 'Dat zal hem vast zijn,' zei Lutgarde met een grote glimlach van vreugde, terwijl ze op de grote nep-antieke klok keek die aan de wand naast de keukendeur hing. 'We gaan samen dineren in een Grieks restaurant. Lijkt me wel leuk. Heb je zin om mee te gaan? Dan ben je er even tussenuit.'

Steffi schudde echter haar hoofd. Daar had ze echt geen zin in. 'Gaan jullie maar en geniet van elkaar.'

Toen haar moeder de woonkamer verlaten had, draaide Steffi zich weer naar de tuin toe en keek somber voor zich uit. De gedachte dat de liefde niet voor haar weggelegd was en dat ze haar verdere leven onder het juk van Lex moest doorbrengen, maakte dat ze het even niet meer zag zitten. Op deze basis wilde ze niet verder. Ze moest hulp hebben. Maar welke dokter, therapeut of psycholoog zou haar willen geloven? Ze kon alleen maar bewijzen dat hij haar tijdens hun samenwonen sloeg en daar had Lex al voor gezeten, ook al was het niet lang genoeg naar haar zin, maar de vele pesterijen nadien werden door niemand gezien. En het feit dat hij bij haar in de trein zat zou ook met een sisser aflopen. Hij zou het zo draaien dat hij net als ieder ander het recht had om met de trein te reizen en dat Steffi toevallig in dezelfde trein zat. Bovendien zou hij zeggen dat hij haar niets had aangedaan. Integendeel zelfs! Veel mensen konden bewijzen dat hij in elkaar geslagen werd. Hij was het slachtoffer!

Ze kon geen kant meer op en dat gevoel verstikte haar.

'Steffi?'

Als door een wesp gestoken draaide ze zich om en ze staarde met grote ogen naar Lorenzo die met een boeket witte rozen in zijn handen voor haar stond. Lutgarde stond in de deuropening en keek naar het oplichtende gezicht van haar dochter, waarin geluk en angst met elkaar wedijverden.

De jongeman aan de deur had zichzelf aan haar voorgesteld, in het kort verteld waar en wanneer hij Steffi had ontmoet en hij vroeg haast smekend om met haar te mogen praten. Lutgarde vond het vreemd. Steffi had nooit gesproken over deze Lorenzo Allard. Ze voelde een sterke neiging om hem van haar dochter weg te houden. Ze wilde Steffi's gemoedstoestand niet nog erger maken. Maar toen ze de man weg wilde sturen, dreigde hij ermee om hier op de stoep te blijven zitten tot hij met haar gesproken had en dus had ze niets anders kunnen doen dan hem binnen te laten. Nu ze zag dat haar dochter hem herkende, stelde dat haar al een beetje gerust. Toch bleef ze staan waar ze stond zodat ze kon ingrijpen als dat nodig was.

'Lorenzo?' Zijn naam kwam zo zacht van haar lippen dat het haast niet te horen was. Een zachte, gelukzalige waas kwam over haar gezicht nu ze hem voor zich zag. 'Wat kom je hier doen?'

'Ik kom je halen, Steffi. Je hebt nog een paar dagen Parijs tegoed.'

'De reis is afgelopen, Renzo.'

Hij schudde zijn hoofd. 'Zonder jou was er niets aan. Het was zelfs zo erg dat de anderen vonden dat ik er niets meer van terechtbracht. Ze hadden gelijk, Steffi. Ik hield te veel van je om je te kunnen vergeten. Je was voortdurend in mijn gedachten, ik zag je voor me, ik maakte me zorgen om je, elke dag die voorbijgleed maakte me haast gek van verlangen naar je. Ik kon niet anders dan naar je toe komen. Ik hou van je, Steffi en ik hoop dat jouw liefde voor mij nog niet verdwenen is zodat we samen verder kunnen gaan.'

Steffi voelde de tranen in haar ogen komen. Ze schudde haar hoofd in onmacht. 'Lex zal het ons niet gunnen. Hij zal al het mogelijke doen om een wig tussen ons te drijven.'

'Dat zal hem niet lukken! Ik laat niet toe dat hij ons geluk in de weg zal staan. Samen staan we sterk. Bovendien heb ik de politie, zowel hier als in Montpellier, op de hoogte gesteld van zijn gewelddadige wanpraktijken. Ik heb hen alles verteld en hun de foto laten zien die mijn vriend Kostas me had doorgestuurd. Tot nu toe hebben ze hem nog niet gevonden. Volgens jullie plaatselijke politie is zijn appartement onbewoond en hij is ook niet op zijn werk verschenen. Waarschijnlijk likt hij zijn wonden en houdt hij zich koest. Hij zal nu wel twee keer nadenken voordat hij zich laat zien, maar vroeg of laat loopt hij toch tegen de lamp. Hij wordt overal gezocht en zal zijn straf niet ontlopen. Alsjeblieft, ga met me mee. Laat je leven niet door je ex bepalen.'

Hij keek even met een verontschuldigende blik naar Lutgarde en vervolgde: 'Anders ben ik verplicht om je te ontvoeren. Ik heb de anderen, en vooral Dina, moeten beloven dat ik je dan op een ouderwetse, romantische manier zou schaken. De rozen heb ik al bij me en in plaats van het witte paard staat er een taxi op ons te wachten om ons naar het station te brengen voor een weekend Parijs.'

Steffi voelde de tranen over haar wangen lopen, maar ze glimlachte door haar tranen heen. Haar liefde voor Lorenzo deed haar stralen. Nu ze hem weer voor zich zag, nu ze zijn heerlijke accent hoorde en besefte dat ze heel wat meer voor hem betekende dan een zoveelste verovering, kon ze haar geluk niet op. Op dat moment vergat ze zelfs even dat Lex bestond. Ze zag alleen Lorenzo en voelde een allesoverheersend geluk door haar heen gaan. Ze knikte en wierp zich ten slotte in zijn armen. Ze kon niet anders. Ze hield van hem.

Lutgarde stond nog steeds in de deuropening en knipperde enkele tranen van ontroering weg. Hoe had ze zo blind kunnen zijn? Er was liefde in het spel. Het was dus niet alleen Lex die haar parten speelde. Haar meisje was verliefd. En hoe! O, ze mocht Lorenzo nu al. Hij had haar dochter weer doen stralen van geluk. Steffi hield van deze man, dat zag ze maar al te goed. Ze was zo blij en ze hoopte dat George vlug kwam zodat ze hem het heerlijke nieuws kon vertellen.

Steffi en Lorenzo hadden echter geen tijd om te wachten tot George er was. Ze gaf de rozen aan haar moeder zodat zij ze in een vaas kon zetten, liep met blosjes op haar wangen en glinsterende ogen naar boven om een paar minuten later met een kleine reistas weer naar beneden te komen en afscheid van Lutgarde te nemen.

Lorenzo omhelsde Lutgarde al even hartelijk. 'Ik zal goed voor haar zorgen, mevrouw, naar eer en geweten.'

'Dat is je geraden, Lorenzo, en noem me Lutgarde, alsjeblieft.'

Hij glimlachte dankbaar en keek haar met zijn charismatische blik warm aan, waardoor Lutgarde al dadelijk verkocht was. Ze keek de taxi lang na tot hij aan het einde van de straat verdween. Toen zuchtte ze diep, keek naar de rozen die ze nog steeds in haar handen had, draaide zich om en ging met een stralende glimlach weer naar binnen.

Steffi nestelde zich dicht tegen Lorenzo aan en luisterde naar zijn verhaal terwijl de trein over het spoor denderde. Ze vond het vreemd dat ze zich nu zoveel veiliger voelde. Nou, ja, vreemd? Ze was nu immers niet meer alleen. Zolang Lorenzo dicht bij haar was, voelde ze zich veiliger dan ooit en ze probeerde vooral niet aan Lex te denken. Hij vertelde haar over de teleurstelling van de anderen toen hij met lege handen terugkwam, over hun verbazing van Lex' brutale en onverwachte verschijning in de trein, over hun verbijstering toen ze hoorden van het gevecht dat had plaatsgevonden en tot slot Lex' verdwijning bij aankomst in Toulouse. Hij besloot met de woorden: 'Ze maakten zich allemaal vreselijk veel zorgen om je, liefje.'

Steffi drukte een zoen op zijn gladgeschoren wang. 'Het waren stuk voor stuk kanjers, een echte toffe bende. Ik vind het jammer dat ik geen afscheid van hen heb kunnen nemen.'

Hij keek haar met een scheve grijns aan. 'Die kans krijg je nog.'

Steffi richtte zich even op en keek hem vragend aan. 'Wat bedoel je?'

'Ze stonden erop om ook naar Parijs te komen, zodat ze je daar weer konden zien en op onze liefde konden klinken. Dat was, volgens Dina, dé grote reden waarom ik je moest ontvoeren. Zo waren ze er zeker van dat je wel móést meekomen. Ze wilden het risico niet lopen om een tweede keer een blauwtje te lopen. Ze hebben in hetzelfde hotel geboekt als tijdens onze reis en wachten daar op ons.'

'En ik dacht dat we een gezellig weekendje met ons beiden zouden hebben!'

Hij grinnikte. 'Ik kon hen moeilijk teleurstellen, liefje, maar ik beloof je dat ik ervoor zal zorgen dat we ook even echt bij elkaar kunnen zijn. Ik weet namelijk op de Eiffeltoren een plekje waar we ongestoord van het uitzicht kunnen genieten.'

Steffi keek hem schalks aan. 'Je geheime plekje om je van lastige toeristen te ontdoen?'

Hij knikte. 'Zoiets.'

'Ik kijk er al naar uit, Renzo.'

'Jij niet alleen, liefje.'

Steffi nestelde zich weer dicht tegen hem aan en liet haar hoofd tegen zijn schouder leunen. Hij sloeg een arm om haar heen en drukte haar nog wat dichter tegen zich aan. Zelfs de momenten van stilte voelden helemaal niet onwennig aan. Het was alsof ze inderdaad voor elkaar gemaakt waren. Steffi glimlachte even bij de gedachte aan Dina die deze woorden voor het eerst had uitgesproken.

'Je moeder lijkt me een heel aardige vrouw,' zei Lorenzo na een tijdje.

'Dat is ze ook,' reageerde Steffi enthousiast. 'Nu ze George heeft leren kennen, voel ik me soms het vijfde wiel aan de wagen. Niet dat ik het hen niet gun! Van harte zelfs. Mijn moeder heeft nooit een vaste relatie gehad sinds mijn vader is overleden en ik ben heel blij dat ze nu eindelijk een levenspartner gevonden heeft. Maar ik heb het gevoel dat ik hen steeds in de weg loop en denk er sterk over na om ergens een flatje te huren zodat ze het rijk voor zich alleen hebben. Het enige wat me tegenhoudt is Lex. Ik ben bang dat hij me nog gemakkelijker weet te vinden als ik ergens alleen woon.'

Hij wachtte even voor hij reageerde. 'Wat gek dat ik eveneens op de gedachte was gekomen om te verhuizen,' zei hij ten slotte. 'Ik was van plan om dicht bij mijn moeder en mijn zusters te gaan wonen. Nu nog niet meteen, natuurlijk, maar in de nabije toekomst. Dan kan ik de rollen even omkeren en regelmatig bij mijn vader op bezoek gaan.'

Ze schrok en keek hem onzeker aan. 'Je gaat weg?'

Hij knikte. 'Maar ik zou graag hebben dat jij met me meegaat, Steffi. Daar kunnen we een nieuw leven opbouwen – ver weg van je ex en je herinneringen aan hem.'

'En ons werk dan?'

Hij haalde licht zijn schouders op. 'Ik kan van daaruit net zo goed reisgids spelen en jij kan eventueel in Firenze werk zoeken. Aan redacties geen gebrek en met jouw ervaring moet het een koud kunstje zijn om iets naar je zin te vinden.' Hij gaf een zoen op haar neus om die stelling te bevestigen. 'Of we kunnen ook een nieuw leven beginnen met wijn maken of olijven plukken of een bed and breakfast te beginnen. Ik weet trouwens een heel mooie wijngaard met een prachtig huis erbij aan de rand van Settignano, boven op een heuveltop waar je een fenomenaal uitzicht hebt op de stad.' Hij vertelde er niet bij dat het huis en de wijngaard al enkele jaren van hem waren en dat de vorige eigenaar het nog altijd beheerde zolang hij het niet zelf bewoonde. Hij had aan het gidsen steeds de voorkeur gegeven, het was lang zijn stokpaardje geweest, maar sinds hij Steffi had leren kennen en hij zijn hart aan haar verloren had, leek het alsof het gidsen zijn glans verloren had en hunkerde hij naar een standvastiger leven, samen met haar. De wijngaard en het beheer ervan lonkte. Maar ze mocht zich niet gedwongen voelen en daarom vertelde hij het haar nog niet. Het moest haar eigen vrije keus zijn.

Steffi liet zijn woorden even bezinken. Ze had Italië aangevoeld als thuiskomen, en ze wist zeker dat ze daar gelukkig kon zijn zolang ze samen met Lorenzo was. Maar het was wel een grote stap.

'Krijg ik nog wat tijd om erover na te denken?' vroeg ze ten slotte.

'Je krijgt alle tijd die je nodig hebt, liefje. Ik wil je helemaal niet dwingen, het is maar een voorstel. Ik weet dat het niet gemakkelijk voor je zal zijn om je moeder te moeten missen.'

'Natuurlijk zal ik haar missen. Net zoals jij je moeder mist. Maar ik zou haar geborgen achterlaten nu ze George heeft en dat betekent veel voor me. Bovendien weet ik zeker dat ze het zalig zullen vinden om regelmatig een reisje naar Italië te maken. Ik maak me meer zorgen om mijn collega's en vooral om Noor, mijn beste vriendin. Haar zal ik het meest missen. Ik voel me zelfs schuldig tegenover haar. Noor zal niet weten wat ze hoort als mam haar vertelt waar ik naartoe ben en met wie. Ik had haar nog niets over jou en onze gevoelens voor elkaar gezegd omdat ik ervan overtuigd was dat je me na de reis weer vlug vergeten zou zijn.'

'Hoe kon ik jou vergeten? Jij bent de enige vrouw die erin geslaagd is om mijn hart te veroveren. Ik kan niet zonder jou, Steffi en ik was verschrikkelijk bang dat je mijn liefde niet meer zou beantwoorden.'

'Ik moest ook voortdurend aan jou denken, Renzo, en aan Lex' bedreigingen dat hij jou iets zou aandoen. Ik zou het mezelf nooit vergeven als jou iets moest overkomen.'

Hij drukte haar nog wat dichter tegen zich aan. 'Ik weet nu hoe hij eruitziet en hij weet dat ik niet met me laat sollen. Bovendien zal hij zich gedeisd moeten houden als hij wil voorkomen dat de politie hem oppakt. En dan is er nog iets.' Hij greep iets uit een zijzakje van zijn reistas en gaf het aan haar. Steffi zag een gedroogde bloem die tussen twee stukjes harde plastic verankerd was. Haar ogen werden groot, ze keek naar hem en weer terug. 'Een edelweiss!' kon ze ten slotte uitbrengen. 'Een echte edelweiss. Heb je deze voor me geplukt?'

Hij schudde zijn hoofd. 'Nee, ik hou me graag aan de regels, liefje. Deze bloem was al afgeknakt, door een dier of door de wind, ik hoefde het alleen maar op te rapen en te drogen. Er is een gezegde dat het bezit van een edelweiss geluk brengt. Daarom zijn ze nu ook beschermd. Maar deze bloem lag daar speciaal voor jou. Om je geluk te brengen, om ervoor te zorgen dat we voor altijd gelukkig worden.'

Steffi's blauwe ogen glommen. 'Wat lief van je, Renzo. Ik zal deze bloem voor altijd koesteren, met heel mijn hart.' Ze boog haar hoofd naar hem toe voor een dankbare zoen, maar voordat ze zijn lippen kon raken, maakte een bescheiden kuch haar erop attent dat een conducteur hun tickets wilde controleren. Toen Lorenzo hem hun tickets had laten zien, kon Steffi een lach niet onderdrukken. 'Is hier nergens een geheim plekje waar we niet gestoord kunnen worden?'

'Ik vrees van niet, liefje, maar zolang jij bij me bent, ben ik een gelukkig man,' zei hij met een schorre stem, terwijl hij diep in haar azuurblauwe ogen keek.

Steffi had geen woorden nodig om dat te bevestigen. Ze nestelde zich weer zacht tegen hem aan en barstte haast van het geluk dat door haar heen stroomde.

15.

In de aankomsthal van hotel Beaubourg, dat in het hart van Parijs lag, zat iedereen gespannen te wachten. Dina, Sevelien en Antje keken voortdurend door het raam in de hoop hen aan te zien komen. Lorenzo had eerder naar het hotel getelefoneerd met de mededeling dat ze op het station waren aangekomen en nu op weg waren naar het hotel. Emy, Valerie, Hugo, Wim en Dries waren er ook. Het echtpaar Boomer kon er helaas niet bij zijn en ook Pieter zat momenteel in het buitenland voor een of andere studie en kon er niet bij zijn. Emy vroeg zich in stilte af of dit kwam omdat hij niet kon verkroppen dat Steffi haar hart aan Lorenzo had verloren. De twee oudere bevriende echtparen waren wel aanwezig en ze vonden het heerlijk om elkaar nog eens extra terug te zien, ook al hadden ze plannen gemaakt om elkaar niet uit het oog te verliezen. Zelfs Adriaan was er en hij keek vanuit zijn eigen hoekje op afstand afwachtend tot Lorenzo en Steffi zouden verschijnen.

'Daar zijn ze! Ze komen eraan!' De drie dames jubelden.

Toen Steffi en Lorenzo het hotel binnenstapten, werden ze met een geweldig applaus en lachende gezichten onthaald, een kurk knalde en de glazen werden volgeschonken om op hun behouden terugkomst en vooral op hun liefde te klinken. Iedereen straalde en iedereen wenste hun geluk. Steffi omhelsde hen allemaal en kon haar tranen amper bedwingen. Ze was zo ontroerd dat ze niet wist wat te zeggen.

'We zijn zo blij om te zien dat alles goed met je is, Steffi,' zei

Dina plechtig in naam van iedereen. 'En bovendien is een extra reisje Parijs ook niet te versmaden,' grapte ze er lachend achteraan.

Emy keek Steffi met een warme blik aan. 'Ik vind het vreselijk wat jij allemaal hebt moeten doorstaan, Steffi, maar ik hoop dat je nu eindelijk het ware geluk hebt gevonden.'

'Dat is gesproken,' vulde Hugo aan. Hij tilde zijn glas op. 'Op het geluk van Lorenzo en Steffi! En we hopen natuurlijk dat we op de bruiloft worden uitgenodigd!'

Antje wees met haar glas in zijn richting. 'Of eerst op die van jullie!'

'Reken maar!' zei Hugo, terwijl hij Valerie even liefdevol tegen zich aantrok. 'Waar een reis al niet goed voor is. Voor mooie vriendschappen en verliefd worden moet je de trein nemen. Een trein geeft altijd dat tikje meer.'

Zijn woorden werden met gelach onthaald, maar iedereen begreep dat er veel waarheid in zat. Deze reis zou iedereen zich blijven heugen en ze waren ervan overtuigd dat ze contact met elkaar bleven houden.

Adriaan drong zich naar voren. 'Deze keer hoef jij alleen maar te genieten, Lorenzo. Als iedereen wil, zal ik het gidsen op mij nemen, want zoals je weet heeft Parijs voor mij geen geheimen meer.'

Lorenzo keek hem met een dankbare blik aan. 'Zullen we dan eerst de Eiffeltoren gaan bezichtigen?' vroeg hij. 'Ik weet wel dat we die de vorige keer al gezien hebben, maar Parijs zonder een bezoekje aan de Eiffeltoren is not done en Steffi heeft hem nog niet gezien.'

Steffi keek hem met een stralende blik aan. Ze wist precies waarom hij naar de Eiffeltoren wilde.

Het duurde dan ook niet erg lang voordat een lift hen naar de top van de Eiffeltoren bracht. Op de eerste verdieping keek Steffi naar beneden door een glazen vloer en besefte toen pas wat een glimp op een hoogte van achttien verdiepingen precies teweegbracht. Ze huiverde even en was blij dat ze weer in de lift zat om haar naar de volgende verdieping te voeren. De tweede verdieping bracht hen tot op honderdzestien meter hoogte en liet hen genieten van een prachtig uitzicht over Parijs met de Arc de Triomphe en de Sacre Coeur als blikvangers. Steffi keek naar de massa's toeristen die het panoramaplatform bevolkten en vroeg zich af waar Lorenzo hier een plaatsje wist te vinden waar ze alleen zouden kunnen zijn. Ze maakte hem er zacht op attent, maar hij glimlachte warm en zei haar dat ze nog niet op de juiste verdieping waren. De lift bracht hen nog hoger tot een volgend panoramaplatform op tweehonderdzesenzeventig meter hoogte waar ze van een prachtig panoramisch zicht van Parijs kon genieten. Ook hier stonden de toeristen overal verspreid en Steffi kon zich niet voorstellen waar Lorenzo een rustig hoekje kon vinden.

Hij zag haar om zich heen kijken en grinnikte omdat hij begreep waar ze naar op zoek was. 'Zoek je mijn geheime plekje?' vroeg hij zacht bij haar oor.

Steffi zag de glinstering in zijn ogen. Ze glimlachte warm en knikte. 'Je kan geen kant uit met al deze mensen om je heen. Ik vraag me af waar je je hier rustig kunt afzonderen zonder dat je buiten aan de Eiffeltoren moet hangen?'

Hij lachte. 'Dat zou wat te veel van jou gevraagd zijn, liefje. Kom, ik zal het je tonen.' Hij nam haar hand en wurmde zich weer een weg naar de lift toe. Hij liet een speciaal pasje zien aan de man die de lift bediende. Deze knikte, wachtte even tot een nieuwe stroom toeristen was uitgestapt, liet hen plaatsnemen en nam hen mee naar een geheime verdieping in het hoogste topje van de toren. Daar opende hij de liftdeur en liet hen voorgaan. Even later ging de lift, samen met de man, weer naar beneden. Steffi staarde met een verraste blik om zich heen. Het uitzicht van hieruit was fenomenaal. Lorenzo opende een deur en liet haar voorgaan. Ze zag een met zorg gemeubileerde kamer met het interieur van lang vervlogen tijden. Ze bleef staan waar ze stond en keek met ontzag om zich heen. 'Wat is dit voor plaats, Renzo?' kon ze uiteindelijk uitbrengen. 'Het lijkt wel alsof iemand hier gewoond heeft!'

Hij grinnikte vrolijk bij het zien van haar verbaasde blik. 'Dat is ook zo, Steffi. Toen meneer Eiffel de Eiffeltoren ontwierp, had hij voor zichzelf dit appartement voorzien in het topje van de toren. De meeste mensen weten dit niet en tijdens zijn leven zijn er maar weinig mensen die hij in deze ruimte toeliet. Zelfs tot op heden is het vrij onbekend. Het staat al erg lang leeg, maar zelfs nu, in het jaar 2000, wordt er nog steeds niemand toegelaten.'

Ze keek hem aan. 'En jij dan?'

'Ik heb het geluk om Jean-Baptist te kennen. Hij is een vriend van me en de beheerder van de Eiffeltoren. Toen ik hem op de hoogte bracht dat ik graag even aan de drukte ontsnapte, heeft hij me een vrijgeleide pasje gegeven zodat ik me altijd even in deze ruimte kan terugtrekken.'

'Een geheime plaats in de Eiffeltoren! Wie had dat gedacht,' mompelde Steffi met ontzag, terwijl ze met grote ogen om zich heen keek.

Hij knikte. 'Een heus appartement, met alles wat nodig is om er rustig in te vertoeven. Van hieruit heb je een nog mooier uitzicht over Parijs en bovendien hoeven we hier geen rekening te houden met geduw en gedrang.'

'Of met lastige toeristen?' grijnsde Steffi.

Zijn ogen keken haar warm aan. 'Of inderdaad met lastige toeristen. Dit hier is niet alleen meneer Eiffels geheime plaats, maar ook die van mij. Telkens als ik de Eiffeltoren bezoek, kom ik hier, net zoals meneer Eiffel in zijn tijd, eveneens even tot rust. Jammer dat er geruchten zijn om deze verdieping ook open te stellen voor het publiek. Maar zover is het nog niet. Op dit ogenblik hebben we deze ruimte voor ons alleen.'

Hij pakte Steffi's hand en nam haar met zich mee naar een van de vele ramen. Ver onder hen lag Parijs aan hun voeten, de mensen stipjes en de gebouwen miniaturen. Steffi hield haar adem in en keek genietend om zich heen. De zon weerkaatste op de gouden versieringen van gebouwen en bruggen, en leek de stad te doen glanzen. De Arc de Triomphe, de bekende glazen piramide van het Louvre, de Notre Dame, de Seine die er als een zilveren lint doorheen kronkelde – het was haast adembenemend. Steffi had het gevoel dat ze nog nooit zo'n mooie stad had gezien. Of speelde de liefde hier ook een rol in en maakte haar geluk alles mooier en glanzender? Ze maakte haar blik los van het panorama en keek pal in Lorenzo's donkere ogen. 'Wat prachtig,' zei ze bewonderend.

Hij knikte zonder zijn blik van haar af te wenden. 'Inderdaad. Jij bent het prachtigste wat ik ooit heb gezien. Daar kan niets tegenop, liefje.'

Steffi's blik verdronk in zijn ogen en ze smolt onder zijn lieve woorden. Op dit ogenblik zou ze de hele wereld aankunnen. Ze wist niet dat echte liefde dat kon, dat echte liefde haar sterk en driest maakte.

Lorenzo legde teder zijn handen om haar wangen en trok haar hoofd zachtjes naar hem toe tot hij haar lippen raakte met een fluweelzachte kus. Hij hield even op en keek genietend naar haar gesloten ogen en haar mond die ze gretig naar hem opgeheven hield. Toen kon hij zich niet langer inhouden en drukte hij zijn lippen vurig en vol hartstocht op die van haar. Steffi sloeg haar armen om zijn hals en beantwoordde al even passioneel zijn kussen.

Deze keer was er niemand die hen kon komen storen...

Epiloog

Het huwelijk van Lorenzo en Steffi werd gevierd op de zacht glooiende heuvels van het dorpje Settignano, met uitzicht op Firenze, onder een afkoelende avondzon en een verfrissende zeebries. Het feest werd in de openlucht gegeven met mooi gedekte tafels, kleurige bloemen en een heuse dansvloer in het midden. Buiten familie, vrienden, kennissen en buren was ook de voltallige reisploeg uitgenodigd. Deze keer was zelfs Pieter gekomen en hij wenste het bruidspaar veel geluk. Alleen het echtpaar Boomer hield zich volhardend aan hun besluit dat na een reis iedereen weer zijn eigen weg ging en liet zich niet meer zien. De drie dames, Adriaan en de twee oudere echtparen hadden kamers gereserveerd in het splinternieuwe B&B die Lorenzo en Steffi na maanden van hard zwoegen nog tijdig hadden afgekregen. De jongerengroep kampeerde in luxe tenten op een stuk land boven op de heuvel, onder de schaduw van olijfbomen en met zicht op de wijnranken die groene, strakke lijnen op de heuvelruggen maakten. Het feest werd besprenkeld met wijn van eigen druivenoogst.

Maria Dolores vond het heerlijk om haar zoon en schoondochter zo dicht in de buurt te hebben. Ze keek dan ook met een glinsterde blik naar het prachtige bruidspaar en liet daarna haar ogen wegdwalen naar een man die aan de bar zat en een praatje maakte met een van de jonge mannen die erachter stond. Ooit had ze met hem aan het altaar gestaan. Ooit had ze van Lorenzo's vader gehouden. Ze wist dat hij, net als zij, nooit een andere vaste relatie had gehad sinds hun scheiding. Zij had altijd gedacht dat dit kwam omdat ze geen tweede keer in de val wilde lopen. Maar nu ze hem na al die jaren weer zag, viel het haar op dat hij er nog steeds mocht zijn. De jaren leken helemaal geen vat op hem gehad te hebben, ook al was hij wat grijzer geworden en was hij niet meer zo gestroomlijnd als vroeger. Ze zag dat hij zijn hoofd keerde en naar haar keek. Hij tilde zijn glas op en proostte haar van ver toe, wat haar haar blik deed afwenden. Ze vroeg zich af wat er mis was gegaan tussen hen? Was het hun verschil in karakter? Haar vurige temperament en zijn koele onverschilligheid? Ze wist het niet, maar ze hoopte dat haar zoon en Steffi er wel in zouden slagen om hun relatie stabiel te houden.

Lutgarde keek met evenveel trots naar het bruidspaar en vooral naar Steffi, die er adembenemend uitzag in haar witte trouwjurk en haar opgestoken haar waardoor het azuurblauw van haar ogen nog meer tot zijn recht kwam. Zij en George genoten van dit mooie feest en van de rust die Settignano hen gaf. Noor en Mattis zaten naast hen aan de eretafel. Noor en haar vriend waren al een week eerder naar hen toegekomen om Steffi met de voorbereidingen van het huwelijk en het feest te helpen. Zij zouden binnen enkele maanden eveneens trouwen en dan was het de beurt aan Steffi en Lorenzo om naar België te reizen en om hen te helpen met de voorbereidingen.

Het leven was goed. De wijngaard floreerde uitstekend door de hulp en de deskundige bijstand van de vorige wijnboer, en dankzij de inkomsten van de B&B konden ze hier een mooie toekomst opbouwen.

Lex had zich niet meer laten zien en ook de politie had hem nog niet kunnen vinden. Het leek wel alsof hij in rook was opgegaan. Maar Steffi bleef op haar hoede, al liet ze haar leven er niet langer door bepalen. De angst bleef op de achtergrond sluimeren. Ze hoopte dat hij, net als zij, ergens een nieuw leven was begonnen en dat hij nu andere dingen aan zijn hoofd had en zij voor hem niet langer van belang was.

Maar meer dan hopen kon ze niet...